U0063144

英彥叢刊㉞

黃麗月　撰

汪元量詩史研究

文津出版社

汪元量「詩史」研究　目錄

序——感謝、喜悅與自勉

七月七日，對日抗戰紀念，在這個特殊的日子裡，我通過了碩士論文的口試。回顧過去的一千多個日子，從決定研究方向、確立範圍、鎖定對象、評估可行性、搜集資料、閱讀資料、分類資料、架構大綱到撰寫修訂，一路走來，其中艱辛只有自己最清楚，這又何嘗不是一場長期的作戰呢？如此說來，我是有理由品嚐勝利的滋味。然而，更重要的，我得把這分榮耀歸功於在整個研究過程中扮演著催生及啓發引導角色的指導教授——陳師文華。

還記得初踏進師大，對週遭的人、事、物有著強烈的不適應感，生活頓時失去方向，更甭說可以定下心來學習學術研究的課程。彼時，卻意外的在《詩學研討》課程中遇到了陳師文華，他不但以專業豐富的學養帶領我們進入中國詩歌奧妙的領域，他嚴謹的治學態度、認真投入的教學精神，更是深深打動我的心坎，叫我由衷的佩服。於是，在二年級決定指導教授時，我就毫不考慮的恭請陳師指導，承蒙老師的疼惜，我有幸成為他的入室弟子。這一段期間，我們（此時，老師一共指導本校四個學生）和老師保持一個月一次的討論、請教，甚至在老師擔任韓國啓明大學客座教授時，他仍然透過國際電話來督導我們，在這種慇懃的教誨之下，我終於能如期的完成碩士論文。捧著剛出爐的作品，雖嫌不成熟，內心仍舊是滿滿的喜悅，因此，我要在此大聲的謝謝陳老師。

論文的撰寫是個浩大的工程，有時候，甚至是很枯燥乏味的，很幸運的，我卻能自得其樂。我的快樂與喜悅來自全心全力的投入與鍥而不捨的追求完滿。舉個例說，程亦軍先生曾在《中國古典文學論叢》第四輯中發表了〈關於汪元量的生平和評價〉一文，我在臺灣各公私立圖書館遍尋不著之後，曾透過書信與北京人民文學出版社連絡，希望能取得該文，事經一年，全無音訊，原本我就抱著姑且一試的心情，對於這樣的結果倒是一點也不意外。但，我並不灰心，直接寫信到廣西僮族自治區貴縣鋼鐵廠附屬中學，信件經過一個月輾轉的轉寄，終於送到離開廣西十餘年的程先生手中，我也順利的收到他寄來的資料。這樣的機緣與盛情，每每讓我感動不已，叫我如何不喜悅？當然了，最大的喜悅還是來自研究的本身。有一次，我正爲無法斷定謝太皇太后的卒年而煩惱，卻在無意間發現鄭思肖〈德祐謝太皇北狩攢宮議〉有「德祐六年太歲庚辰三月十三日太皇太后崩於北狩行宮」的記錄，使我掌握的證據更加充分，當時的快樂真是難以言喻的。又有一次，我爲了更確定「斷橋」是一場勝利的抗蒙之戰，卻怎樣也尋找不到程瑞釗先生所提供的證據，卻在翻閱周密《癸辛雜識後集》時找到「德祐之際，朝臣亦建議斷橋於吳江者，又斷北關之板橋者」的記錄，發現前人所未引用的資料，歡愉之情可想而知。我的喜悅也來自從錯綜複雜的資料中整理出一些較合理的看法，諸如對汪元量祖籍、生卒年、北上動機、趙與芮及謝太皇太后是否被遣上都及內地、宋舊宮人詩詞的真僞……的整理。有時侯，我也能以新的證據及說詞糾正了前人錯誤的說法，這當然是更值得高興的事了。諸如上述種種，都讓我能樂在論文的撰寫中。

〈汪元量「詩史」研究〉的完成，的確帶給我許多的喜悅與成就，但，這其中仍有不少的錯誤及待解決的問題，有待學術界的前輩給我指點迷津。而同時，我也知道，碩士論文的完成只是學術研究工作的起點，我將秉持師訓，繼續努力，以期更上層樓。

凡例

一、本論文所參考之汪元量作品版本，計有：

清汪森輯汪如藻家藏《汪氏二家詞》本之《水雲詞》，國家圖書館善本書目微卷一四九五七號。

清王乃昭鈔補黃丕烈手校並跋又金俊明邵恩多手書題記王慧音藏舊抄本之《汪水雲詩》一卷，國家圖書館善本書目微卷一〇七三八號。

清黃丕烈手校並跋又楊保彝題識海源閣楊氏藏精鈔校本之《湖山類稿》六卷，國家圖書館善本書目微卷一〇七三七號。

清吳之振選編《宋詩鈔》本之《水雲詩鈔》。

清《四庫全書》本之《湖山類稿》五卷《水雲集》一卷附錄上下。

清《武林往哲遺著》本之《湖山類稿》五卷附錄一卷《水雲集》一卷附錄三卷。

近人孔凡禮增訂之《增訂湖山類稿》。

清鮑廷博《知不足齋叢書》本《宋遺民錄》中蒐錄的作品。

厲鶚馬曰琯主編之《宋詩紀事》中汪元量的作品。

唐珪璋主編之《全宋詞》中汪元量的作品。

孔凡禮補輯之《全宋詞補輯》中汪元量的作品。

二、孔凡禮《增訂湖山類稿》所搜集的汪元量作品，是目前最完整的，而且經過縝密的編年校訂，因此將之列爲主要版本，凡是本論文中所引的詩、詞，均來自此。

三、本論文凡是引用汪元量的作品，一律在末了附加卷數及頁碼，方便尋找。

四、孔凡禮在汪元量的作品之後，大都附加「編年」，本論文凡是引用此資料，一律註明見「編年」或據「編年」等字樣。

五、《增訂湖山類稿》中除了搜羅齊全的汪元量作品外，還有三個重要的附錄，分別爲附錄一〈汪元量研究資料彙輯〉、附錄二〈汪元量事跡紀年〉及附錄三〈汪元量著述略考〉。本論文凡是引用附錄中的資料，不再標註蒐錄於《增訂湖山類稿》中，直接註明見〈汪元量研究資料彙輯〉（〈汪元量事跡紀年〉或〈汪元量著述略考〉），附錄一（二或三），頁（ ）。

六、本論文於引文出處，皆盡量引用原典，若原典難求，則退而求其次，說明轉錄自某處，以示負責與尊重。

七、本論文引書，以《 》表示，引用期刊論文則以〈 〉表示，引用文句則以「 」表示，方便區別，並註明章節或卷數及頁碼，俾於查詢。

八、本論文附註只註明出於該書之某卷（章）、某頁或該文章某頁，不標出版者、出版時間及出版地，詳細資料請見「參考書目」。

八、本論文參考書目中所引用之出版年月，臺灣地區以中華民國紀年，大陸及香港地區則以西元紀年。

第一章 緒論

第一節 研究動機

在學詩的過程中，最先接觸到的是唐詩；但，由於先天個性的某些特殊傾向，我一向偏愛宋詩。況且唐詩已經被大量的研究挖掘，宋詩則有較多的開發空間；因此在選擇研究的方向時，我將目標鎖定在宋詩。較之唐代，宋代的詩人及詩作可謂有過之而無不及，要選定自己研究的對象，的確是不容易的。因此我從後人對宋代詩人及其詩作的研究專著著手，先掌握當前的研究現況，劃出可供研究的大範圍；並且從各種宋詩選本中去廣泛的閱讀作品、認識作者。偶然之間，讀到汪元量〈湖州歌九十八首〉其中的一首（註一），對其雖用平實直陳的賦筆卻能深刻渲染、鋪陳出悲愴的亡國之慟，留下極深的印象，產生了進一步探究的興趣。於是我再搜尋其他宋詩的選本及各種版本文學史對汪元量的介紹，想對其人及其作品有更多一點的認識，然而卻是大失所望。選本中即使選了汪元量的作品，也都只有幾首，甚至有的選本根本完全不選。文學史中偶爾會在介紹遺民詩人時附帶提到他，但很明顯的，汪元量及其作品並未受到重視。但，我仍然不放棄，從《四庫全書》中找出

《湖山類稿》、《水雲集》前的提要，讀了又讀，並且循線找到新的資料。根據劉辰翁〈湖山類稿序〉的說法，他是個能琴又能詩的人，在文學史上是很少見的；他生活在南宋走向覆亡的年代，以一個琴師出入宮廷，後來又跟著三宮輾轉流離北方，對宋亡的這一頁歷史有相當深刻的了解與體會，作品有很強的時代性（註二）。基於這二點「特殊性」，使我產生更強烈的動機，想一探究竟。而同時，我也非常好奇：這樣一個特殊的作家，爲什麼在過去一直不受到重視？爲了解決這個謎，並認識這個被文學史忽略的特殊作家，我就開始了汪元量的研究工作。

註釋

註　一：當時所讀到的〈湖州歌九十八首〉是這篇組詩中的第三十八首，其詩如下：「青天澹澹月荒荒，兩岸淮田盡戰場。宮女不眠開眼坐，更聽人唱哭襄陽。」（卷二・頁四四）

註　二：劉序見〈汪元量研究資料彙輯〉，附錄一，頁一八五——一八六。

第二節　研究現況與成績

從注意到汪元量其人及其作品，到發現其特殊性，引發探索的興趣，接下來必須先評估一下這個研究論題的可行性有多少，所以有必要先掌握相關的研究現況。根據孔凡禮《增訂湖山類稿》的說法，關於汪元量的一生事跡特別是晚年事跡，可靠的資料很少，清代的汪森及鮑廷博雖然曾積極從事這方面資料搜集的工作，但從找到的有限資料看來，傳說及後代加工的成分又頗重，致使汪元量的身世被蒙上一層紗，不易理清脈絡；更重要的，他的作品因大量散失、編次錯亂的緣故，也無法作更全面、深入的探索（註一）。因此，相對於宋代其他知名的作家，汪元量的相關研究起步非常晚，一直到了近代才正式開始。以下就將近代以來汪元量的相關研究作一番回顧，作爲本論文研究的指引方向。

王國維《觀堂集林》中收有〈書宋舊宮人詩詞、湖山類稿、水雲集後〉一文，提到以下幾個重點：第一，王國維懷疑《宋舊宮人詩詞》乃元明人之僞作。第二，三宮北上之後，汪元量與王昭儀均從少帝由大都北行上都。第三，謝太后於元世祖至元二十二年（一二八五）殂，少帝於二十五年（一二八八）學佛於吐番。全太后爲尼、昭儀爲女道士與福王及昭儀之卒，未知確切時間，但皆在汪元量南歸之前。第四，汪元量覊北十三載，在至元二十五年（一二八八）南歸。第五，汪元量曾以「元官」身分降香，代祀岳瀆后土，所以不可以以「遺民」稱之，但其仕元應別有用心，與諸遺民跡異而心同。民國二十三年郁達夫在《人間世》第十五期發表了〈錢唐汪水雲的詩詞〉，他根據《錢塘縣志・文苑傳》、《南宋書》、酒賢〈讀汪水雲詩集序〉等資料，爲汪元量寫了一篇四、五百字長的全傳，試著打開汪元量如「謎」一般的身世，是很值得肯定的。但是，他繼承《錢塘縣志》之說，在一開頭就說：「汪大有字元量」，這個說法是不正確的。他推測汪元量可能出生於宋寧宗嘉定到宋理宗寶慶或紹定年間（一二〇八——一二三三），卒於元成宗元貞元年（一二九五）前後。他將見於前人筆記、詩話的汪元量詩詞摘錄下來；並且簡單介紹了汪元量作品版本的流傳情形，他所看到的版本是光緒丁酉年錢唐丁氏據鮑廷博本翻刻的，計有《湖山類稿》五卷，附錄一卷，《水雲集》一卷，附錄三卷，並非汪元量所有的作品。很可惜的，他並沒有看到劉將孫的〈湖山隱處記〉，這是研究汪元量相當重要的一分資料。以上是近代早期的研究情形，二位均分別從作品及作者著手，試圖打破汪元量研究的膠著點，不過具體的成就是有限的。政府遷居來臺之後，兩岸有關汪元量的研究就各自發展。

在臺灣方面，以汪元量作爲專題研究的寥寥無幾。根據資料顯示，有以下幾篇較重要的論文：民國六十三年二月，李曰剛在《中華文化復興月刊》發表了〈晚宋義民之血淚詩〉，他舉出了十六個代表的遺民詩人，汪元量就是其中的一個（註二）。他特別指出元量的〈湖州歌九十八首〉、〈越州歌二十首〉、〈醉歌〉，是其「詩史」作品的代表；並點出其作品「語言樸素，風格近於民歌」。

同年七月，孫克寬在《東海學報》發表了〈元初南宋遺民初述——不和蒙古人合作的南方儒士〉一文，在「文人詞客」類的遺民中簡單的介紹了汪元量及其作品，認爲其作品是「三宮北上時的生活實錄，極有史料的價值」。六十六年一月，林蔥在《浙江月刊》發表了〈宋遺民汪元量逸事〉，以極平易淺白的筆調將其家世、行實和詩作作了聯結性的說明，很符合「逸事」所講究的「故事性」原則，學術研究的價值並不高。六十八年王偉勇以〈南宋遺民詞初探〉作爲碩士論文，舉出代表性的十個詞人，汪元量就是其中的一個。論文分成傳略及作品分析二大項，所佔篇幅共有五頁，相對於其他幾個主要的遺民詞人而言，略嫌微薄。對於汪元量的詞作，僅指出載於《全宋詞》中的三十三闋，並未見到他全部的作品，是最大的遺憾。作品分析則介紹了〈鶯啼序・重過金陵〉、〈鳳鸞雙舞〉及〈憶王孫〉其一，共三首，對於許多訴說亡國悲憂、羈旅思鄉、感時傷逝情感的作品隻字未提，是很大的缺失。七十四年陳彩玲以〈南宋遺民詠物詞研究〉爲碩士論文，在第三章第三節〈南宋遺民詠物詞之代表作家〉附論中提及汪元量，他所掌握的詞作仍然只有三十三首；至於汪元量的詠物詞，的確如她所說的並不多，但她把憑弔江都、觸景生情、撫今追昔的〈六州歌頭・江都〉當作詠物之作，是很明顯的錯誤。七十五年潘玲玲以〈南宋遺民詩研究〉爲碩士論文，首次用了較大的篇幅來介紹汪元量。論文分作生平傳略、作品分析、集評三大部分。作品分析中將其詩作分作敘事記實、羈旅書懷、感時傷逝三類，可說是對汪元量的詩作有更進一步的探究。集評部分將前人的評語彙集一處，使我們對汪元量其人及其作品有較多的認識，可惜的是並沒有就此再加以深入研究。在版本的選擇方面，她用的是四庫全書的《湖山類稿》及《水雲集》，並未見到汪元量全部的作品，是個很大的遺憾。總的來說，臺灣的研究者已經由完全不注意到汪元量，漸漸的發現他獨特的一面，不但以其詩、詞作爲論文研究的範圍，也初步探索到其作品的核心特色及風格。這真是個可喜的現象。可惜的，對已搜集到的評語，無法充分發揮其效用，對作品內容的探討亦嫌粗淺，不能使大家充分認識到這一個有特色的作家；更重要的，對汪元量相關的傳記資料及作品版本掌握也不夠，致使研究不能有更大的進展，呈現停滯的狀態。

相對的，海峽對岸有關汪元量的研究，不但比較早（註三），也比較熱絡。關於汪元量的身世與完整作品的取得，是汪元量研究工作中最困難，也最需立刻著手解決的，臺灣的研究者對此採取刻意迴避的態度，在家世生平與作品版本上，只取用現成已有的資料，並未對不足的地方作補充。相反的，大陸的學者卻從這方面著手，企圖開創出汪元量研究的新空間。程瑞釗在一九九〇年第三期的《文學遺產》發表了〈汪元量研究情況綜述〉一文，搜錄了一九六三年以來有關的研究報告，將其分類說明，並提出個人對該論文的意見，對大陸近三十年以來的研究作一總結性的回顧。以下就根據此資料並綜合各單篇論文，將大陸方面的研究現況，分作家世與生平，著述、版本與校勘，詩選與詩評，詞選與詞評四大類說明，看看大陸在汪元量研究上的具體成績。

一、家世與生平

史樹青在一九六三年第六期的《歷史教學》中發表了〈愛國詩人汪元量的抗元鬥爭事跡〉一文。他說汪元量因以琴受到宋度宗及謝太后的賞賜，「朝廷曾給予官位，但遭他嚴加拒絕」，這並無直接的歷史資料可以證實，因此個人對此持保留態度。他又主張汪元量是懷著「非常的願望」才「自請同行」入北，他的目的是爲了了解元朝在北方的統治情況，並且伺機復仇；最後則因在江南從事抗元而爲國犧牲，並不是乞黃冠而南歸終老。這個論點，猜測的成分較大，並無強而有力的證據可說服大眾，已遭到楊積慶、楊樹增、孔凡禮的反駁。不過，他「打破了沈寂的局面，拋出了有史以來第一篇有意識地探索元量行實與其思想基礎的專論，爲古代文學與史學之研究工作開闢了一片非常重要的新戰場」（註四），仍然受到汪元量研究者的肯定。程亦軍在一九八二年第一期的《廣西師院學報》發表了〈論愛國詩人汪元量及其詩歌〉一文，生卒之年依郁達夫之說；並且主張汪元量的仕元是爲了「養精蓄銳，伺機復仇」，繼承了史樹青的說法，用以駁斥王國維以「失節」責難汪元量的論點。他又以元陳泰的〈送錢塘琴士汪水雲〉中的「東觀初令習書史，寶詔再直行絲綸」來證明汪元量曾爲元官，這並不對，這二句應是他在宋宮掖的寫照才對。至此，汪元量的研究逐漸熱絡。

同年孔凡禮在《文學遺產》第二期發表了〈關於汪元量的家世、生年和著述〉一文，在普遍認爲汪元量是錢唐人的說法之外（註五），提出了汪元量的祖籍可能是在江西的說法。他推測元量是出生於宋理宗淳祐元年（一二四一）的一個琴而儒的家庭，是繼郁達夫之後對元量生年再進行詳細考證者。同年楊積慶在《文學遺產》第四期發表了〈論汪元量及其詩〉一文，首先注意到劉將孫的《湖山隱處記》，認爲這是敘寫汪氏生平最詳盡的資料。記中云：「其家尊名琳，字玉甫，生甲申，于今八十一。」甲申爲宋寧宗嘉定十七年（一二二四），汪琳八十一歲當在元成宗大德八年（一三〇四），而此時元量方築湖山隱處，故他以爲郁達夫主張元量死於元貞元年（一二九五）之說是不能成立的。對於王國維質疑《宋舊宮人詩詞》的真僞，他不以爲然。他認爲汪元量南歸時，王昭儀的確已死，賦詩者是黃惠清，不是王清惠；而宋宮人因受教於元量，所以作品風格如出一手。

此時，關於汪元量家世與生平的一些重要爭論，已陸續被研究者提出，一九八三年四月楊樹增在《中華文史論叢》發表了〈汪元量祖籍、生卒、行實考辨〉一文，有意對這些問題作個綜合性整理。他提出汪元量祖籍在江蘇吳縣的第三種說法，以駁斥傳統的錢塘說及孔凡禮的江西說。他又考其大約生於宋理宗淳祐六年至十年間（一二四六——一二五〇），而約在元仁宗延祐五年（一三一八）去世，和郁達夫及孔凡禮的說法也有很大的出入，程瑞釗則贊同其生年的推測，認爲較別說可靠。關於汪元量北上的動機與仕元的問題，他認爲汪元量是「被元兵押解而去的」，其北上是爲了與亡國之君共患難，盡一片忠心；到了元以後，是被強迫性的封官，他仍跟隨幼主過著俘虜生活，「毫無貴顯之感與委身仕元的念頭」，所以並未失節。關於《宋舊宮人詩詞》的真僞，他詳舉出四個理由，證明它是真品。除此，他還對汪元量的重要行實作了一番考證工夫。

一九八四年孔凡禮在《文學遺產》第三期發表了〈汪元量事跡質疑〉一文，對《湖山隱處記》

中載汪元量父親的生年提出質疑，並考證汪元量在南歸前、後曾二次入蜀。孔凡禮可說是汪元量研究的大功臣，一九八四年六月，他將多年來投注於汪元量研究的心血交由北京中華書局出版成《增訂湖山類稿》一書。書後的附錄，對汪元量研究有重要的幫助。附錄一〈汪元量研究資料彙輯〉，收有歷代對汪元量作品的序跋、傳記軼事及相關的詩詞，是了解汪元量家世生平及作品特色必備的資料。附錄二〈汪元量事跡紀年〉，試著將汪元量的作品及行實作編年敘述，可與每首作品之後的「編年」相互參閱補充；他又將有爭議之處的相關文獻及主張者的意見在此作彙集，並且提出個人的主張，比楊樹增的〈汪元量祖籍、生卒、行實考辨〉更完備，是認識汪元量不可或缺的一分資料。在仕元方面，他認爲汪元量是爲了便於探視文天祥，並周旋於宋三宮之間，極力爲汪元量辯護。對於《宋舊宮人詩詞》的真僞，他和楊樹增是站在同一陣線，並不贊同王國維「元明人僞作」的說法，認爲「在輾轉流傳過程中，好事者加工當有之」，但大體而言是可信的。至此，汪元量的研究可說稍有了具體的成績。一九八六年出版的《中國古典文學論叢》第四輯，刊出程亦軍的〈關於汪元量的生平和評價〉一文，他針對先前發表的〈論愛國詩人汪元量及其詩歌〉提出若干的補充及修改。他贊同汪元量祖籍在錢塘的說法。他認爲汪元量絕不只是普通的琴師，他出身於「青雲貴戚」之家，曾以詞章給事宮掖，且具有太學生的身分，所以能夠周旋於達官貴人之間。他並且推測汪元量約生於宋理宗淳祐五年（一二四五），卒於元英宗至治年間（一三二一——一三二三）以後。在汪元量的行實推測上，他主張汪元量確實曾爲元翰林學士，入蜀的行程是在降香途中，非南歸之後曾再二次入蜀。一九九〇年杜耀東在《揚州師院學報》第二期發表了〈略談汪元量的生年——與孔凡禮先生商榷〉一文，這是在程瑞釗搜錄之外的。文中對孔凡禮之說提出質疑，認爲汪元量應生於宋理宗紹定三年（一二三〇）。之後，有關汪元量家世生平的研究就暫告一段落。

經過以上的敘述說明，我們可以清楚的知道每個研究者個別關注的重點，同時又可以知道他們共同爭論的焦點爲何。以下根據這些資料，將幾個主要的問題作綜合整理（註六）。

(一)字號

有關汪元量生平事跡的最早資料，包括：劉辰翁的〈湖山類稿序〉，文天祥、馬廷鸞、周方、趙文、李珏的〈書汪水雲詩後〉及劉將孫的〈湖山隱處記〉。劉、文、周、趙、李五人均以「水雲」稱元量。除此，宋舊宮人及同時代人之贈詩、題其詩卷，亦如是稱之。馬廷鸞則以「元量」稱之。直到劉將孫的〈湖山隱處記〉寫成，首次確定「水雲名元量，字大有。」元迺賢〈讀汪水雲詩集〉謂「水雲汪元量，字大有」，陶宗儀《輟耕錄》謂「汪元量先生大有，號水雲」，明田汝成《西湖遊覽志餘》及錢士升《汪元量傳》謂「汪元量字大有」，均繼承劉將孫之說（註七）。郁達夫主張「汪大有字元量」（註八），是根據明萬曆年間修成的《錢塘縣志》，因該書晚出，除清曾廷枚《西江詩話》等少數從之外，後人大都不以爲據。除此之外，孔凡禮又根據明田汝成《西湖遊覽志餘》的說法，提出「自號水雲子」；根據明趙秉善所輯《忠義集》卷七有「楚狂汪先生〈感慈元殿〉」

一首，及元量〈夷山醉歌〉的「楚狂醉歌歌正發」、「楚狂醉歌歌欲輟」句子，提出「楚狂」的稱號；並根據其〈暗香〉詞、〈錦城秋暮海棠〉詩，〈鶯啼序·重過金陵〉詞，〈瑤花〉詞，分別提出「江南倦客」、「倦客」、「江淮倦客」的自稱（註九）。

㈡祖籍

關於汪元量的祖籍，共有三種不同的說法。第一，主張汪元量是錢塘人：根據劉辰翁〈湖山類稿序〉「杭汪水雲」及周方〈書汪水雲詩後〉「水雲生長錢唐」而來。明、清以至近代，贊同此說者居大多數。第二，主張汪元量是吳縣人，只有楊樹增一人，係根據文天祥、李珏〈書汪水雲詩後〉「吳人汪水雲」、「吳友汪水雲」而來（註一〇），程瑞釗認爲「此說尚待商榷」（註一一）。第三，主張汪元量祖籍在江西，出生在錢塘：孔凡禮根據曾廷枚《西江詩話》說汪元量是江西浮梁人（註一二）。《西江詩話》晚出，且所載之汪元量相關資料均與南宋人不同，可信度極低，孔凡禮以之爲據，說服力不夠，且可看出他有意揉和錢塘說及浮梁說的做作動機，不可信。不過，孔凡禮認爲「各文或謂元量爲杭人、吳人、錢塘人，名稱不同，實無出入」（註一三）的說法，倒是提供我們一個很好的思考方向。汪元量在作品中屢屢提到「吳江」、「吳雲」、「吳市」、「吳兒」、「吳女」、「吳苑」、「吳綾」等字眼（註一四），而這些景、物就是他生活周遭可見可及的，由此可知汪元量是以「吳」泛稱這個大地方。因此，個人以爲，稱汪元量爲「杭」人、「錢塘」人，是就詳實特定的地點而言，以「吳」人稱之，則是以大範圍代替小地點的泛稱，三者的說法正如孔凡禮所說的「名稱不同，實無出入」。楊樹增的「吳縣」之說，與汪元量的活動空間完全不符，他所舉的例子其實也是以「吳」地代指「錢塘」，自然不攻而破。因此，我們可以肯定的說：「汪元量的祖籍在錢塘」。

㈢生、卒年

第一個對汪元量生、卒年作推測的是郁達夫。他根據迺賢〈讀汪水雲詩集〉及謝翺〈續琴操哀江南四章〉詩意，推測汪元量應死於危素出生之前，所以他大約卒於元成宗元貞元年（一二九五）前後。他又假設汪元量活到八十歲，再由此逆推出其生年約在宋寧宗嘉定、寶慶甚至晚至紹定年間（一二二八——一二三三）（註一五）。孔凡禮根據《宋舊宮人詩詞》「水雲留金臺一紀」之說，先確定汪元量在至元二十五年（一二八八）離燕，再以葉福孫〈題汪水雲詩卷〉「一十四年如夢中」之句，確定汪元量在至元二十七年（一二九〇）入湘。而同時題詩的李嘉龍有「江湖牢落歎蓬年」之句，因此由「蓬年」之歲往前推，定汪元量生於宋理宗淳祐元年（一二四一）（註一六）。他又據迺賢〈讀汪水雲詩集〉，推測危素曾於少年時代見過汪元量，其時約爲元仁宗延祐四年（一三一七）前後（註一七），所以汪元量應在這之後不久去世。楊樹增撰〈汪元量祖籍、生卒、行實考辨〉，最大的特色就是充分運用〈湖山隱處記〉的資料，先對郁達夫及孔凡禮的說法提出反駁，再建立自己的主張。首先，他根據汪元量家尊「生甲申，於今八十一」的說法，得知汪父生於宋理宗嘉定十七年（一二二四），汪父八十一歲時是元成宗大德八年（一三〇四），否定郁達夫所主張的生於嘉定、寶慶或紹定年間（一二二八——一二三三）及卒於元成宗元貞元年（一二九五）的說法。繼之，他以爲汪元量排行第三，若其生於宋理宗淳祐元年（一二四一），其時汪父才十八歲，不可能已經生了三個孩子，因此否定孔凡禮之說。最後，他再根據〈湖山隱處記〉中「盛年以詞章給事宮掖」及〈太常引・四月初八慶六十〉詞，推知汪元量於宋度宗咸淳五年（一二六九）已入宮掖。如果汪琳在二十歲結婚，最早在二十三歲生下汪元量，則汪元量於咸淳五年時最大年紀爲二十四歲。因此，汪元量咸淳五年時可能爲二十至二十四歲，由此可以推定汪元量約生於宋理宗淳祐六年至十年間（一二四六至一二五〇）。至於卒年方面，楊樹增則先據劉將孫元成宗大德八年（一三〇四）爲元量所寫的〈櫂歌〉中之「當時眼見都如昨，一夢人間三十年」及〈湖山隱處記〉中之「然三十年來，煙雲莽蒼」，定汪元量於此時將近六十歲，準備「受用西湖到『白頭』」。然後，他又據陳泰〈送錢塘琴士汪水雲叟〉之「三十年來喪耆舊，天下彈琴水雲叟」、「人生底用夸長健，白首青衫淚如線」之句，定汪元量的最晚的活動年限最少爲南歸以後算起的三十年，約在元仁宗延祐五年（一三一八）（註一八）。程亦軍亦對汪元量的生卒發表了個人的看法，他將〈婆羅門引・四月八日謝太后慶七十〉定爲德祐二年（一二七六）之作，因此逆推〈太常引・四月初八日慶六十〉爲度宗咸淳二年（一二六六），確定汪元量此時已入宮掖。他又據汪元量〈越州歌〉其十三曾清楚記載甲子年

（一二六四）慧星見之事，定汪元量更早在此時已在宮中供職。假設此時汪元量爲二十歲，則他約生於宋理宗淳祐五年（一二四五）左右。至於卒年方面，他根據清曾濂《元書》卷九十一「隱逸傳」下汪元量部分的「延祐後始卒」之說，推測他至少活至元英宗至治年間（一三二一——一三二三）（註一九）。杜耀東的說法最晚出，他針對孔凡禮主張汪元量生於宋理宗淳祐元年（一二四一）的說法提出不同的意見。第一，他據李鶴田〈書汪水雲詩後〉、〈聽徐雪江琴〉等詩意，主張汪元量和李鶴田、徐雪江等應是同輩。第二，他從胡斗南、劉師復、楊學李等〈題汪水雲詩卷〉之詩意，證明汪元量南歸時已值老年。第三，他認爲孔凡禮以李嘉龍〈題汪水雲詩卷〉之「江湖牢落嘆蓬年」，推測汪元量當時爲五十歲，證據不充分。最後，他根據周方〈書汪水雲詩後〉之「『晚節』聞見其事」，推測在德祐之變時，汪元量至少已是將入五十歲之人了。同時，他認爲陳泰〈送錢唐琴士汪水雲〉「三十年來喪耆舊，天下彈琴水雲叟」中稱水雲爲「叟」，當時汪元量應已是六十歲上、下之人了。由此往前推，則汪元量應生於宋理宗紹定三年（一二三〇）左右。

明瞭各家的主張之後，最後再對上述幾種說法作一個總體檢討，找出較可接受的。郁達夫之說，楊樹增已有清楚的辨駁，自然是不可信的，毋庸贅言。杜耀東之說，因所舉的證據都是詩作，較爲薄弱，可信度極低。至於孔凡禮、程亦軍及楊樹增三人對汪元量的生、卒年推測，雖引用證據各有不同，得出之結果亦有出入，但，其實三說的推測已劃出一個共同的大範圍了。關於生年方面，孔凡禮之說，稍嫌過早，已遭楊樹增駁斥；程亦軍和楊樹增之說，其實十分接近的，尤其楊樹增能徵引〈湖山隱處記〉，所得出之結果更能叫人信服。在卒年方面，孔凡禮和楊樹增之推測結果大同小異，程亦軍之說則稍後，因爲三者都無比較直接的資料，暫時無法斷定孰是孰非，最保守的估計，只能說汪元量大約在元仁宗延祐四、五年（一三一七、一三一八年）以後去世。

根據上述各資料，將汪元量的家世生平作一簡單敘述：

汪元量字大有，號水雲、水雲子、楚狂，自稱江南倦客、江淮倦客、倦客。錢塘人。生於宋理宗淳祐六至十年（一二四六——一二五〇）間一個儒而琴的家庭。盛年以詞章給事宮掖，並以琴事謝太后及王昭儀。南宋末年，賈似道專政攬權，皇帝荒淫奢靡，不問民生疾苦，朝廷爲小人把持，對外主和，每每假奏捷報，稱臣納貢，嚴苛重稅，民不堪其擾，國政日衰，終使元兵南驅直入。宋恭帝德祐二年（一二七六），臨安失守，國亡，水雲隨三宮被擄北上，沿途所見，凡可喜、可歌、可泣、可驚者，均記於詩中。其著名之組詩〈湖州歌九十八首〉，就是完成於此時，感人肺腑。留燕期間，曾數度出入獄中探視文天祥，以忠愛爲國互勉。後隨瀛國公出居庸關，至上都，並輾轉赴內地。返大都以後，又以元世祖使者身分奉使代祀嶽瀆東海。至元二十五年（一二八八），乞黃冠南歸，宋舊宮人等爲詩詞送別。抵杭之後，又有湘蜀之行，歸來，築湖山隱處於西湖。約在元仁宗延祐四、五年（一三一七、一三一八）以後去世。

二、著述、版本與校勘

一九八二年程亦軍發表的〈論愛國詩人汪元量及其詩歌〉，提到汪元量作品在明、清時主要有二個流傳系統。他又把現今北京圖書館中所藏的其他版本作簡單的說明。同年孔凡禮的〈關於汪元量的家世、生年和著述〉及一九八四出版的《增訂湖山類稿》附錄三〈汪元量著述略考〉，提到汪元量的著述共有《行吟》、《丙子集》、《湖山類稿》、《水雲集》、《水雲詩》及《水雲詞》等幾種。一九九〇年程瑞釗發表的〈汪元量研究情況綜述〉，將歷代版本的流傳及作品的輯佚、校勘情形也作了一番整理。在臺灣方面，有關汪元量著述的版本資料其實還不少。故宮藏有清乾隆間文淵閣四庫全書本的《湖山類稿》五卷、《水雲集》一卷及清康熙間吳氏原刊的《水雲詩鈔》一卷。國家圖書館善本書室藏有清黃丕烈手校並跋又楊保彝題識的《湖山類稿》五卷，清王乃昭鈔補黃丕烈手校並跋又金俊明、邵恩多手書題記王慧音藏之舊鈔本《汪水雲詩》一卷，及清汪森輯汪如藻家藏本的《汪氏二家詞・水雲詞》一卷，其中《汪水雲詩》重複非常多，極待校訂（註二〇）。台大圖書館藏有清光緒丁酉（二十三）年刊本的《湖山類稿》五卷附錄一卷、《水雲集》一卷附錄三卷，這也就是《叢書集成續編》中所刊行的《武林往哲遺著》版本。以下就根據這些資料，將汪元量著述、版本、輯佚與校勘情形綜合說明如下：

汪元量最早的作品集是《行吟》，並未分卷。文天祥〈書汪水雲詩後〉云：「吳人汪水雲，羽扇綸巾，訪予於幽燕之國，袖出《行吟》一卷。」（註二一）因此可知，《行吟》必定在訪文天祥之前結集。《丙子集》則是他的另一單行本，汪元量友人蕭炎丑〈題汪水雲詩卷〉有「把君《丙子集》，讀罷淚潸然」句；聶守真有〈讀水雲《丙子集》三首〉（註二二），可證。此集所收當以丙子年的作品爲主。至元二十五年（一二八八）南歸時，他將所有新、舊作品重新結集爲《湖山類稿》，已分卷，馬廷鸞、李玨〈書汪水雲詩後〉（註二三）均提到汪元量請求爲《湖山類稿》題序之事。劉辰翁據此版本選出若干作品，編爲劉評選本的《湖山類稿》，共有詩四卷，約二百多首，詞一卷，計二十八首。汪元量死後，所有作品被匯集一起，亦稱爲《湖山類稿》（註二四），清初黃虞稷《千頃堂書目》卷二十九就著錄有《湖山類稿》十三卷（註二五）。由上面的敘述可知，同樣是《湖山類稿》，卻有南歸之前的全本、劉評選本及一生所有作品的區別，是研究汪元量版本時必須特別注意的。另外，迺賢〈讀汪水雲詩集〉及《輟耕錄》（註二六）首先提到汪元量有《水雲集》，但，和今日所見鮑本之《水雲集》應不相同。明抄本《詩淵》各冊所收汪元量詩詞，均題作〈宋汪元量水雲詩〉，由此可知《水雲詩》可能又是汪元量的另一著述；孔凡禮則懷疑《水雲集》及《水雲詩》，很可能是同一著述（註二七）。《永樂大典》卷二千八百零九梅字韻所引汪元量〈暗香〉、〈疏影〉二詞，云出自《汪元量詞》，所以《水雲詞》可能是曾經流傳過的詞之單行本。

按理說，汪元量的作品，原來應該有個最完整的版本，很可惜的，大概在明代末期就有所殘缺，因此，這時相關的輯佚、校勘工作也就開始了。明末崇禎年間，錢謙益從《雲間人鈔書舊冊》輯得汪詩二百二十餘首，是爲錢輯本。順治十七年（一六六〇），葉時疇以錢輯本的二種版本對校。到了康熙二十六年（一六八七），汪森重獲劉評選本《湖山類稿》，但前已脫四頁。汪森以之爲底本，和錢輯本作比較，刪去重複的，將其餘的另外編爲一百七十六首詩的《湖山外稿》，附於《湖山類稿》之後，是爲汪本。此本並附有從《宋遺民錄》抄出的同時諸賢之序。其後，黃丕烈又對此本作過校訂。雍正元年（一七二三），吳焯復取劉評選本與錢輯本，「暇日校對，研朱點出」（註二八）。乾隆三十年（一七六五），鮑廷博因吳之振《宋詩鈔》所搜錄之《水雲集》「誤書錯簡，往往而是，讀者病之」（註二九），於是以陸平原《采薇堂舊鈔》之錢輯本與吳甌亭《繡谷遺書》相校；並以劉評選本爲底本，將汪元量所有作品編爲《湖山類稿》五卷，《水雲集》一卷，共得詩三百七十九首，詞二十九首，是爲鮑本，四庫全書即採此本。光緒二十三年（一八九七），傅增湘校《湖山類稿五卷水雲集一卷》，刊入《武林往哲遺著》叢書。清末民初，王國維也試著從《永樂大典》中輯佚出新的作品，但仍有很大的不足。他並和趙萬里分別對鮑本加以校訂。至目前爲止，研究汪元量作品最完整的版本是孔凡禮輯校的《增訂湖山類稿》，他以汪森本的《湖山類稿》及《湖山外稿》爲底本，參照鮑本及明抄本《詩淵》、影印《永樂大典》等書，從事輯佚、編次及校定的工作，共得詩四百八十首，詞五十二首。卷一收德祐二年（一二七六）離杭前詩作，卷二收至元十三年（一二七六）赴燕至該年年底詩作，卷三收至元十四年至至元二十五年（一二七七——一二八八）南歸前詩作，卷四收至元二十五年南歸及南歸後詩作，卷五收詞。

三、詩選與詩評

據孔凡禮《增訂湖山類稿》，汪元量的詩共有四百八十首，程瑞釗從清人及近代的詩選選詩情形，對汪元量詩受到學界的忽略，提出不平之鳴（註三〇）。孔凡禮的《增訂湖山類稿》作了一些「校」的工夫，除此並無其他完整的注解版本。在賞析方面，一九八八年上海辭書出版社出版的《宋詩大觀》一共選了二十二首汪元量的詩作，每篇用五百到一千左右的文字對汪詩作簡單而深入的介紹，使讀者很容易就能欣賞到汪詩的精華，包括程一中賞析的〈醉歌〉其三、其四、其五、其八、其九、其十和〈送琴師毛敏仲北行〉其一等七首，劉知漸、鮮述文合作的〈徐州〉、〈潼關〉、〈湖州歌九十八首〉之四、〈利州〉等四首，鮮述文賞析的〈湖州歌九十八首〉其四、其六、其十、二十八、四十二、四十五、六十、八十五等七首，陳邦炎賞析的〈湖州歌三十八首〉，及李濟祖賞析的〈太皇謝太后挽章〉二首。一九八九年農村讀物出版社出版的《中國歷代詩歌名篇鑒賞辭典》，則選了曉光賞析的〈醉歌〉其五及〈錢塘歌〉二首。專論汪元量詩作的共有以下幾篇，包括程亦軍一九八二年發表的〈論愛國詩人汪元量及其詩歌〉，楊積慶同年發表的〈論汪元量及其詩〉，楊樹增一九八四年於《齊魯學刊》第四期發表的〈字字丹心瀝青血——水雲詩詞評〉，章楚藩一九八七年發表的〈略論愛國詩人汪元量的詩歌〉。以下將其重點分別介紹：

程亦軍完全肯定汪元量作品「詩史」的特色，認爲這是對現實主義詩人的高度評價，其特色在善於用七言聯章的形式和鋪陳的敘事手法紀實，而對社會事件作精確詳細的描寫。他並以「愛國主義精神」爲其「詩史」的主要思想內容，認爲其能借亡國之痛表現愛國精神，情感哀怨惻愴。他更進一步指出汪元量受到杜甫及民歌的影響。更難得的是在推崇汪元量作品藝術特色時，他也明確的指出其作品中的糟粕。和程亦軍一樣的，章楚藩也重視到了汪元量作品的愛國主義思想和現實主義精神，他們同時指出這是受到杜甫的啓發。章楚藩則更進一少的分析汪元量的作品和杜甫的差異點，他認爲汪元量少了杜甫的沈鬱悲壯，而多了一分無可奈何的悲哀。楊積慶則以「我更傷心成野史」當作其「詩史」作品介紹的標題，特別指出〈越州歌〉、〈醉歌〉及〈湖州歌九十八首〉爲宋亡的歷史作了見證，足以擔起「詩史」的稱號。楊積慶將汪元量的詩歌創作分作供奉宋宮掖時期、隨宋三宮北上時期、離燕南歸漂泊江湖時期。他認爲其〈湖州歌九十八首〉在詩的規模與敘述亡國內容的深廣度上，都居宋遺民詩歌之首，堪稱元量「詩史」中的精華。他又指出元量的創作以杜甫爲宗。至於其詩歌的語調則有特有的哀婉與淒楚；其詩風在亡國前「有江南歷來傳統的纖麗、委婉的風韻」，亡國後則以「悲愴沈痛」爲主要的特徵。

四、詞選與詞評

據孔凡禮《增訂湖山類稿》，汪元量的詞共有五十二首，相對於其詩作，的確是少了；而其不受重視的情形，又比詩作更嚴重。清代以來，各種詞選的版本都很少選，即使選了，也是一、二首而已，有的甚至都不選（註三一）；相關的詞話，也都未提及汪元量。孔凡禮的《增訂湖山類稿》作了一些「校」的工夫，除此並無其他注解的版本。在賞析方面，一九八七年出版、唐珪璋主編的

《唐宋詞鑒賞集成》，共搜錄了楊積慶賞析的〈傳言玉女・錢唐元夕〉和〈水龍吟・淮河舟中夜聞宮人琴聲〉，以及孔凡禮賞析的〈鶯啼序・重過金陵〉和〈望江南・幽州九日〉等四首。同年出版、賀新輝主編的《宋詞鑒賞辭典》，共搜錄了陶爾夫賞析的〈水龍吟・淮河舟中夜聞宮人琴聲〉及董冰竹賞析的〈鶯啼序・重過金陵〉等二首。一九八八年出版、湯高才主編的《唐宋詞鑒賞辭典》，共搜錄了王水照賞析的〈傳言玉女・錢唐元夕〉和〈滿江紅・和王昭儀韻〉、高建中賞析的〈水龍吟・淮河舟中夜聞宮人琴聲〉、王雙啓賞析的〈鶯啼序・重過金陵〉等四首。一九九二年出版、喻朝剛及周航主編的《兩宋絕妙好詞》，對於各詞作只作了簡單的注釋和說明，並沒有賞析的文字，共搜錄了〈水龍吟・淮河舟中夜聞宮人琴聲〉、〈望江南・幽州九日〉、〈一剪梅・懷舊〉、〈鶯啼序・重過金陵〉等四首。一九九四年出版、陳邦炎主編的《詞林觀止》，則只蒐錄了姜漢椿賞析的〈鶯啼序・重過金陵〉一首而已。綜觀汪元量的五十二首詞作，除了反映早期宮中生活的詞作（註三二）未見特別特色外，其餘的也都具有一定的文學價值，優秀作品絕對不只以上所選的幾首，可以說汪元量詞作的特色仍未受到重視與肯定。對汪元量詞作能作較全面的探討是楊樹增一九八四年撰寫的〈字字丹心瀝青血——水雲詩詞評〉。他將汪元量的詞作分爲早期宮廷生活及亡國以後二大時期。早期的作品受到南朝宮體、花間詞派、南宋格律派等的影響，題材較狹窄，描寫的內容不出奏琴、競船、賞花、祝壽，格局不大。亡國以後，詞的創作風格隨著生活的巨變，也作了一百八十度的大轉變，「反映了家國之變、懷舊吊亡之情、故宮黍离之悲」，頗能震撼人心。他認爲其詞風近于李煜、柳永、李清照，不事雕琢，極少粉飾，直抒觀感，感情真摯，是很正確的看法。繆鉞在一九八八年第一期《四川大學學報》發表的〈論汪元量詞〉，是目前爲止+，專論汪元量詞作的唯一一篇。他以其後期作品爲主，共選了十六首作賞析，較一般的賞析本子多出了〈憶秦娥〉四首、〈唐多令・吳江中秋〉、〈憶王孫〉四首、〈暗香〉及〈疏影〉等，更能注意到汪元量其他詞作的特色。經過了仔細的賞析之後，他爲汪元量的詞作了一個很合理的總評。他認爲其作品直抒胸臆，自然流露，無意于求工，也不受當時詞壇之影響。這和楊樹增的說法是大同小異的，但其所謂的不受當時詞壇的影響，是專指其「後期的」作品不受張炎、周密、王沂孫等主流派的影響，這和楊樹增的說法並不矛盾。

根據三、四的敘述說明，我們對汪元量的作品有一基本印象：

汪元量的詩詞作品，可分為亡國前、後二大時期，德祐二年（一二七六）以後，由於現實生活的大轉變，其作品的風格也跟著明顯的變化，以「悲愴沈痛」的風格最為特出，情感哀怨惻愴，感人肺腑。「詩史」是其詩、詞共同且主要的特色，一直受到歷代評者的重視。他的創作受杜甫及民歌的影響很大，並且以直抒胸臆、感情眞摯取勝。

綜觀大陸汪元量研究的整個情形，最熱絡也最有具體貢獻的就是在汪元量家世生平與版本校勘上，這是臺灣學者望塵莫及的。他的身世原本是「謎」一般的令人摸不著頭緒，大陸研究者不辭辛苦，從各方面搜集相關的資料，已繪出一個大概的輪廓，雖然限於直接史料的不足，不能有再更進一步的突破，但已經爲汪元量研究奠下良好的基礎。在版本與校勘上，由於孔凡禮先生的輯佚、校訂，現在我們才可以看到汪元量作品最完整的面貌。有了這些資料作後盾，他們對於汪元量作品的研究，不管是詩或詞，比起此地的學者，均有較深入的認識。

註釋

註　一：〈前言〉，頁一——二。

註　二：以下幾篇文章均將汪元量稱為「遺民詩人」，此乃因襲的說法，其實並不正確，詳見本論文〈汪元量「詩史」的評價〉，第七章。

註　三：最早的是史樹青在一九六三年第六期《歷史教學》中發表的〈愛國詩人汪元量的抗元鬥爭事跡〉一文，比臺灣早了十年以上。

註　四：見程瑞釗〈汪元量研究情況綜述〉，頁一三〇。

註　五：此說根據劉辰翁〈湖山類稿敘〉，史樹青、程亦軍、楊積慶、繆鉞及章楚藩等人均贊同。

註　六：關於汪元量北上動機、仕元與《宋舊宮人詩詞》的真偽等問題，在本論文〈汪元量「詩史」

的內涵〉及〈汪元量「詩史」的評價〉中有詳細的說明與整理，此處不贅述，分別見第三章第一節、第七章及第三章第一節。

註　七：劉、文、周、趙、李、宋舊宮人、馬、劉將孫、迺、陶、田、錢等說，均見〈汪元量資料彙輯〉，附錄一，分別見頁一八五、一八六、一八六、一八七、一八七、二〇四、一八六、一九七、二二七、一九九、二〇〇、二〇一。

註　八：〈錢唐汪水雲的詩詞〉，頁七一三。

註　九：〈汪元量事跡紀年〉，附錄二，頁二三六。

註一〇：〈汪元量祖籍、生卒、行實考辨〉，頁二〇五——二〇七。

註一一：〈汪元量研究情況綜述〉，頁一三一。

註一二：〈關於汪元量的家世、生年和著述〉，頁一〇六。

註一三：〈汪元量事跡紀年〉，附錄二，頁二三五。

註一四：如〈吴江〉：「吴江潮水化蟲沙」（卷二・頁二八）、〈湖州歌九十八首〉其八：「吴江不盡暮潮來」（卷二・頁三七）、〈滿江紅・吴江秋夜〉（卷五・頁一六三）、〈唐多令・吴江中秋〉：「吴江拍岸流」（卷五・頁一七七）、〈北征〉：「吴水何冷冷」（卷二・頁二八）、〈越州歌二十首〉其二：「不堪回首望吴雲」（卷二・頁五九）、〈望海樓獨立〉：「雨昏吴市燕飛來」（卷一・頁九）、〈吴兒〉（卷一・頁二六）、〈唐律寄呈父鳳山提舉〉其七：「吳女北游簪素奈」（卷四．頁一三一）、〈同毛敏仲出湖上疊萬松嶺過浙江亭〉：「吳苑麥苗連地青」（卷一．頁一〇）、〈咎相公送錦被〉：「蜀錦吳綾復何益」（卷四．頁一三九）。汪元量作品中另寫到許多「吳山」，如〈江上〉：「推篷坐對吳山月」（卷一．頁二七）、〈北征〉：「吳山何青青」（卷二．頁二八）、〈湖州歌九十八首〉：「一匊吳山在眼中」（卷二．頁七）、〈平原郡公夜宴月下待瀛國公歸寓府〉：「花落吳山憶舊游」（卷三．頁六九）、〈唐律寄呈父鳳山提舉〉其十：「不見吳山似畫圖」（卷四．頁一三二）、〈錦城秋暮海棠〉：「屏裡吳山數千里」（卷四．頁一三七），〈長相思．越上寄雪江〉：「吳山深」（卷五．頁一六三）、〈滿江紅．吳山〉（卷五．頁一七三）。這裡所指的「吳山」，是指臨安城內的「吳山」，並不是泛指「吳地之山」，所以此處不引以為據。以「吳」為泛稱的觀念得自賴師橋本的啓發，據此，正可解決汪元量祖籍的紛爭。

註一五：〈錢唐汪水雲的詩詞〉，頁七一三——七一四。

註一六：〈關於汪元量的家世、生年和著述〉，頁一〇八——一〇九。

註一七：見〈汪元量事跡紀年〉，附錄二，頁二九三。

註一八：〈汪元量祖籍生卒、行實、考辨〉，頁二〇七——二一〇。

註一九：〈關於汪元量的生平和評價〉，頁一九四及二〇一。

註二〇：據我所見的微卷資料，重覆之處非常多，不知是微卷製作過程中的瑕疵，抑或是原版本的錯誤，有待查證。

註二一：見〈汪元量研究料彙輯〉，附錄一，頁一八六。

註二二：同上，頁二二〇及二二五。

註二三：同上，頁一八六及一八八。

註二四：孔凡禮據中華書局影印《永樂大典》各韻引元量詩，皆引自《湖山類稿》，其中有入蜀之詩，與劉評本中並無南歸以後的作品不同，定汪元量去世之後，其全部作品曾被人匯集一處，且同樣稱為《湖山類稿》。但，並無法得知匯集者的姓名。詳見〈汪元量著述略考〉的說明，附錄三，頁二九八。

註二五：孔凡禮以為黃虞稷並未有其書，所以此十三卷本可能為明代內府藏本。

註二六：以上二者分別見〈汪元量研究資料彙輯〉，附錄一，頁二二七及一九九。

註二七：詳細的說明及推測見〈汪元量著述略考〉，附錄三，頁二九九。

註二八：〈水雲集跋〉，見〈汪元量研究資料彙輯〉，附錄一，頁一九三。

註二九：語見鮑廷博〈水雲集跋〉，見〈汪元量研究資料彙輯〉，附錄一，頁一九五。

註三〇：關於汪元量作品選錄的冷淡情形，程瑞釗〈汪元量研究情況綜述〉中有詳細的舉證，請參閱一三二頁。

註三一：繆鉞〈論汪元量詞〉對各種詞選選錄的情形有具體的說明，頁六一〇。

註三二：如〈太常引・四月初八日慶六十〉、〈鳳鸞雙舞〉、〈婆羅門引・四月八日謝太后慶七十〉等為祝壽詞，〈瑞鷓鴣・賞花競船〉、〈漢宮春・春苑賞牡丹〉、〈玉樓春・賦雙頭牡丹〉、〈鶯啼序・宮中新進黃鶯〉等，則反映出豪奢的生活。以上均見卷五，頁一六二、一六二、一七一、一六六、一六六、一六七、一六七。

第三節　研究方法

了解了近代以來有關汪元量研究的綜合情形以後，我認爲現在是我從事相關論題研究的最好時機。第一，過去臺灣的研究者限於對汪元量家世生平的「無知」，加上無法掌握到他所有的作品，所以雖然注意到其人及其作，仍然不能開拓出臺灣研究的方向。現在不同了，兩岸的學術交流頻仍，我們同樣可以看到汪元量研究的最好版本，並分享到大陸學者研究的具體成就，比起前人，我們有更雄厚的基礎。第二，大陸學者在作品研究上，已舉證出許多具體的特色，提供我們認識汪元量這樣一個特殊作家的多重思考角度，我們不必再盲目摸索。第三，在一九九〇年代以後，兩岸對汪元量的研究都暫告停擺，可是有關汪元量的探討仍嫌不足。基於上述三個理由，我決定以汪元量的作品作爲探討的對象，企圖在前人的基礎上作更進一步的發掘。

在探討汪元量作品時，兩岸的研究者都一致注意到其「詩史」的特色，並且一再的推崇。其實，這個論點並不是第一次被提出，早在汪元量還在世時，當時的文人、學者，諸如馬廷鸞、李珏、周方、趙文等，就一再的論及。元、明、清的人爲其詩題序跋時，亦一再的稱許。由此可見，「詩史」正是汪元量作品最大的特色，研究「詩史」即可涵蓋全體，想要對汪元量其人及其作品有突破性的認識，必得從此切入，捨此途徑，則無法觀見其全貌。因此，我採取以下幾個步驟逐一進行：首先，了解「詩史」觀念從萌芽到確立的過程，追溯「詩史」觀念的意義，再指出汪元量「詩史」的具體特徵。楊松年〈杜詩爲詩史說析評〉搜集了豐富的資料，幫助我順利的找出「詩史」的原典（註一）。龔鵬程〈論詩史〉及簡恩定〈杜甫詩史觀念之演變與發展〉清楚的指出「詩史」在各個朝代的發展情形（註二），有助於掌握「詩史」從萌芽、發展、確立到轉變的變化情形。陳師文華〈論詩史〉，對「詩史」的特徵有詳細的說解（註三），導引我確立汪元量「詩史」的特徵。除此之外，劉真倫〈詩史詮義〉、馮至〈詩史淺論〉也是這個階段很重要的參考資料。舉凡一種風格或特色的形成，都會受到外在環境及內在因素的雙重影響；因此，第二，我以汪元量「詩史」的特徵爲根據，分別從時代及個人因素，找出形成該特徵的直接、具體成因。《宋史》、《續資治通鑑》、《宋史紀事本末》、《錢塘遺事》、《宋詩綜論叢編》、文學史、倪天蕙〈論宋儒春秋尊王思想之形成〉、宋鼎宗〈宋儒春秋之尊王說〉等是此階段重要的參考資料。作品的外緣研究，只是個基礎，作品的內涵才是它的生命；因此，第三，我要詳細的探討汪元量「詩史」的內涵。我以孔凡禮的《增訂湖山類稿》爲主要版本，再考諸家版本，循著「記實敘事」、「褒貶精神」二條脈絡，一一找出作品中所「記實敘事」及「褒貶」的內容。爲了顯示徵憑有據，《宋史》、《元史》、《錢塘遺事》、《續資治通鑑》、《宋史紀事本末》、《宋季三朝政要》、《平宋錄》、《昭忠錄》、《武林舊事》等史籍是此階段最主要的參考材料，我將它們與汪元量的作品一一比對，以突顯其「詩史」特色。相對於「詩史」的內涵，汪元量「詩史」的藝術特色，是比較薄弱的，潘玲玲〈南宋遺民詩研究〉、王水照〈洞仙歌〉的賞析意見及陳師文華〈杜甫詩律探微〉，分別提供了特殊用字的重覆使用、以樂音傳心曲及連章形式的靈感，使我能在第四階段順利的找出汪元量「詩史」的藝術特色。汪元量作品感人肺腑的情感，是他的「詩史」不淪於史事的堆砌與記載的重要一環；因此，第五，我要進一步的從作品的賞析評鑑中探討其「詩史」的情感，並找出其主要的風格。此時，近代學者對汪元量研究的短篇論文、賞析文字，提供了我許多線索，蕭麗華〈論杜詩沈鬱頓挫之風格〉、王明居《唐詩風格美新探》、楊成鑒《中國詩詞風格研究》等亦是必備的參考資料。汪元量「詩史」並不是中國詩歌史上唯一的「詩史」，那麼它與其他「詩史」比較起來是如何？因此，第六，我將它與杜甫、吳梅村「詩史」作比較。汪元量和南宋遺民詩人共同經歷了大時代的苦難，反映在作品中相同與相異處各爲何？這也是不可忽略的，因此，我也舉了文天祥、謝翺、林景熙、鄭思肖、謝枋得等重要遺民作家的作品與汪元量「詩史」作比較。此階段中，陳師文華〈杜甫詩律探微〉、蕭麗華〈論杜詩沈鬱頓挫之風格〉、黃錦珠〈吳梅村敘事詩研究〉、潘玲玲〈南宋遺民詩研究〉的成果是我的預備基礎。經過這一連串的研究，最後我必須就各方面研究的結果將汪元量「詩史」作一合理的評價，亦是作個簡明的結論。

註釋

註一：蒐錄於《古典文學》，第七集，頁三七一——三九九。

註二：分別蒐錄於《詩史本色與妙悟》，第二章，頁一八——九一及《清初杜詩學研究》，第三章，頁一〇七——一二二。

註三：蒐錄於《杜甫傳記唐宋資料考辨》，第四篇，頁二四一——二六二。

第二章　汪元量「詩史」的特徵及其形成背景

第一節　汪元量「詩史」的特徵

汪元量乞黃冠南歸以後，將作品匯集爲《湖山類稿》，他的朋友或是爲其題序跋，或以詩作表示讀後感。馬廷鸞及李珏二人在〈書汪水雲詩後〉中（註一），首先提出汪元量「詩史」的說法。馬廷鸞云：

「展卷讀甲子初作，微有汗出，讀至丙子作，潸然淚下。又讀至醉歌十首，撫席痛哭，不知所云。……因題其集曰『詩史』。」

李珏云：

「《類稿》，紀其亡國之戚，去國之苦，艱關愁歎之狀，備見於詩，微而顯，隱而彰，哀而不怨，欷歔而悲，甚於痛哭，豈《泣血錄》所可並也？唐之事紀於草堂，後人以詩史目之，水雲之詩，亦宋亡之『詩史』也，其詩亦鼓吹草堂者也。其愁思壹鬱，不可復伸，則又有甚於草堂者也。噫！水雲留詩與後人哀耶？可感也，重可感也。」

劉辰翁、周方、趙文雖然未明白的以「詩史」來指稱水雲之作品，卻都共同指出其中「史」的特色了。劉辰翁〈湖山類稿序〉云：

「其詩自奉使出疆，三宮去國，凡都人憂悲恨嘆無不有，及過河歷皇王帝伯故都遺跡；凡可喜、可詫、可驚、可痛哭而流涕者，皆收拾於詩。解其囊，南吟北嘯，『如賦史傳』，亦自有可喜。」（註二）

周方〈書汪水雲詩後〉云：

「余讀水雲詩，至丙子以後，為之骨立。再嫁婦人望故夫之隴，神銷意在，而不敢出聲哭也。……晚節聞見其事，奮筆直情，不肯為婉孌含蓄，千載之下，人間得『不傳之史』。山陽夜笛，聞之者四壁皆為悲咽；正平操撾，聽之者三臺俱無聲韻。噫！水雲之詩，眞能使人至如是，至如是其感哉！渡黃河，歷太華，望燕雲之日，慨易水之風，則水雲續集，余尚能無感，能無喜。」（註三）

趙文〈書汪水雲詩後〉云：

「讀汪水雲詩而不墮淚者，殆不名人矣！暨國亡，親見蒼黃歸附，又展轉北行，道途所歷，痛心駭目，不可具道。留燕日久……皆史記所未有。……君皆耳聞目見，又能寫為詩，幽憂沈痛，殆不可讀。……獨留此斷腸泣血，道千古羞與千古恨。」（註四）

三人的意見和李珏的差不多。蕭壎、嚴日益、蕭灼、王祖弼、曾順孫等在〈題汪水雲詩卷〉中（註五），亦履次提到水雲作品的這種特色。蕭壎云：

「行吟便是『江南史』，它日眞堪付董狐。」

嚴日益云：

「青藜老仙選詩哭，彷彿東都夢華錄。」

蕭灼云：

「十年歸來兩鬢霜，袖有詩史繼草堂。」

王祖弼云：

「我輩恨生南渡後，道人嘯出北征詩。」

曾順孫云：

「琴音不忍移南操，詩卷猶能續北征。」

由此看來，汪元量「詩史」在當時似乎已形成一普遍共識；那麼，「詩史」究竟是什麼？汪元量「詩史」的特徵又如何？想要更清楚的了解汪元量「詩史」或「宋亡之詩史」的概念，必須對「詩史」觀念從產生到確立的過程先有一番認識。

一、「詩史」觀念的釐清

「詩」、「史」二字原來各有其獨立的意義。《說文解字》云：「詩，志也。」段注引〈毛詩序〉云：「詩者，志之所之也。在心爲志，發言爲詩。」《說文解字》又云：「史，記事者也。」（註六）到了晚唐，孟棨首先將二者連稱（註七），用以指稱杜甫及其詩作。《本事詩》云：

「杜逢祿山之難，流離隴蜀，畢陳於詩；推見至隱，殆無遺事。故當時號為『詩史』。」（高逸第三）。（註八）

這段話雖然附於探討李白的「高逸」之後，不甚起眼，但是仍然透露出某些「特殊訊息」，很值得注意。首先，「詩史」的產生必須有一個「特殊的時代」爲背景。安祿山之亂，是唐代由盛轉衰的關鍵，社會動盪不安，國亂家破，詩人置身其中，所見滿目瘡痍，人心惶惶，不能無所感。這一段很長的時間，杜甫又流離隴蜀，個人命運與國家安危緊密相繫，被之於詩，自然流露出一分現實主義的關懷。由此可知，大時代環境及作者個人特殊的經驗，提供了「詩史」作品產生的必要基礎。其次，「畢陳」於詩，推見「至隱」，殆「無遺事」，正指出「詩史」稱號中「史」的成分及特色，也點明了詩、史相通之處。

詩、史之所以可以相提並論，最顯而易見的就是詩也有著史的「記錄」作用，可以「推見至隱，殆無遺事。」聞一多曾說：「漢人解釋『詩』字，多訓爲『志』，乃是《尚書》：『詩言志』這句話來的。什麼是志？漢時訓作『人之志向』，而在戰國時代卻不止此義。我們試作推求，可得出以下幾種意義：志就是指記憶、記錄、懷抱。」（註九）這種「記錄」的特性，在敘事詩中尤其明顯可見，我國早期敘事詩的來源中，有一支就是自史官文化的記事體，記實性極強（註一〇），由此亦可見詩、史二者密切的關聯性。所謂的記錄性、記實性是從作者創作的角度而言，若從讀者閱讀的角度來看，則可以說成「詩可以觀」（註一一）。鄭玄在「（詩）可以觀」下注曰：「觀風俗之盛衰。」（註一二）正是緊扣著詩的「記錄」性而言，二者其實是一體的兩面。這也是構成中國文學「現實主義」精神的本質。

孟棨在晚唐提出「詩史」的稱號，對宋代的影響很大。若說孟棨是「偶然」碰觸到詩、史相通之處，把二者結合，宋人則是「有意識」的抓住詩、史相通之處，發揚宋代詩學的理念。他們以孟棨的說法爲基礎，從杜甫人格精神的特質及作品的特色出發，更深入的挖掘出「詩史」稱號各方面的內涵，尤其是「歷史文化」的意義，使「詩史」的內涵更加飽滿；並且更加推崇杜甫其人及其作品。隨著「詩史」觀念的被廣泛討論，此一指稱也有普遍化的現象。如劉克莊《後村詩話》謂「劍南集可稱『詩史』」，蔡寬夫撰詩話，更以《詩史》名書，論者認爲只要具備「詩史」的特色就可以以「詩史」稱之，不再侷限於杜甫及其作品的專稱。汪元量「詩史」的提出，正是在宋人「詩史」觀念確立而且普遍化的情況下產生（註一三）。因此，對宋人「詩史」內涵的充分了解，是有助於對汪元量「詩史」特徵的掌握。以下就分別從詩、史的角度切入，看宋人如何從對杜甫「詩史」的討論中發展出宋「詩史」的概念。

㈠從「史」的角度看「詩史」的內涵

宋人基本上是從詩史「史」的特色切入，對杜甫詩史的內涵作廣泛的討論。詩和史最大的相通處，就是它也有著史一般以賦筆描寫紀錄事實的特色。宋人掌握了孟棨的這層原意，認爲「詩史」主要精神是繼承並發揚中國文學現實主義的傳統，所以以「記實敘事」爲其主要概念。陳巖肖云：

「杜少陵子美詩，多紀當時事，皆有據依，故號『詩史』。」（註一四）

李復〈與侯溪秀才書〉云：

「杜詩謂之『詩史』，以班班可見當時。」（註一五）

「皆有依據」、「班班可見當時」，正因爲其有著「史」一般的記實特性。記實的特性則以「敘事」的手法呈現。蔡居厚《蔡寬夫詩話》云：

「子美詩善敘事，故號詩史。」（註一六）

善敘事一方面指的是如「史」一般的藝術表現手法，一方面則是指如「史」一般的內容。所敘之內容爲個人身世與時代命運高度聯結下的產物。胡宗愈〈成都草堂詩碑序〉云：

「先生以詩鳴於唐，凡出處、動息、勞佚、悲懽憂樂、忠憤感激、好賢惡惡，一見於詩，讀之可以知其世。學士大夫，謂之詩史。」（註一七）

宋祁云：

「甫又善陳時事……，世號詩史。」（註一八）

李朴云：

「唐人稱子美為「詩史」者，謂能記一時事耳。」（註一九）

何夢桂〈永嘉林霽山詩序〉云：

「古今以杜少陵詩為詩史，至其長篇短章，橫騖逸出者，多在流離奔走失意中得之。」（註二〇）

由此可見，杜詩所載，反映了安史之亂這件重大時事，記錄了人類的一次大浩劫，杜甫因親身遭受流離動蕩之苦，與整個時代更是休戚相關，將所見的至隱事件攤在世人面前時，不只是個人的，更是全社會的共同經驗感受。

敘事詳盡，有如史傳，則是表現上最大的特色，這在杜詩中屢屢可見。姚寬云：

「或謂詩史，有年月地理本末之類，故名詩史。」（註二一）

黃徹云：

「子美世號詩史，觀北征詩云：皇帝二載秋，閏八月初吉。送李校書云：乾元元年春，萬姓始安宅。又戲友二詩：元年建巳月，郎有焦校書。元年建巳月、官有王司直。史筆森嚴，未易及也。」（註二二）

除了有如史傳一般的年月地理本末等的記載之外，論者亦從杜詩多「實錄」當時的的物事或情景來看其敘事的手法。如宋敏求言唐文宗讀杜詩關於安史亂後曲江旁情景之實錄：「江頭宮殿鎖千門，細柳新蒲爲誰綠？」「因建紫雲樓、落霞亭。歲時賜宴，又詔百司于兩岸建亭館。」（註二三）既然對杜詩抱著「實錄」的態度，所以自然而然有「少陵號詩史，必不妄言。」（註二四）的看法。因此，在宋人討論杜甫詩史時，大量出現以詩補史、以詩正史的說法也就不足爲奇了。劉克莊云：

「『新安吏』、『潼關吏』、『石壕吏』、『新婚別』、『垂老別』、『無家別』諸篇，其述男女怨曠、室家離別、父子夫婦不相保之意，與『東山』、『采薇』、『出車』、『杕杜』數詩，相為表裡。唐自中葉以徭役調發為常，至於亡國，肅、代而後，非復貞觀、開元之唐矣。新舊唐史不載者，略見杜詩。」

「『天邊行』云：『九度附書向洛陽，十年骨肉無消息。』『大麥行』云：『大麥乾枯小麥黃，婦女行泣夫走藏。』『問誰腰鐮胡與羌。』『苦戰行』云：『苦戰身死馬將軍，云是伏波之子孫。』注：馬璘也。『去秋行』云：『去秋涪江木落時，臂槍走馬誰家兒。到今不知白骨處，部曲有去皆無歸。』『戰場冤魂每夜哭，空令野營猛士悲。』此數篇皆可補史之缺文，但遂州白骨不歸，失其姓名，當考。」（註二五）

以上爲以詩補史的例子。以詩正史的例子，則以王珪事最爲著名。蔡絛《西清詩話》舉《唐書・烈女傳》言王珪母爲盧氏而評云：「送重表姪王砅云：我之曾老姑，爾之曾祖母。爾祖未顯時，歸爲尚書婦。則珪母杜氏，非盧氏也……史缺失而謬誤，獨少陵載之。號詩史，信矣。」（註二六）上述各項，其實一直環繞在「記實」的特性上，早在孟棨時就已經注意到了。

「史」除了有「敘事記實」的特色外，「褒貶」的筆法亦不可忽略。因此，當宋人從「史」的角度切入「詩史」觀念探討時，亦試著從此尋找二者相結合的可能性。簡恩定〈以詩補史觀念的提出〉云：

「中國詩在三百篇以下，所著重的恰好也是『言之者無罪，聞之者足以戒』。因此，在這種功能相同的條件下，詩自然偶會有史的功能（即寓褒貶於其中），而與史相表裡。」（註二七）

從「詩」亦有「史」一般的「褒貶」特性切入，是宋人超出孟棨之處，可以說是宋人對「詩史」精神的發揚。以下就來看看宋人在這方面的意見。李遐年云：

「詩史猶國史也。春秋之法，褒貶於一字，則少陵一聯一語及梅，正春秋法也。」（註二八）

黃徹云：

「諸史列傳，首尾一律；惟《左氏傳・春秋》則不然：千變萬狀，有一人而稱目至數次異者，族氏、名字、爵邑、號謚，皆密布其中，而寓諸褒貶，此史家祖也。觀少陵詩，疑寓隱此旨……凡例森然，誠『春秋』之法也。」（註二九）

羅大經云：

「春秋之時，天王之使交馳於列國，而列國之君如京師者絕少。夫子謹而書之，固以正列國之罪；而端本澄源之意，其致責於天王者尤深矣。唐之藩鎮，猶春秋之諸侯也。

杜陵詩云：『諸侯春不貢，使者日相望。』蓋與春秋同一筆。」（註三〇）

「春秋筆法」的成立，來自孔子的修春秋，自此以後，就成爲史書撰寫的一個傳統。《孟子》云：「孔子成春秋，而亂臣賊子懼。」（註三一）劉勰云：「夫子閔王道之缺，傷斯文之墜，靜居以歎鳳，臨衢而泣麟。於是就太師以正雅頌，因魯史以修春秋；舉得失以表黜陟，徵存亡以標勸戒。褒見一字，貴踰軒冕，貶在片言，誅深斧鉞。」（註三二）宋人既然將杜詩「褒貶」特色與「春秋筆法」相提並論，由此可見其對杜甫「詩史」的推崇。宋人並不停留在泛泛的指稱杜詩具有「春秋」之筆法，亦就個別的詩作，清楚的指出其中之褒或貶。劉克莊《詩話後集》云：

「子美與房琯善，其去諫省也，坐救琯。後為哀挽，方之謝安。投贈哥舒翰詩，盛有稱許，然『陳濤敘』、『潼關』二詩，直筆不少恕。或疑與素論相反。余謂翰未敗，非子美所能逆知；琯雖敗，猶為名相。至於陳濤敘、潼關之敗，直筆不恕，所以為詩史也。何相反之有！」（註三三）

司馬遷是一代史家，繼承著《春秋》以來的褒貶精神。於是宋人又常把杜甫與他相提並論，以顯示對杜甫其人的敬重。最早的說法，可能是從畢仲游開始。

「昨日（蘇東坡）見畢仲游；問杜甫似何人？仲游曰：『似司馬遷。』僕喜而不答，蓋與曩言會也。」（註三四）

其後王十朋及釋居簡亦有相同的看法。王十朋〈州宅雜詠・詩史堂〉云：

「莫作詩人看，斯人似子長。」（註三五）

釋居簡〈大雅堂〉云：

「少陵何人斯，曰似司馬遷。」（註三六）

杜甫褒貶精神可能與其家學淵源有關（註三七），而對它產生潛在的認同。但，更重要的，他身經安史之亂，對大時代有一分真誠的關懷，對無助、苦難的人民有一分悲憫同情，發而爲詩，情感的愛憎就自然而然的表現在是非褒貶之中。這種思想意識的流露，正根源於其內心中永不枯竭的忠義愛國性情。于𡧍〈修夔州東屯少陵故居記〉云：

「少陵之詩，號為詩史，豈獨取其格律之高，句法之嚴。蓋其忠義根於中而形於吟詠，所謂一飯未嘗忘君者。是以其鏗金振玉之所以與騷雅並傳於無窮也。」（註三八）

這種忠義精神，對於衰弱不堪的宋代，是有鼓舞作用的，也難怪宋人對杜甫「詩史」如此大力推崇。

㈡從「詩」的角度看「詩史」的內涵

「史」是「詩史」作品的性質，「記實敘事」及「褒貶精神」是「詩史」的二大特徵。但，詩與史畢竟是不同的，二者並不能畫上等號，「詩史」作品仍然是「詩」。因此，當宋人從「史」的角度給杜甫詩歌極高的推崇之後，終歸是要回到「詩歌」的本身，看看作爲「詩史」作品的詩，在形式、體裁、表現手法、風格等是否有特別之處。

前面已談過，杜甫「詩史」的封號是以「記實敘事」爲基本概念，這種詩歌的表現手法和抒情的表現手法是有很大的不同，通常需要更大的篇幅來作完整的敘述描述。所以宋人討論的觸角自然就伸展到此。宋祁云：

「律切精深，至千言不少衰，世號詩史。」（註三九）

《蔡寬夫詩話》云：

「子美詩善敘事，故號『詩史』。其律詩多至百韻，本末貫穿如一辭，前此蓋未有也。」（註四〇）

他們也從杜甫詩歌的藝術技巧及作品呈現的風格來探討這一內涵，看看杜甫如何使詩歌達到記錄、寫實的作用。姚寬云：

「杜謂之詩史，未嘗誤用事。」（註四一）

王得臣〈增註杜工部詩集序〉云：

「逮至子美之詩，周情孔思，千彙萬狀，茹古含今，無有端涯；森嚴昭煥，若在武庫，見戈戟布列，蕩人耳目。非特意語天出，尤工於用字，故卓然為一代冠，而歷世千百，膾煞人口。予每讀其文，竊苦其難曉。如『義鶻行』：『巨顙拆老拳』之句，劉夢得初亦疑之。後覽『石勒傳』，方知其所自出。蓋其引物連類，掎摭前事，往往而是。韓退之謂『光燄萬丈長』，而世號『詩史』，信哉！」（註四二）

史繩祖〈詩史百家註淺陋〉條云：

「先儒謂：韓昌黎文無一字無來處，柳子厚文無兩字無來處。余謂杜子美詩史亦然。惟其字字有證據，故以史名。」（註四三）

黃庭堅〈答洪駒父書〉云：

「老杜作詩，退之作文，無一字無來處，蓋後人讀書少，故謂韓杜自作此語耳。」（註四四）

這種「字字有證據」、「無一字無來處」，和信而可徵的特色有很大的關係，這正是其豐富學養的外現。所以何夢桂〈王樵所詩序〉說：

「先輩謂杜工部以詩為史，韓吏部以文為詩，繇其胸中貯存博碩，然後信筆拈出，自成宮商，非抉摘刻削，求工於筆墨言語以為詩也。」（註四五）

從風格而言，杜詩呈現多樣風貌，最能展現時代之真實面目。釋普聞《詩論》說：

「老杜之詩，備於眾體，是為詩史。近世所論：東坡長于古韻，豪逸大度；魯直長于律詩，老健超邁；荊公長于絕句，閑暇清癯；其各一家也。」（註四六）

所謂「備於眾體」，是指杜詩具備各種不同風格。這也正是蘇軾所言的「集大成者」（註四七）、袁燮「兼有眾美」（註四八）、華鎮「兼盡眾善」（註四九）的意思。風格是作家個性、人格在文學內容和形式上的一種綜合表現。老杜兼具各種風格的特色是如何形成，而使他得以被推崇為「詩史」？秦觀〈韓愈論〉云：

「杜子美之於詩，實積眾家之長，適當其時而已。昔蘇武、李陵之詩，長於高妙；曹植、劉公幹之詩，長於豪逸；陶潛、阮籍之詩，長於沖澹；謝靈運、鮑照之詩，長於峻潔；徐陵、庾信之詩，長於藻麗；於是杜子美者，窮高妙之格，極豪逸之氣，包沖澹之趣，兼峻潔之姿，備藻麗之態，而諸家之作所不及焉。」（註五〇）

所謂適其時，一方面是杜甫處在一個各種風格已具備的時代，他才有集大成之可能。另一方面，亦可說是時代成就了他。杜甫身逢安史之亂的特殊時局，遭罹各種禍難，而能從中展現生命本體的關懷，以各種風格之作品反映「真實」的時代背景，所以才能贏得「詩史」的美譽。

經過以上對杜甫「詩史」的探討，可試著將宋時「詩史」的內涵界定如下：所謂的「詩史」，是對作者及其作品的尊稱。它以詳實的敘事手法，記載個人身世與時代命運相聯結的特殊內容，並藉此呈現作者對歷史事件、人物的褒貶態度。爲了記實敘事的需要，它經常要用較長的篇幅來完成。作者在藝術上費力經營，以展現多樣貌的風格，有助於呈現真實的時代面貌。

二、汪元量「詩史」的特徵

掌握了宋代「詩史」的意義之後，再回過頭來看看汪元量的「詩史」。李玨等人都注意到水雲作品「內容」的特殊性，它一方面紀錄了「亡國之戚」，另一方面也紀錄了「去國之苦」，可以說是大時代與個人特殊遭遇相結合的產物，此正符合孟棨以降對「詩史」產生的基礎要求。汪元量「詩史」是宋代「詩史」觀念普遍化以後的產物，其特徵自然逃脫不出此範圍，宋人「詩史」的二大特徵，第一是「記實敘事」，第二是「褒貶精神」，此正李玨等人指出的「如賦史傳」、「人間得不傳之史」、「皆史記所未有」及「微而顯，隱而彰」的性質。至於他們一再的把汪元量與杜甫相提並論，實在是因爲杜甫是「詩史」的最高典範，他們有意借杜甫來抬高汪元量作品的重要性。不過，他們對汪元量「詩史」的指稱，僅限於標示「作品的特色」，或竟如馬廷鸞的以「詩史」代指汪元量的作品，並不同時用以尊稱「作者」。他們一再提到水雲作品情感特色與其「詩史」的關係，是宋人所稱「詩史」未注意到的層面，這是研究汪元量「詩史」要特別注意的。以下試著指出汪元量「詩史」的特徵：

汪元量「詩史」的指稱，只限在「作品」的層次，並不及於「作者」的層次。所謂「作品」的層次，一方面是指「作品的特色」，一方面又為「作品」的代稱。有關其「詩史」的討論，普遍認為其能以「特殊時代」及「個人特殊遭遇」為基礎，產生深厚的情感震撼力，並且能掌握「記實敘事」及「褒貶精神」的特點，所以其作品能贏得「詩史」的殊榮。

註釋

註一：見〈汪元量研究資料彙輯〉，附錄一，頁一八六及一八八。

註二：同上，頁一八五。

註三：同上，一八七。

註四：同上，頁一八七。

註五：同上，分別見頁二一四、二二三、二二一、二七七、二一八。

註六：以上引《說文解字》，分別見頁九〇、一一六。

註七：其實在孟棨之前，早已見詩、史連稱的現象。《宋書·謝靈運傳》：「至於先士茂製，諷高歷賞……並直舉胸情，非傍詩史。」此處「詩史」意指「徵事數典」。《南齊書・王融傳》：「今經典遠被，詩史北流。」「詩史」與「經典」意思相類。二者之意思，與唐宋以後對「詩史」的認定均不同，在意義上有很大的區隔。

註　八：蒐錄於《續歷代詩話》，頁八。

註　九：《聞一多論古典文學》，聞一多撰，鄭臨川述評，頁一〇。

註一〇：蕭馳《中國詩歌美學》，第五章，頁一〇五——一〇七。

註一一：田寶玉〈中國敘事詩的傳承研究——以唐代敘事詩為主〉，第三章，頁六九——七四。

註一二：見《論語・陽貨》，頁一五六。

註一三：有關「詩史」稱號的普遍化，可參考陳師文華《杜甫傳記唐宋資料考辨》，第四篇，頁二四二。

註一四：《庚溪詩話》，卷上，頁六。

註一五：《潏水集》，卷五，頁五〇。

註一六：胡仔《苕溪漁隱叢話》前集引，卷一八，頁四。

註一七：蒐錄於《杜工部草堂詩箋》。

註一八：《新唐書・杜甫傳》，卷二〇一，頁五七三六。

註一九：《餘師錄》，卷三，頁七。

註二〇：《潛齋文集》，卷五，頁四四五。
註二一：《西溪叢語》，卷上，頁四二。
註二二：《砦溪詩話》，卷一，頁三。
註二三：《春明退朝錄》，卷中，頁一一。
註二四：孫奕《履齋示兒編》，卷一三，頁九。
註二五：以上二則，均見《後村詩話》。
註二六：胡仔《苕溪漁隱叢話》前集引，卷一三，頁四。
註二七：《清初杜詩學研究》，第三章，第二節，頁二〇。
註二八：周煇《清波雜志》引，卷一〇，頁五七。
註二九：《砦溪詩話》，卷一，頁二。
註三〇：《鶴林玉露》，卷二，頁二一五四。
註三一：〈滕文公〉下，卷六下，頁一一八。
註三二：《文心雕龍．史傳》，卷四，頁二八三。
註三三：《後村先生大全集》，卷一七六，頁一五六五。
註三四：蘇軾《東坡志林》，卷一一，頁一。
註三五：《梅溪王先生文集．詩文後集》，卷一三，頁六。

註三六：《北磵集》，卷四。

註三七：晉杜預為杜甫之先祖，曾注《左傳》。

註三八：《全蜀藝文志》，卷三九，頁五四三。

註三九：《新唐書・杜甫傳》，卷二〇一，頁五七三六。

註四〇：胡仔《　溪漁隱叢話》引，卷一八，頁四。

註四一：《西溪叢語》，卷上，頁四一。

註四二：蒐錄於《補注杜詩》。

註四三：《學齋佔畢》，卷四，頁一三。

註四四：《豫章黃先生文集》，卷一九，頁二〇四。

註四五：《潛齋文集》，卷五，頁四四二。

註四六：陶宗儀《說郛》引，卷六七，頁八七九。

註四七：陳師道《後山詩話》引蘇軾言云：「子美之詩，退之之文，魯公之書，皆集大成者也。」蒐錄於《後山先生集》，卷二八，頁七〇四。

註四八：袁燮〈題魏丞相詩〉云：「杜少陵雄傑宏放，兼有眾美，可謂難能矣。」《絜齋集》，卷八，頁一一六。

註四九：華鎮〈上蔡僕射書〉云：「少陵閎深博達，兼盡眾善。」《雲溪居士集》，卷二四，頁五五六。

註五〇：《淮海集》，卷一一，頁四。

第二節　汪元量「詩史」形成的背景

「詩史」是宋人對汪元量作品特色的稱譽，這種特色絕對不是憑空而生，在上一節中，我們提到，「詩史」作品的產生，必須有一個特殊的大時代環境及特殊的個人經驗為基礎，同時也歸納出汪元量「詩史」的二大特徵爲「記實敘事」及「褒貶精神」，因此以下就從這幾個要點切入，來掌握汪元量「詩史」形成的背景。

一、時代因素

從文學現象的存立來看，構成文學的要素包含作家、作品、讀者及現實世界四者。現實世界是整個文學活動的客觀基礎，作家的創作離不開現實世界，作品是當時現實世界的反映，讀者亦可以透過當時現實世界的掌握，從事閱讀作品的工作（註一）；因此，當我們要認識一個作家及其作品特色構成的時代因素時，有必要先掌握當時的現實世界，亦即所謂的「知人論世」（註二），這包括當時的政治環境、學術風氣及文學（詩學）潮流等。以下就分別從這三方面看汪元量「詩史」產生的時代因素。

㈠國君庸懦無能，奸佞專橫弄權，國破家亡，異族入主

大抵而言，一個國家的衰亡有很多的原因，而南宋滅亡主要的原因則有二，第一，國君庸懦無能。第二，奸佞專橫弄權。這二者其實是一體的二面，不可分割。國君的庸懦無能，最常表現在用人不當上，因此，往往讓奸佞小人有機可乘，並且助長其氣燄，而賢良之才則被摒棄不用，同時，權奸的攬政，也使得國君形同傀儡。其實，歷代各朝亦出現過奸佞權臣，但是，相較之下，宋代似乎特別多。南渡以後，高宗時有秦檜爲患，寧宗時有韓侂胄攬權，理宗一朝權奸最多，前有史彌遠、史嵩之、丁大全，後有賈似道。度宗時朝政完全掌握在賈似道的手中，致使國勢每下愈況，垂危在旦夕，恭帝時賈似道更是目中無人，不將太皇太后與恭帝當作一回事，可以說是權奸中的權奸。汪元量出生於理宗淳祐年間，正是權奸賈似道爲害最嚴重的時候；而在上位的國君，仍然毫無警覺，繼續寵信他，任其甜言美語的欺騙，過著荒唐享樂的太平日子，不問黎民百姓的生活與國家的存亡興廢，最後終於把宋朝帶到亡國的噩運。以下就同時從這二個角度，來看看南宋末年的政治環境。

理宗、度宗、恭帝三朝的庸懦無能，最主要表現在他們對賈似道無限的寵信。賈似道原來只是個不檢操行、游手好閒的人，因爲姐姐有寵於宋理宗，善於把握時機，扶搖直上，加官晉爵，威權日盛。理宗開慶元年（一二五九），蒙古傳檄數宋背盟之罪，出兵攻打蜀、鄂、交阯、廣西、湖南，理宗大懼，派遣大軍對抗，命賈似道駐軍漢陽，援助鄂州。似道表面上應允出兵，背地裡只知謀個人私利，不以國家大業爲念，只想應付了事。在這樣的將帥領導之下，軍心自然渙散，難與敵人相抗，軍隊死傷慘重是可預料的。爲了掩飾這個事實，於是他二次密遣宋京到蒙古軍中請稱臣，輸歲幣，換取暫時的和平苟安。很巧的，此時蒙古也因憲宗皇帝晏駕于征途，國內政局不穩定，希望先安內再求對外發展，所以接受了議和的條件，自宋境退兵。似道明明是以稱臣納幣的方法才暫時驅離蒙古軍隊，反上奏以諸路大捷，更妙的是理宗完全不察，還信以爲真，龍心大悅，竟下詔讚曰：

「賈似道為吾股肱之臣，任此旬宣之寄，隱然殄敵，奮不顧身，吾民賴之而更生，王室有同於再造。」（註三）

由此可見賈似道的胡亂作爲及理宗的荒唐昏昧。《宋史》對理宗的贊語是：

「理宗享國久長，與仁宗同。然仁宗世，賢相相繼，理宗四十年之間，若李宗勉、崔與之、吳潛之賢，皆弗究于用；而史彌遠、丁大全、賈似道竊弄威福，與相始終……尤其中年嗜慾既多，怠於政事，權移奸臣，經筵性命之講，徒資虛談，固無益也。」（註四）

理宗昏昧若此，得到這樣的評語也是非常合理的。至於賈似道，由上述的例子，我們可知他在理宗朝時的影響力有多大，很可悲的，這股惡勢力到了度宗時，不但不見消退，反而還愈來愈可怕。理宗無子，賈似道擁立榮王趙與芮之子，是爲度宗。爲了報恩，度宗對賈似道特別禮遇，甚至是敬畏害怕、唯命是從，不但自己尊稱他爲「師臣」，也要朝臣稱他爲「周公」。賈似道看準了度宗的弱點，常常以「去位」要脅度宗，由此我們可以同時看到度宗庸懦無能及賈似道跋扈專權的一面。

「(咸淳二年)春正月，江萬里罷。時，賈似道以去要君，帝至拜留之。」(註五)

針對此事，江萬里特別規勸度宗，云：「自古無此君臣禮，陛下不可拜，似道不可復言去。」(註六)但是庸儒的度宗已習慣依賴賈似道，不能一日無他，他已顧不得君臣之禮，還是在賈似道面前俯首稱拜。如此下去，賈似道的膽量更大，屢屢以此爲策。

「(咸淳三年)，賈似道上疏乞歸養，帝命大臣侍從傳旨固留，日四五至，中使加賜，日十數至，夜即交臥第外以守之。特授平章軍國重事，一月三赴經筵，三日一朝，治事都堂，賜第西湖之葛嶺，使養其中。似道於是五日一乘湖船入朝，不赴都堂治事，吏抱文書就第呈署，大小朝政，一決於館客廖瑩中，堂吏翁應龍，宰執充位而已。似道雖深居簡出，凡臺諫彈薦劾，諸司辟，及京尹畿漕切事，不關白不敢行。」(註七)

至此賈似道可說完全掌握了朝廷大局，他可以放心的在西湖享樂，而朝中之事卻又全在他的掌控之中；度宗對他而言只是個「虛有其名」的皇帝，他才不看在眼裡。於是才會有度宗流淚相留的難堪歷史鏡頭。

「(咸淳六年)賈似道屢稱疾求去，帝至涕泣留之。」(註八)

度宗爲了報一己之恩，而寵任權奸，誤了天下蒼生，難怪《宋史》會對他作「拱手權奸，衰敝寖甚」（註九）的評語了。對此，王夫之也極不客氣的說：

「宋迨理宗之末造，其亡必矣。然使嗣立之主，憤恥自彊，固結眾志，即如劉繼元之乘城堅守，屢攻而不下，猶有待也。抑不能然，跳身而出，收潰散之卒，勉以忠義，如苻登之誓死以搏姚萇，身雖死，國雖亡，猶足為中原存生人之氣，而偷一日之安富，懷擁立之私恩，委國以授之權姦，至於降席稽顙，恬不知祚，而後趙氏之宗祊瓦解灰飛，莫之能挽。」（註一〇）

除此之外，度宗的庸懦無能還表現在他的「荒於酒色」及「縱情笙歌」。這在《宋季三朝政要》及《錢塘遺事》均有紀載：

「（度宗）耽于酒色，賈似道以策立功制國命，上拱手而已。」（註一一）

「宮中飲宴名排當，理宗朝排當之禮多……度宗因之，故咸淳丙寅給事陳宗禮有曰：『內侍用心，非借排當以規羨，餘則假秩筵以奉殷勤，不知聚幾州汗血之勞，而供一夕笙歌之費。』」（註一二）

度宗之時，南宋與蒙古的情勢已經非常緊張，而且宋朝一直處在劣勢，爲什麼度宗還有心情「荒於酒色」、「縱情笙歌」？謝翺〈續琴操哀江南四章・與言自古四之四〉有非常透徹的說明。

「度宗在宮中以壺觴自隨，盡日不醉；權臣弄國，江上之師不暇一戰，反以捷聞。蓋必有以壅塞其耳目，蠱惑其心志而然歟！否則慄慄危懼之不恤，而又何樂於酒？」（註一三）

沒錯，度宗之所以可以放心的享受酒色，是因爲他的耳目受到壅塞，心志受到蠱惑，無法作正確的是非判斷，所以才會一意的寵信賈似道，任其專權作弄。其實這也正是其庸懦無能的最佳寫照。

恭帝趙㬎，即位時只有四歲，由謝太皇太后垂簾聽政。但是，仔細看這一少一老的組合，老的謝太皇太后糊塗，少的無知，朝廷大政實際上仍由賈似道獨攬。《宋季三朝政要》云：「度宗崩，太皇太后與幼君不過建空名於六服之上。」（註一四）這的確是個不爭的事實。元兵破鄂之後，太學諸生力主賈似道必須親自出兵，賈似道不得不出師。他故計重施，派了宋京前去和元人議和，想要用「稱臣納幣」的方法打發元兵，但是，元人不從。於是只好硬著頭皮、趕鴨子上戰場，打敗仗是自然而然的事。於是他和孫虎臣以單舸奔揚州，沒有一點負責與擔當的誠心，社會大眾對此非常不滿，陳宜中建議誅賈似道。沒想到，謝太皇太后竟然反對。她說：

「似道勤勞三朝，安忍以一朝之罪，失待大臣之禮。」（註一五）

賈似道爲害三朝，作惡多端，到了國家存危關頭，謝太皇太后尚且爲他說話，還要以大臣之禮對待，可見她真是老糊塗了。等到王爚以「本朝權臣稔禍，未有如似道之烈者。縉紳草茅不知幾疏，陛下皆抑而不行，非惟付人言於不恤，何以謝天下！」（註一六）說太后，在不得不的情況下，她才決定將賈似道貶謫到循州安置。然而賈似道還是自信滿滿，認爲太后絕對不敢殺他，甚至到臨時死還說：「太皇許我不死。」（註一七）可見他是如何專橫跋扈，連謝太皇太后都要對他禮讓三分。

太皇太后的昏昧無能亦可由下面的這件事看出。德祐元年（一二七五）三月元主遣禮部尚書廉希賢、工部侍郎嚴忠範奉國書至宋廷，他們到了獨松關就遭到宋將張濡部曲的拘殺。朝廷害怕元人的興師問罪，竟使人移書元軍，說：

「殺使之事乃邊將，太后及嗣君實不知，當按誅之，願輸幣，請罷兵通好。」（註一八）

從這件事，我們很清楚的看到面對元兵一日日的逼進，宋朝廷似乎完全沒有因應的對策，一方面不能掌握自己的軍隊，另一方面又不知二國對峙的實際情勢，更害怕得罪元人，完全不知所措，謝太皇太后及賈似道唯一的面對方法，似乎只有以「稱臣納幣」求得苟安，真是悲哀，令人不勝欷歔。德祐二年（一二七六）正月，元兵已經進入臨安城，大宋國運已逝。宋廷先派柳岳奉書與元修好，泣請曰：「嗣君幼沖，在衰絰中，自古禮不伐喪。凡今日事至此者，皆奸臣賈似道失信誤國耳。」（註一九）伯顏不從。宋廷派陸秀夫等前去議和，請求「稱姪納幣」或「稱姪孫納幣」，元伯顏亦不許。太皇太后於是下命改用「臣禮」，陳宜中有所爲難。太皇太后涕泣曰：

「苟存社稷，稱臣非所較也。」（註二〇）

雖然賈似道曾背著朝廷向蒙古「稱臣納幣」，但畢竟他還不能代表整個國家，這意義和謝太皇太后派人向元「稱臣納幣」是有所不同的。而宋原想以「姪」或「姪孫」自稱，基本上仍想維持一個國家的體制，當謝太皇太后同意以「臣」自稱，南宋實際上已經滅亡，元人大可長趨直入了。

南宋末年這種國君庸懦無能、奸佞專橫弄權、國破家亡、異族入主的大時代，正符合「詩史」作品產生的最基本條件，所以就成爲蘊釀汪元量「詩史」的最好環境。

(二)「尊王攘夷」思想盛行，春秋學研究蔚為時代風尚

「尊王攘夷」是宋代學術思想的主流。尊王者，即強化中央政府的權力；攘夷者，即抵禦外侮的侵略。抵禦外侮的侵略，必須以強化中央政府的權力爲基礎，所以整個「尊王攘夷」的思想，又以「尊王」爲核心。這種思想在先秦時已經萌芽。管仲相齊桓公時，九合諸侯，一匡天下，擁護周室，並對齊桓公進言：「戎狄豺狼，不可厭也；諸夏親暱，不可棄也。」（註二一）首揭其義。《詩經》中亦有類似的記載：「戎狄是膺，荊舒是懲。」（註二二）春秋末年，周室衰微，君不君，臣不臣，孔子有感於「天下有道，則禮樂征伐自天子出；天下無道，則禮樂征伐自諸侯出。」（註二三）因此，據《魯史》而修《春秋》，重正君臣之名分，欲將禮樂征伐之權還諸天子，再次著「尊王」之大義。

到了宋代，講「尊王」大義，是有非常特殊的時代因素（註二四）。從當時的政治背景而言，

是爲了矯唐五代之弊，而實行中央集權，以鞏固治統的結果。唐代自安史之亂起，已暴露出節度使過分握重兵的弊端，但是中央政府並未記取教訓，未曾重新整頓節度使的權勢，終致釀成藩鎮割據的局面，難以收拾，造成亡國的事實。趙翼《廿二史劄記》評唐節度史之禍，有詳細的說明：

「安祿山以節度使起兵，幾覆天下，及安、史既平，武夫戰將，以功起行陣為侯王者，皆除節度使，大者連州十數，小者猶兼三四，所屬文武官，悉自置署，未嘗請命於朝，力大勢盛，遂成尾大不掉之勢，或父死子握其兵而不肯代，或取舍於士卒，往往自擇將吏，號為留後，以邀命於朝。天子力不能制，則含羞忍恥，因而撫之，姑息愈盛，方鎮愈驕。其始為朝廷患者，祇河朔三鎮，其後淄、青、淮、蔡無不據地倔強，甚至同華逼近京邑。而周智光以之反，澤潞亦連畿甸，而盧從史、劉禎等以之叛。迨至末年，天下盡分裂於方鎮，而朱全忠遂以梁兵移唐祚矣！推原禍始，皆由於節度使掌兵民之權故也。」（註二五）

五代十國時，分裂動蕩的局面繼續惡化，朝代的替換非常的快速，各國的開國君主，均爲前一、二代之將領，他們坐擁重兵，貪暴豪奢，不以百姓黔首爲念。宋太祖趙匡胤在陳橋兵變取得王位之後，爲了鞏固確立不移的治統，一改前代作風，大行中央集權的政策，收兵權，重文輕武，強禁軍，削藩鎮，定君主於一尊，確立強幹弱枝的領導政策；一方面爲了避免五代藩鎮跋扈、中央政府無法控制的局面再度發生，一方面也爲了安撫民心，使人民免於動亂流離之苦，對國家產生向心力。如此一來，「忠君尊王」的思想在無形之中就被鼓舞起來。而有宋一代外患不斷，先後有遼、西夏、金、蒙古爲患，這固然和宋代過分重文輕武的政策有關，同時也促使「夷夏之辨」的思潮再度燃起，如鄭思肖「向南野哭，矢不與北人交接，聞北語則掩耳走」（註二六），李士華不著胡服，終身以南宋之「深衣幅巾」而「翱翔自如」，且始終以「故國之民」自居（註二七）等行爲均是。「攘夷」的同時，相對的也加強了「尊王」思想的盛行。

上述的原因，是就「縱切面」的歷史因素而言，以下再就「橫切面」切入，看當時學術環境對「尊王攘夷」思想形成的過程如何的影響。從學術環境而言，是道統與治統觀念互相影響的結果。「尙統」是中國人的文化性格之一，王水照在〈北宋的文學結盟與「尙統」的社會思潮〉一文中說：「中國傳統士大夫一貫崇尙典範，仰服權威以及趨群合眾。」（註二八）這種思考模式在宋代趨於成熟而作理論化的探討，蔚爲社會思潮，表現在學術界上，就是宋儒對「道統」及「文統」的重視。由於理學的盛行，宋儒往往又持著「以『道』爲本位的文統觀」（註二九），道統又是文統的根源（註三〇），所以在探討這個問題時，基本上我們是可以採取從「道統與治統觀念互相影響的結果」來作觀照。宋儒，特別是理學家，自孫復、石介起，一直到周濂溪、二程、朱熹，均以維護道統自任，也就是韓愈〈原道〉所說：「堯以是傳之舜，舜以是傳之禹，禹以是傳之湯，湯以是傳之文、武、周公，文、武、周公傳之孔子，孔子傳之孟軻」（註一一）的「道」。他們認爲「天下所極重而不可竊者二：天子之位也，是謂治統；聖人之教也，是謂道統。」（註三二）而這二者的關係又極爲密切（註三三），互爲盛衰而終始，相輔而相成的。他們掌握了「道統存在，治統才有所依附；帝王的推行，治統的鞏固，又有利於道統的發揚光大」的原則，於是大倡「尊王」的思想，以期奠定「道統」不墜的神聖性。

「尊王攘夷」原本就是《春秋》思想的核心，宋儒因著實際環境的需要，在從事治經工作時，就以《春秋》爲主，而造成了春秋學研究的盛行。宋儒治《春秋》的方法，不同於前代，並不囿於傳統的文字訓詁、名物考據、章句分析，他們自闢新徑，尊經以明道，直探聖人之微言大義。自孫復撰《春秋尊王發微》十卷發端，前後繼踵者不計其數，根據（宋史・藝文志）的記載，當時研究《春秋》的書，就有二百四」部，二千七百九十七卷。又如胡安國，專心鑽研《春秋》二十餘年，撰成《春秋傳》一書。由此均可見當時治《春秋》之盛況及熱衷情形。根據宋鼎宗〈宋儒春秋尊王的內涵〉的說法，宋儒春秋尊王的內涵包括「嚴三綱以申政刑」、「懲彊侯以尊王」及「獎忠貞以抑權姦」（註三四）三者。以下試各引一例以說明之。

襄公十有九年：「晉士匄帥師侵齊，至穀，聞齊侯卒，乃還」條，孫復《春秋尊王發微》云：

「非禮也。宣成而下，政在大夫，故士匄受命侵齊，聞齊侯卒，乃還也。噫！不伐喪，善也。士匄貪不伐喪之善，以廢君命，惡也。」（註三五）

孫復以爲不伐喪固然是善的，但，士大夫既然受命於國君，則應以完成君命爲首務，才能符合「三綱」（註三六）的要求，既然不能盡到人臣之分際，理該受到貶責。

莊公十有三年：「春，齊侯、宋人、陳人、蔡人、邾人，會于北杏」條，胡安國《春秋胡氏傳》云：

「春秋之世，以諸侯而主天下會盟之政，自北杏始。其後，宋襄、晉文、楚莊、秦穆，交主夏盟，跡此而為之者也。桓非受命之伯，諸侯自相推戴，以為盟主，是無君矣。故四國稱人，以誅始亂，正王法也。」（註三七）

胡安國以爲諸侯擅自擁戴實力強者而行會盟之事，目中全無天下之主，只會壯大霸強的聲勢，把天下帶到巧取豪奪的局面，而這正是戰亂的禍源，理該口誅筆伐。

桓公二年：「宋督弒其君與夷，及其大夫孔父」條，胡安國又云：

「督將弒殤公，孔父生而存，則不可得而弒。於是乎，先攻孔父而後及其君，能為有無，亦庶幾焉。凡亂臣賊子，畜無君之心者，必先剪其所忌而後動於惡，不能剪其所忌，則有終其身而不敢動也。華督欲弒君而憚孔父，劉安欲叛漢而憚汲直，曹操欲禪位而憚孔融。此數君子者，義形於色，皆足以衛宗社而忤邪心，姦臣之所以憚也。不有君子，其能國乎？春秋賢孔父，示後世人主，崇奬節義之臣，乃天下之大閑，有國

之急務也。」（註三八）

宋代因外有異族之患，內多權奸掌控，因此治《春秋》之儒者，除了在書中貶責不忠不臣者，對於能慷慨奮發，不惜一死，以救國家之難者，必以忠臣義士而褒獎之，以凝聚尊王的向心力。

從上述的例子看來，宋儒爲鼓舞尊王的思想，不管是「嚴三綱以申政刑」、「懲彊侯以尊王」或是「獎忠貞以抑權姦」，最常使用的就是「褒貶」的筆法，對遵守此一思潮者予以褒獎，反之則予以嚴苛的貶責。這種「褒貶」的筆法在孔子時早已確立，他據魯史而作《春秋》，就是爲了貶諸侯、退太夫，重振周王室之威信，所以書中「筆則筆，削則削」（註三九），書成而「亂臣賊子懼」（註四〇）。到了宋代，因特殊的歷史環境又促使這股風潮大盛，並且有過之而無不及，蔚爲時代風尚，汪元量「詩史」中「褒貶精神」的特徵可說直接受此影響而生。

㈢「以文為詩」的詩壇風氣帶動「詩史」觀念的盛行

清吳喬《圍爐詩話》曰：「唐人以詩爲詩，宋人以文爲詩。」（註四一）由此我們可清楚看到唐宋詩的差異所在。的確，「以文爲詩」可說是宋詩的主要特色之一，南宋嚴羽《滄浪詩話・詩辨》中已見此說法的雛形了。他說：

「近代諸公作奇特解會，遂以文字為詩，以才學為詩，以議論為詩。」（註四二）

這個特色是今日文學史共同認同的事實。劉大杰《中國文學發展史》說：

「至如所說『好議論』、『散文化』以及『淺露俚俗』的幾點，一方面是宋詩的缺點，同時也就是宋詩的長處。」（註四三）

葉慶炳《中國文學史》亦說：

「宋詩之特色，扼要言之，有下列四點：一、重哲理；二、講詩法；三、以文為詩；四、口語入詩。」（註四四）

所謂的「以文爲詩」、「以文字爲詩」及「散文化」，就是指詩人在創作時，將焦點從詩的性情、韻味回到詩的語言特性上，而把散文的字法、句法、章法引入詩中（註四五），因此作品常會呈現「以詩議論」及「以詩紀事」的特點，翁方綱《石洲詩話》有明確的說明，他說：

「宋人之學，全在研理日精，觀書日富，因而論事日密。如熙寧、元祐一切用人行政，往往有史傳不及載，而於諸公贈答議論之章，略見其概。」（註四六）

這種「以文爲詩」、「以文字爲詩」的創作特色，是宋人繼承中唐以降詩歌的非主流特色，將其轉換爲宋代詩歌主流特色的結果，也是宋人爲了超越唐人，進而塑造自身的詩歌面目所採取的一種手段。郝朴寧〈論宋詩模式的構創〉有清楚的說解，他說：

「如果以宏觀的高度鳥瞰中國詩史，宋詩雖有別于唐詩，而最善于學習唐人的實為宋人。……韓愈、孟郊等以作散文之法作詩，始于人之所怒，目之所睹，身之所經，描摹刻畫，委曲詳盡，此在唐詩為別派。宋人承其流而衍之，凡唐人以為不能入詩或不宜入詩之材料，宋人皆寫入詩中。」（註四七）

郝朴寧所指出韓愈、孟郊等以散文之法作詩的作風，正是宋代「以文爲詩」的源流。然而若要再追根究源，其實是可以上溯到杜甫。王水照〈宋代詩歌的藝術特點和教訓〉說：「宋詩的散文化是在杜、韓的基礎上直接發展起來的。」（註四八）是比較圓滿的說法。杜甫在安史之亂後的許多作品，如〈自京赴奉先縣詠懷五百字〉、〈北征〉等，不但反映了當時的歷史，事件的記載更是真實詳細，詩中多敘述議論，可視爲詩歌散文化的先趨。至於韓愈的「以文爲詩」，則是爲了塑造作品奇險之風格而設，〈山石〉、〈謁衡岳遂宿嶽寺題門樓〉、〈八月十五夜贈張功曹〉等就是最好的例子。

北宋時，歐陽修爲文壇的領袖，大力推行古文運動，推崇韓愈的詩文作品，對當時的文學創作發生很大的影響。當時詩壇上仍未從楊億、劉筠及錢惟演以降的「西崑體」風氣中掙脫出來，歐陽修有目的的將古文運動的精神帶到詩歌的改革中，倡導韓愈「以文爲詩」的作法，以矯西崑堆砌雕琢之弊。他不但有理論之闡發，更在自己的詩作中付諸行動，起了帶頭的作用。以下舉一首爲例：

「黃河一千年一清，岐山鳴鳳不再鳴。自從蘇梅二子死，天地寂默收雷聲。百蟲壞戶不啓蟄，萬木逢春不發萌。豈無百鳥解言語，喧啾終日無人聽。二子精思極搜抉，天地鬼神無遁情。及其放筆騁豪俊，筆下萬物生光榮。古人謂此覷天巧，命短疑為天公憎。昔時李杜爭橫行，麒麟鳳凰世所驚。二物非能致太平，須時太平然後生。開元天寶物盛極，自此中原疲戰爭。英雄白骨化黃土，富貴何止浮雲輕。唯有文章爛日星，氣凌山岳常崢嶸。賢愚自古皆共盡，突兀空留後世名。」（〈感二子〉）（註四九）

這首詩充分運用賦筆的手法來敘述，甚至議論，正是宋代「以文爲詩」的典型例子。這個詩潮，一方面是直接繼承杜、韓的詩風，一方面也可以說是中唐以降古文運動成熟的產物，宋代的幾名古文運動大家，如王安石和蘇東坡，他們的詩作也都有很明顯的「散文化」的現象。劉大杰《中國文學史》說：「蓋安石早年遊於歐陽修之門，受時代潮流影響，其詩亦好議論，好紀事。」（註五〇）趙翼《甌北詩話》則云：「以文爲詩，自昌黎始；至東坡益大放厥辭，別開生面，成一代之大觀。」（註五一）以下試各舉一例，以見二人「以文爲詩」的作風。

「何處訪吳畫？普門與開元。開元有本塔，摩詰留手痕。吾觀畫品中，莫如二子尊。道子實雄放，浩如海波翻。當其下手風雨快，筆所未到氣已吞。亭亭雙林間，彩暈扶桑暾。中有至人談寂滅，悟者悲涕迷者手自捫。蠻君鬼伯千萬萬，相排競進頭如黿。

摩詰本詩老，佩芷襲芳蓀。今觀此壁畫，亦若其詩清且敦。祇園弟子盡鶴骨，心如死灰不復溫。門前兩叢竹，雪節貫霜根。交柯亂葉動無數，一一皆可尋其源。吳生雖妙絕，猶以畫工論。摩詰得之於象外，有如仙翮謝籠樊。吾觀二子皆神俊，又於維也斂衽無閒言。」（蘇東坡〈王維吳道子畫〉）（註五二）

「畫史紛紛何足數？惠崇晚出吾最許。旱雲六月漲林莽，移我翛然墮洲渚。黃蘆低摧雪翳土，鳧鴈靜立將儔侶。往時所歷今在眼，沙平水澹西江浦。暮氣沈舟暗魚罟，欹眠嘔軋如聞櫓。頗疑道人三昧力，異域山川能斷取。方諸承水調幻藥，灑落生綃變寒暑。金坡巨然山數堵，分墨空多眞漫與。濠梁崔白亦善畫，曾見桃花淨初吐。酒酣弄筆起春風，便恐漂零作紅雨。鶯流探枝婉欲語，蜜蜂掇蘂隨翅股。一時二子皆絕藝，裘馬穿羸久羈旅。華堂豈惜萬黃金？苦道今人不如古。」（王安石〈純甫出釋惠崇畫要予作詩〉）（註五三）

蘇詩充分運用散文直敘鋪陳的筆法，力讚王維及吳道子之畫藝；王詩藉觀惠崇畫作，敘述畫作內容並抒發今之畫家不如古的感慨；二者均兼敘事與議論，散文韻味極濃。歐、王、蘇三人，既是宋代文學三員大將，他們詩歌的作風自然對宋詩壇發生了重大的影響，由此也可以想像宋詩壇所瀰漫的「以文爲詩」的風潮。吳小如〈宋詩漫談〉認爲把散文的特點引進詩歌中，是我國詩歌發展的必然趨勢；到了宋代，這一趨勢更進一步成為宋人自覺、有意識的行為，並且由個別的衍生成為集中的詩潮，成為宋詩的一大特點（註五四）。這個說法也可以補充說明宋代詩壇「以文為詩」盛行的現像。「以文為詩」的詩潮，拉近詩和文的關係；散文化的結果，使宋詩更適合「敘述記實」；這使得「詩」和「史」相通之處被突顯出來，同時也拉近了二者的距離，造成宋代「詩史」觀念的盛行。汪元量擅於「記實敘事」的「詩史」特徵，無疑的，也是此潮流下的產物。

二、個人因素

個人生活在大時代之中，絕對脫離不了它的影響。但是，除了整個大環境會影響到作者作品的特色之外，個人的因素，常常使一個作者，能在潮流中創造出自己獨特的風格。楊樹增在〈字字丹心瀝青血——水雲詩詞評〉中說：「元量詩贏得『詩史』之稱，是與其經歷、思想、創作態度分不開的。」（註五五）這話的確是很有道理的。以下就根據這三個方向，分別從特殊身分與特殊遭遇、以詩鳴史，展現儒者的使命感及對老杜詩的喜愛與學習切入，探討汪元量「詩史」形成的個人因素。

㈠特殊身分與特殊遭遇

作者的經歷是構成其作品風格的主要因素之一，就個人的經歷而言，汪元量的身分及遭遇的確是很特殊的。汪元量是一名宮廷樂師，以琴侍謝太后及王昭儀（註五六），同時又是一名作家，以詞章給事宮掖（註五七），出入宮廷，親近皇室，對宋廷的內部情形非常的了解。舉凡國君的無能腐敗、賈似道的專權奢淫、將相的失職無措……盡收其眼底。宋亡之時，更目睹元兵入城及宋室投降議和的情形。宋亡之後，隨謝太皇太后北上，沿途親見「如此山河落人手」（註五八）後的動蕩與荒寥。留燕其間，多次探訪囚禁中的文天祥，並且隨瀛國公被遣上都，又以元世祖使者身分代祀嶽瀆東海；直到謝太皇太后、王昭儀、福王趙與芮卒，瀛國公奉命往吐蕃學佛法，全太后爲尼於正智寺，始乞黃冠南歸。南歸之後，來去湘、蜀之間，歸隱西湖。綜觀其一生，曾經「供奉內廷」的特殊身分，使他對宋亡歷史的實際因素，有更深刻的體會。北上以後，親見淪爲亡國奴的宋室三宮的最終命運；羈旅異域，思鄉情切，使他比別人更進一步領悟到亡國的悲哀。因此，今日我們所見的這一部《增訂湖山類稿》，不僅是其特殊遭遇的記載，其中亦屢見汪元量對宋亡歷史的反省與批評。

㈡以詩鳴史，展現儒者的關懷

思想是一個人行爲的指導方針，那麼，在汪元量的生命中，究竟是以什麼作爲其判斷依據的標準呢?余英時在《中國知識階層史論・自序》中說：「中國知識階層自春秋戰國初出現於歷史舞台之時，即已發展了一種群體的自覺，而以文化傳統的承先啓後自任，這就是當時思想家所說的『道』。」在該書〈古代知識階層的興起與發展〉中他又說：「所以中國知識階層剛剛出現在歷史舞臺上的時候，孔子便已努力給它貫注一種理想主義的精神，要求它的每一個分子——士——都能超越他自己個體的和群體的利害得失，而發展對整個社會的深厚關懷。」（註五九）因此，「以道自任」，表現對天下黎民的關心，便成爲中國傳統知識分子的「歷史性格」，也成爲他們的終極關懷。中國傳統儒者在完成他們「以道自任」的「歷史性格」時，管道途徑其實有很多，但最常見的就是積極入仕，或著書作文以關懷歷史文化。在汪元量思想的深處，始終就是以知識分子的這種使命感自任。

汪元量出生於一個「琴而書的家庭」（註六〇），經常以「儒者」（註六一）、「書生」（註六二）自居，其友人亦以此相待，這在他的作品及朋友的題詩中屢屢可見（註六三）。雖然在時不我予、莫可奈何之際，他偶爾也會以「腐儒」自嘲（註六四），但大部分的時候，他的信念是堅定的。其〈出自薊門行〉云：「書生爾何爲，不草相如檄。徒有經濟心，壯年已斑白。」不但對自己有一番期許，更希望能付諸實際的行動，的確具有中國傳統知識分子與生俱來的使命感。

面對國破家亡、異族入主、淪爲遺民之際時，汪元量如何成就其身爲知識分子的歷史責任？他既不像文天祥的積極抗元、保國衛民，也不像謝翺的慟哭西臺（註六五），又不像鄭思肖與林景熙成爲嘯詠山林的隱士（註六六），他的行徑和著述講學的王應麟及胡三省（註六七）比較相像。他在〈答林石田〉云：「南朝千古傷心事，每閱陳編淚滿襟。我更傷心成野史，人看野史更傷心。」（註六八）由此可知，他對歷史文化的看重。他在〈鳳州〉又云：「走筆成詩聊紀實。」（註六九）因此我們可以說，爲了不使南宋末年這段重要的歷史成爲野史，於是他採用「以詩鳴史」的方法，希望透過詩歌文字的紀錄爲歷史作見證，展現其身爲知識分子的關懷。韓愈〈送孟東野序〉云：

「大凡物不得其平則鳴。……人之於言也亦然，有不得已者而后言。……凡出乎口而為聲者，其皆有弗平者乎！……其於人也亦然，人聲之精者為言，文辭之於言，又其精也，尤擇其善鳴者而假之鳴。」（註七〇）

汪元量身處南宋覆亡之際，痛惡權臣之喪國，宋室之無能失措，目見耳聞各種動蕩災禍，宋亡之後，又伴三宮北上，深刻體會到亡國之痛。面對這一重大的歷史變故，他也不可能有扭轉乾坤的能耐，他心中蘊藏著太多的「不平」待鳴，他是一個文人詞客，文字是他最好的表達工具，於是他借由詩歌的創作來表現他對歷史文化的關心是非常合理的。作品中不僅有他情感的流露，也記錄了許多不見於正史的事件，更有他對這段歷史的意見與反省。許淑敏〈南明遺民詩集敘錄〉云：

「舉凡朝代更易之際，歷史之眞相最易喪失。史家礙於政治因素，往往不敢秉筆直書……南明遺民雖屈辱其淫威下，而志士英豪，不灰心於挫敗，不喪志於安居，乃以孤憤之情、同仇之志，記諸詩文，以激揚砥礪、喚醒愚頑，使當時抗清實錄，賴以存世。其剔勵後人，勿忘仇恥，可謂用心之苦。寓意之深，無可過之。是所謂以悲憤之情，抒一己之志。」（註七一）

對於一個有時代使命感的知識分子而言，歷史文化是具有至高無上的價值，不容任意扭曲的。大凡詩人「以詩鳴史」，其目的就是希望爲後代子孫保留歷史的真相，爲當時歷史作一個合理的評價。以上這段話，雖然是在說明南明遺民詩人「以詩言志，實踐儒格」的用意，其實也可以借以說明爲什麼汪元量要以詩歌的型式「有意識」的記錄這段歷史的目的。

(三)對老杜詩的推崇與學習

汪元量的創作態度，表現在他對老杜詩的推崇與學習。汪元量開始喜愛老杜的作品，是在亡國以後的事了。〈草地寒甚氈帳中讀杜詩〉云：「少年讀杜詩，頗厭其枯槁。斯時熟讀之，始知句句好。」（註七二）可證。〈杭州雜詩和林石田〉其一云：「近法秦州體，篇篇妙入神。」其二又云：「醉入烏程里，吟登李杜壇。」（註七三）從他以「秦州體」來比林石田的詩風，並讚美他的作品可以「吟登李杜壇」，可見他對老杜及其作品備加推崇。爲什麼汪元量在亡國之後，對老杜作品的態度會有如此大的轉變呢？簡單的說，就是時代背景、個人遭遇的類似及與老杜生命情懷的契合感通，促使他真正領略到老杜作品的好處。

老杜身歷安史之亂，正是唐朝由盛轉衰的關鍵時刻，社會變動極大；安史之亂時，他曾奔往行在，與肅宗共患難；後來又在湘蜀一帶飄泊流浪，深刻體會到戰亂帶來的苦痛與動蕩不安；而他的體內，原本就流著儒家「以道自任」的血液；其〈奉贈韋左丞丈二十二韻〉云：

「致君堯舜上，再使風俗淳。」（註七四）

王安石〈杜甫畫像〉云：

「惜哉命之窮，顛倒不見收。青衫老更斥，餓走半九州。瘦妻僵前子仆後，攘攘盜賊森戈矛。吟哦當此時，不廢朝廷憂。常願天子聖，大臣各伊周。寧令吾廬獨破受凍死，不忍四海寒颼颼。」（註七五）

蘇軾〈王定國詩集敘〉亦云：

「古今詩人眾矣，而杜子美為首，豈非以其流落飢寒，終身不用，而一飯未嘗忘君也歟？」（註七六）

這種「不廢朝廷憂」、「一飯未嘗忘君」的態度，以報效朝廷、國君作爲關懷天下的手段，也是傳統知識分子「以道自任」的「歷史性格」表現的另一主要方式。但是，杜甫在仕途上一直就很不順遂，無法在政治上如願的實行理想；於是他以一顆民胞物與的心，將自身融入現實環境中所得的經驗，轉化爲一篇篇反映時代、關懷社會的作品。

汪元量生在理宗淳祐年間，是南宋由衰敗走向覆亡的關鍵時刻；宋亡之後，他伴隨三宮北上，沿途所見，滿目瘡痍，民不聊生；旅燕期間，甚至陪幼主到了塞外邊極之處；可以說和杜甫一樣，都親身經歷了一個大時代的變動，備嘗顛沛流離之苦。而他又用「以詩鳴史」的方法，來完成其身爲知識分子的「歷史責任」，和杜甫一樣，有著關懷時代、反映現實的生命情懷。基於以上的類似，他對老杜的作品有多一層的體會與親切感，正如文天祥在〈集杜詩自序〉中所說的：

「吾意所欲言者，子美先為代言之，日玩之不置，但覺為吾詩，忘其為子美詩也。」（註一二七）

於是在無形之中，他逐漸喜愛並且推崇老杜的作品，並且以之作爲自己創作學習的典範，因此從《增訂湖山類稿》中，我們所讀到的是一篇篇血淚交織的南宋覆亡史，我們看到南宋末年社會動蕩不安、人心惶惶的事實，看到元人入城的實際景象，看到三宮狼狽北上的歷史恥辱，看到宋室在面對元人入侵時的無能，看到大臣們的失職遁逃，看到權臣賈似道的爲非作歹、禍國殃民，同時也看到文天祥在知其不可爲的情況下如何盡到他爲人臣的一分忠愛之心……這一切均源於他對老杜「反映現實」創作態度的認同與學習。因此，自然而然的，他能寫出如老杜一般的「詩史」作品。

瞭解汪元量「詩史」的特徵及其形成背景以後，已經爲汪元量「詩史」的研究奠下良好的基礎，接下來則必須再進一步探討其內涵，才能突顯出汪元量「詩史」的生命。

註釋

註一：此段觀念得自輔大《文學概論》課陳素華老師的講授。

註二：《孟子・萬章下》：「頌其詩，讀其書，不知其人，可乎？是以論其世也。」卷一〇，頁一八八。

註三：《續資治通鑑》，卷一七六，頁九八七。

註四：見〈理宗本紀〉，卷四五，頁八八八。

註五：《宋史紀事本末・賈似道要君》，卷一〇五，頁一一二七。

註六：同上，頁一一二七。

註七：同上，頁一一二八。

註八：同上，頁一一二八。

註　九：〈度宗本紀〉，卷四六，頁九一八。

註一〇：《宋論》，卷一五，頁二五六。

註一一：《宋季三朝政要》，卷四，頁一〇一六。

註一二：《錢塘遺事》，卷五，頁九九六。
註一三：見〈汪元量研究資料彙輯〉，附錄一，頁二〇九。
註一四：卷六，頁一〇三五。
註一五：《宋史・賈似道傳》，卷四七四，頁一三七八六。
註一六：同上，頁一三七八六。
註一七：同上，頁一三七八七。
註一八：《宋史紀事本末・蒙古陷襄陽》，卷一〇六，頁一一五三。
註一九：《宋史紀事本末・元伯顏入臨安》，卷一〇七，頁一一五九。
註二〇：同上，頁一一五九。
註二一：《左傳・閔公元年》，頁一八七。
註二二：《魯頌・閟宮》，頁七八〇。
註二三：《論語・季氏》，頁一四七。
註二四：宋儒春秋尊王思想形成的詳細原因，可參考倪天惠〈論宋儒春秋尊王思想之形成〉、宋鼎宗〈宋儒春秋尊王説〉及潘玲玲〈南宋遺民詩研究〉第二章第三節之〈學術風氣〉。
註二五：卷二〇，頁二六六——二六七。
註二六：《宋史翼》，卷三四，頁一四九六。

註二七：萬斯同《宋季忠義錄》云：「入元，人皆易衣冠為方笠窄袖，士華獨深衣幅巾，翺翔自如，眾咸笑為迂，則曰：『我故國之民，義當然耳。』」卷一六，頁四二二。

註二八：蒐錄於《宋詩綜論叢編》中，頁六四三。

註二九：同上，頁六四〇。

註三〇：同上，見頁六四〇的說明。

註三一：見《評註古文辭類纂》「論辨類」，頁五九。

註三二：見王夫之《讀通鑑論》「東晉成帝」條語，卷一三，頁一二。

註三三：可參考倪天惠〈論宋儒春秋尊王思想之形成〉一文「道統與治統之關係」的部分，頁七二——七三。

註三四：見〈宋儒春秋尊王說〉一文，第三節，頁七——二二。

註三五：卷九，頁九四。

註三六：韓非提倡「臣事君，子事父，妻事夫，三者順則天下治。」漢儒董仲舒援之入《春秋》，宋儒繼之。是為「三綱」。

註三七：卷八，頁三六。

註三八：卷四，頁一九。

註三九：《史記．孔子世家》，卷四七，頁七七二。

註四〇：《孟子．滕文公下》，：「孔子成《春秋》，而亂臣賊子懼。」頁一一一八。

註四一：卷二，頁五一九。

註四二：頁四四三。

註四三：見〈宋詩的特色與流變〉，第二〇章，頁六八七。

註四四：見〈宋詩〉，第二四講，頁一〇四——一〇五。

註四五：「以文字為詩」的特色主要是講散文字法、句法、章法在詩歌語句中的運用，郝朴寧〈論宋詩模式的構創〉一文甚至提出宋人又有意識的中斷和破壞這種新語法，而造成「反邏輯」的詩歌語句結構，可作為參考。

註四六：卷四，頁一四二八。

註四七：頁五二。

註四八：頁一〇七。

註四九：見《歐陽文忠公集》，卷九，頁一〇〇。

註五〇：見〈宋詩〉，第二四講，頁一二二。

註五一：卷五，頁一。

註五二：見王文誥《蘇文忠公詩編註集成》，卷三，頁一六四一——一六四三。

註五三：《臨川先生文集》，卷一，頁六三。

註五四：蒐錄於《宋詩綜論叢編》中，頁八。

註五五：頁一一七。

註五六：劉辰翁〈湖山類稿序〉謂汪元量「侍禁時，為太皇、王昭儀鼓琴奉卮酒」，趙文〈書汪水雲詩後〉謂其「嘗以琴事謝后及王昭儀」，可證。分別見〈汪元量研究資料彙輯〉，附錄一，頁一八五及一八七。

註五七：劉將孫〈湖山隱處記〉有「盛年以詞章給事宮掖，如沈香亭北太白」句，嚴日益〈題汪水雲詩卷〉有「沈香亭北雉尾高，詩成先奪雲錦袍。縱橫奏賦三千字，文采風流多意氣。珮聲楊柳鳳池頭，絲綸五色爛不收。」分別見〈汪元量研究資料彙輯〉，附錄一，頁一九七及二二三。

註五八：〈夷山醉歌〉其二，卷三，頁一〇四。

註五九：頁三九。

註六〇：見孔凡禮〈關於汪元量的家世、生年和著述〉，頁一〇六。

註六一：〈光相寺〉：「儒生持此問山僧」（卷四・頁一三九）、〈玉樓春・度宗愍忌長春宮齋醮〉：「小儒百拜酹霞觴」（卷五・頁一七四）、〈吳山曉望〉：「小儒愁劇吟如哭」（卷一・頁九）、〈夷山醉歌〉其一：「小儒何必悲苦心」（卷三・頁一〇三）、〈南歸對客〉：「向來誤儒冠」（卷四・頁一二三）、〈唐律寄呈父鳳山提舉〉其十：「自笑儒衣世法疏」（卷四・頁一三二）均可證。

註六二：〈戎州〉其一：「書生大嚼真快意」（卷四・頁一四四）、〈草地寒甚氈帳中讀杜詩〉：「書生挾蠹魚」（卷三・頁八六）、〈開平〉：「書生倒行囊」（卷三・頁八五）均可證。

註六三：孫鼎〈題汪水雲詩卷〉有「忽解儒冠雪滿簪」之句，曾順孫〈題汪水雲詩卷〉有「道人東魯舊儒生」之句，永秀〈題汪水雲詩卷〉有「前宋遺賢有此儒」之句，三者均見〈汪元量資料彙輯〉，附錄一，頁二一三、二一八、二二〇。

註六四：〈開平雪霽〉有「腐儒策蹇驢」（卷三・頁八五）之句，〈寄趙青山同舍〉其三亦有「聚嘲叢謗腐儒癡」（卷四・頁一二八）之句。

註六五：元兵南下，文天祥勤王護土，謝翺傾家產募鄉兵數百從之，為文天祥之諮議參軍。天祥兵敗，至潮陽被張弘範所執，後為國殉死於燕，翺悲不能自禁，遂隻影漫遊東南，登嚴子陵釣臺，設天祥神主，再拜哭祭，作〈楚歌〉招之，並作〈西臺慟哭記〉。

註六六：宋亡之後，鄭思肖變名隱居吳下，林景熙亦不復仕，棲隱故山。

註六七：王應麟撰《困學紀聞》，胡三省注《資治通鑑》，時於書中發微言大義。

註六八：卷一，頁二六。

註六九：卷四，頁一四一。

註七〇：《韓昌黎全集》，卷一，頁八。
註七一：頁二〇一。
註七二：卷三，頁八六。
註七三：以上二者見卷一，頁一七。
註七四：《杜詩詳注》，卷一，頁二〇九。
註七五：《臨川先生文集》，卷九，頁九九。
註七六：《東坡七集》，卷二四，頁六。
註七七：《文山先生全集》，卷一六，頁三三〇。

第三章　汪元量「詩史」的內涵

了解汪元量「詩史」形成的背景，是汪元量「詩史」研究的根基，接著必須再循著「記實敘事」及「褒貶精神」二大特徵切入，找出其主要內涵，就可以掌握其作品的精髓。

第一節　從「記實敘事」的特徵來看

汪元量原本是一個供奉內廷的作家及琴師，恭帝德祐二年（一二七六），隨著三宮被俘擄到北方，生活的空間轉變以後，生活經驗發生重大的變化，作品所記實敘事的內容自然也就不一樣了。而促使其作品發生重大改變的原因，就是南宋的亡國，因此以下就依亡國前、亡國時及亡國後的順序，分別敘述汪元量「詩史」所「記實敘事」的「內涵」。

一、亡國前：記錄上層社會華靡享樂的生活

潘玲玲〈南宋遺民詩研究〉將南宋的社會環境分爲三個時期。第一是社會殘破敗壞時期，此時

入們尙未從二帝被擄的夢魘中甦醒過來，民生凋敝，社會擾攘不安。第二是偏安小康時期，人們在短暫苟安之中，忘卻北宋滅亡的教訓，縱逸奢淫之風逐漸形成。第三是社會繼續腐敗，以至衰亡的時期，舉國上下沈浸於歡樂的假相中，渾渾噩噩的過日子（註一）。林升〈西湖〉「山外青山樓外樓，西湖歌舞幾時休？暖風薰得遊人醉，直把杭州作汴州」的詩，正是南宋中、後期社會風氣的最佳寫照。這種風氣在上層社會中尤其嚴重，汪元量早年曾以詞章給事宮掖，經常出入宮廷，對這種情形非常了解，所以作品中不乏此內容之記錄。〈西湖舊夢〉其二云：

「如此湖山正好嬉，遊人船上醉如泥。」（卷四・頁一五六）

其三云：

「回首湧金門外望，裡河猶自沸笙歌。」（卷四・頁一五六）

其五云：

「溶溶漾漾碧粼粼，船去船來不礙人。日午中官傳上旨，內家宣賜玉堂春。」（卷四・頁一五六）

其六云：

「一箇銷金鍋子裡，舞裙歌扇不曾停。」（卷四・頁一五六）

其七云：

「帝城官妓出湖邊，盡作軍裝鬥畫船。奪得錦標權遺喜，金銀關會賞嬋娟。」（卷四・頁一五七）

其八云：

「王孫挾彈打鴛鴦，紅藕花前世界涼。揭起蓬窗弄湖水，潛螭雙眼射金光。」（卷四・頁一五七）

其九云：

「芙蓉照水桂香飄，車馬紛紛度六橋。錦幔籠船人似玉，隔花相對學吹簫。」（卷四・頁一五七）

據「編年」，這篇組詩和劉將孫《養吾齋集》卷七的〈汪水雲復索西湖一曲櫂歌如諸公例十首走筆賦此〉約作於同時，都在汪元量自湘、蜀歸來之後，而此詩既題爲西湖「舊」夢，當是以回憶的口吻來記當年之事，在記實之餘，仍隱藏著詩人對過去的反思。汪元量上述詩中所提「一箇銷金鍋子裡，舞裙歌扇不曾停」的生活，正是南宋末年上層社會的最佳寫照，和當時流傳的「銷金鍋兒」（「銷金窩」）（註二）諺語不謀而合。馮金伯《詞苑萃編》的記載可作爲補充說明：

「西湖之盛，盛於有唐。至宋南渡建都，遊人仕女，畫舫笙歌，日費千金，時人目為銷金窩。」（註三）

西湖風景名聞天下，春夏秋冬四季各有不同景致，乘彩船、畫舫遊湖縱樂風氣更盛，汪元量詩中所反映的正是此種情形。《武林舊事》的記載可證，「西湖遊幸條」云：

「西湖天下景，朝昏晴雨，四序總宜。杭人亦無時而不遊，而日遊特盛焉。承平時，頭船如大綠、間綠、十樣錦、百花、寶勝、明玉之類，何翅百餘。其次則不計其數，皆華麗雅靚，誇奇競好。」（註四）

有關遊湖縱樂的記載，汪元量在其他作品中亦經常提到。〈醉歌〉其八云：

「湧金門外雨晴初，多少紅船上下趨。」（卷一・頁一五）

〈柳梢青・湖上和徐雪江〉云：

「灩灩平湖，雙雙畫槳，小小船兒。娟娟珠歌，翩翩翠舞，續續彈絲。　山南山北遊嬉，看十里、荷花未歸。緩引壺觴，箇人未醉，要我吟詩。」（卷五・頁一六五）

〈瑞鷓鴣・賞花競船〉云：

「內家雨宿日輝輝，夾遙桃花張錦機。黃纛軟輿抬聖母，紅羅涼繖罩賢妃。　龍舟縹緲搖紅影，羯鼓諠譁撼綠漪，阿監柳亭排燕處，美人鬥把玉簫吹。」（卷五・頁一六七）

汪元量筆下的「銷金窩」，除了充滿遊湖縱樂的生活，笙歌樂舞也是上層社會華靡生活的重要內容。

〈越州歌〉其十六云：

「昨夢吳山閬苑開，風吹仙樂下瑤臺。翠圍紅陣知多少，半揭珠廉看駕來。」（卷二・頁六二）

〈其十八〉云：

「內湖三月賞新荷，錦纜龍舟緩緩拖。醉裡君王宣樂部，隔花教唱采蓮歌。」（卷二・頁六二）

〈鳳鸞雙舞〉云：

「慈元殿，薰風寶鼎，噴香雲飄墜。環立翠羽，雙歌麗調，舞腰新束，舞纓新綴。金蓮步、輕搖彩鳳兒，翩翻作勢。便似月裡仙娥謫來，人間天上，一番遊戲。　聖人樂意。任樂部簫韶聲沸。眾妃歡也，漸調笑微醉。競奉霞觴，深深願、聖母壽如松桂。迢遞。更萬年千歲。」（卷五，頁一六二——一六三）

〈失調名・宮人鼓瑟奏霓裳曲〉云：

「緑荷初展。海榴花半吐，繡簾高捲。整頓朱弦，奏霓裳初遍，音清意遠。恍然在廣寒宮殿，窈窕柔情，綢繆細意，閑愁難剪。　曲中似哀似怨。似梧桐葉落，秋雨聲顫。豈待聞鈴，自淚珠如霰。春纖罷按，早心已笑慵歌懶。脈脈凭欄，槐陰轉午，輕搖歌扇。」（卷五・頁一六八）

同様的，賞花燕集也是上層社會樂此不疲的事，〈漢宮春・春苑賞牡丹〉云：

「玉砌雕欄，見吳宮西子，一笑嫣然。舞困人間半彈，艶分爭妍。珠簾盡捲，看人間、金屋神仙。歌隊裡，霞裾裊娜，百般嬌態堪憐。　別有一枝仙種，更同心並蒂，來奉君筵。猩靨若教解語，曲譜應傳。柘黃獨步，畫籠晴、錦幄張天。試剪插，金瓶千朵，醉時細看嬋娟。」（卷五・頁一六六——一六七）

〈越州歌二十首〉其十九云：

「年年宮柳好春光，百囀黃鸝繞建章。冶杏夭桃紅勝錦，牡丹屏裡燕諸王。」（卷二・頁六二）

其二十云：

「苦夢吳山列御筵，三千宮女燭金蓮。」（卷二．頁六三）

適度的物質生活是人類基本的滿足需求，但，物質生活過度的享樂，則很容易造成心志的墮落；南宋整個上層社會既然迷失在遊湖縱樂、賞花燕集、笙歌樂舞的生活中，對於國家大事自然有所忽略，因此當元人舉兵南下時，根本就無力招架。由此可見，上層社會華靡享樂的風氣正是南宋走向覆亡的先兆。

二、亡國時

㈠記錄廣大社會動盪不安的事實

上述的作品，汪元量因特殊身分、出入宮廷之便，對上層社會的生活有一定的記錄；但，若從詩歌的社會內容而言，我們看不到當時社會全面的實際現況，作品的價值並不高。直到南宋亡國，社會發生極劇的變動，汪元量內心中屬於儒者的關懷被喚醒了，他的視角從宮廷不斷的向外擴展，此時的作品充分反映了廣大社會因爲戰亂而帶來的動盪不安，具有相當高的寫實意義。

「亂離多殺戮，水畔幾人啼」（註五）的現象，是南宋亡國時普遍可見的情形。這種戰爭的氣息，在全國各處漫衍著，甚至連清靜的佛寺都無法倖免。〈惠山值雨〉云：

「惠山寺裡北人過，古柏莖莖伐盡柯。三世佛身猶破相，一泓泉水亦生波。」（卷二・頁三〇）

〈多景樓〉亦云：

「禪房花木兵燒殺，佛寺干戈僧怕歸。」（卷二・頁三一）

佛寺爲戰亂摧殘，佛像爲元人所破壞，僧人甚至不敢居住在寺廟裡，由此可知這場亡國的動亂給社會帶來多大的殺傷。此時不只處處受戰亂之害，它也擾亂了百姓正常的生活時序，使百姓時時處於戰亂的陰影中。〈清明〉云：「避難不知寒食，和愁又過清明。」（註六）就是最好的證據。戰亂過後，極目所見盡是荒寥情狀，慘不忍睹。〈廢宅〉云：

「王侯多宅第，草滿玉闌干。縱有春光在，人誰看牡丹。」（卷一・頁一二）

〈廢苑見牡丹黃色者〉云：

「西園兵後草茫茫，亭北猶存御愛黃。晴日暖風生百媚，不知作意為誰香。」（卷一・頁一三）

〈兵後登大內芙蓉閣宮人梳洗處〉云：

「粲粲芙蓉閣，我登雙眼明。手拊沈香闌，美人已東征。美人未去時，朝理綠雲鬟，暮吹紫鸞笙。美人既去時，閣下麋鹿走，閣上鴟梟鳴。江山咫尺生煙霧，萬年枝上悲風生。空有遺鈿碎珥狼藉堆玉案，空有金蓮寶炬錯落懸珠楹。楊柳兮青青，芙蓉兮冥冥，美人不見空淚零。錦梁雙燕來又去，夜夜蟾蜍窺玉屏。」（卷一・頁一二）

以上三首，寫的是宮廷之中人去樓空的荒寥景象。〈兵後登大內芙蓉閣宮人梳洗處〉一首，更是藉由美人未去與美人已去的景象對比，突顯出今日皇宮內的淒慘凋零，令人不勝欷歔。直到汪元量隨謝太皇太后北上後，沿途所見，更多的是家破人亡、白骨暴露的慘狀，發之於詩，就成爲被戰亂蹂躪過的民間實相反映。〈湖州歌九十八首〉其三十二云：

「蘆荻颼颼風亂吹，戰場白骨暴沙泥。淮南兵後人煙絕，新鬼啾啾舊鬼啼。」（卷二・頁四三）

其四十九云：

「長淮風定浪濤寬，錦櫂搖搖上下灣。兵後人煙絕稀少，可勝戰骨白如山。」（卷二・頁四七）

〈杭州雜詩和林石田〉其三云：

「向來行樂地，夜雨走狐狸。」（卷一・頁一八）

其十二云：

「陵廟成焦土，宮墻沒野蒿。」（卷一・頁二一）

從前的「銷金窩」，而今卻屍骨遍野，令人好不感傷。長期戰亂之後，人們最大的期待就是能早些停止戰爭，過太平日子。〈杭州雜詩和林石田〉其九云：

「軍降欣解甲，民喜罷抽丁。」（卷一・頁二〇）

其十三云：

「從茲更革後，寧復太平期。」（卷一・頁二一）

這場亡國大動盪，付出的社會成本是非常大的，身體的磨難較容易被淡化，心理所受的創痛卻是難以治癒的。汪元量有許多羈北時的作品，仍提到社會上普遍心有餘悸的記憶，那就是人們不但反對戰爭，更是恨透戰爭的心理狀態。〈燕歌行〉云：

「豈知沙場雨濕悲風急，冤魂戰鬼成行泣。」（卷三・頁七二）

〈關山月〉云：

「關山月，關山月。東邊來，西邊沒。夜夜照關山，□□多戰骨。男兒莫去學弓刀，女兒莫嫁關山□。□□母啼送爺去當軍，今年妻啼送夫去當□。□□□老妻年少，養子嫁夫不得力。關山月，關山月。□□見月圓，月月見月缺。萬里征夫淚流血，將軍□□大羽箭，沙場格鬥無休歇。誰最苦兮誰□□，□□出戍當門戶。只今頭白未還鄉，母死妻亡業無主。關山月，關山月。生離別，死離別。爺孃妻子顧不得，努力戎行當報國。」（卷三・頁七五）

〈長城外〉云：

「飲馬長城窟，馬繁水枯竭。水竭將奈何，馬嘶不肯歇。君看長城中，盡是骷髏骨。骷髏幾千年，猶且未滅沒。空啣千年冤，此冤何時雪。祖龍去已遠，長城久迸裂。嘆息此骷髏，夜夜泣秋月。」（卷三・頁八二）

這種場景，的確是很容易就喚醒過去人們所經歷過的可怕記憶，所以詩人會發出如杜甫「信知生男惡，反是生女好。生女猶得嫁比鄰，生男埋沒隨百草」（註七）般的感嘆。

㈡記錄元兵入城及宋室投降議和的實況

度宗咸淳九年（一二七三）襄、樊投降之後，南宋對外的門戶大開，元軍順江而下，宋室無力抵抗。恭帝德祐元年（一二七五），賈似道魯港失利之後（註八），元人更能順利的直搗江、浙，由遠而近，由慢而快，逐漸進逼臨安城，把臨安城團團的包圍住。劉伯驥《宋代政教史》的這張「元軍進攻臨安之路線圖」（註九）（附圖一），可讓我們清楚的看到元人是如何一步步的把宋室僅剩的半壁江山據爲己有。至於元兵入城的實際情形，在汪元量的詩中均有詳實的記載。〈湖州歌九十八首〉其一云：

「丙子正月十有三，撾鞞伐鼓下江南。皐亭山上青煙起，宰執相看似醉酣。」（卷二·頁三六）

根據《宋史·瀛國公本紀》的記載，德祐二年春正月「甲申，大元兵至皐亭山……（二月壬寅）大元軍軍錢塘江沙上。」（註一〇）《元史·伯顏傳》亦云：「（至元十三年正月）甲申，次皐亭山……乙酉，進軍至臨安北十五里……己丑，駐軍臨安城北之湖州市……庚寅，伯顏建大將旗鼓，率左右翼萬戶，巡臨安城，觀潮於浙江。」（註一一）汪元量詩中所言的「丙子正月」，就是德祐二年的正月，和《宋史》、《元史》的記載完全符合。至於《宋史》、《元史》所云的「甲申」日，據孔凡禮的考證是「十八日」（註一二），將之與汪元量此詩對照，可知元人在正月十三日已舉兵南下，十八日則已進駐皐亭山了。

〈越州歌二十首〉其一又云：

「淮南西畔草離離，萬楫千艘水上飛。旗幟蔽江金鼓震，伯顏丞相過江時。」（卷二．頁五九）

〈同毛敏仲出湖上由萬松嶺過浙江亭〉云：

「鼓鞞聲震浙江亭。」（卷一．頁一〇）

〈醉歌〉其八云：

「龍管鳳笙無韻調，卻撾戰鼓下西湖。」（卷一．頁一五）

〈北師駐皋亭山〉云：

「錢唐江上雨初乾，風入端門陣陣酸。萬馬亂嘶臨警蹕，三宮垂淚濕鈴鑾。」（卷一．頁七）

以上幾首對元兵入城的場面作了非常生動的描繪，也補充了史書記載的不足。

元軍進入臨安城以後，宋室無力應付，「計窮但覺歸降易」（註一三），《宋史．瀛國公本紀》德祐二年春正月甲申記事云：「遣監察御史楊應奎上傳國璽降。」（註一四）文天祥《紀年錄》云：「明日（德祐二年正月二十一日）宰相吳堅、賈餘慶以下以國降。」（註一五）有關投降的事，在汪元量的詩中亦有明確的記載。〈和徐雪江即事〉云：

「夜來聞大母，已自納降箋。」（卷一・頁八）

〈醉歌〉其四云：

「太后傳宣許降國，伯顏丞相到簾前。」（卷一・頁一四）

〈湖州歌九十八首〉其三云：

「殿上群臣默不言，伯顏丞相趣降箋。」（卷二・頁三六）

宋室舉國投降之際，曾經派使者與元人會商，作了若干的協議，〈湖州歌九十八首〉其二有此事的記載：

「三宮北面議方定，遣使皋亭慰伯顏。」（卷二・頁三六）

雙方協議中最重要的一件事，就是宋朝要再派一個祈請使團赴燕京，深入談投降議和的內容。〈佚題〉云：

「獻宅乞為祈請使。」（卷一，頁七）

關於宋室「獻宅乞爲祈請使」之事，汪元量另有〈二月初八日左丞相吳堅、右丞相賈餘慶、樞密使謝堂、參政密〉（註一六）一詩可參照。雖然該詩已殘缺不全，無法辨識詩的內容，但根據詩題判斷，所載應該也是祈請使北上之事。從不完整的詩題中，傳達幾個訊息：祈請使至少有四人，其中三人的官職和名字是可以辨識的。文天祥《指南錄．使北》云：「左丞相吳堅、右丞相賈餘慶、樞密使謝堂、參政家鉉翁、同知劉岊五人，捧表北庭，號祈請使……二月初八日，四人（賈、謝、家、劉）登舟……初九日，與吳丞相同被逼脅，黽勉就船。」（註一七）其《紀年錄》又云：「（德祐二年）二月八日，虜驅予（文天祥）隨祈請使吳堅、賈餘慶等入北。」（註一八）此二者所記的使員及時間和汪元量的詩吻合，可證明汪元量所記不虛。關於此事，還有其他的史料爲證，《宋季三朝政要》云：

「北使請宰執親往燕京朝覲，乃以吳堅、賈餘慶、謝堂、家鉉翁、劉岊五人詣大都為祈請使，（德祐二年）二月初九日賈餘慶等登舟。」（註一九）

除此之外，嚴光大的〈祈請使行程記〉所記載祈請使出發日期亦爲二月初九日（註二〇）。這些史料在使員名單的記載有詳簡的不同，綜言之，大概有文天祥、劉岊、家鉉翁、賈餘慶及吳堅等五人；至於祈請使出發的日期，雖有「八日」及「九日」之差，可能是有先後出發之別。然而，這些都無損於證明汪元量這二首詩所具有的寫實性。

㈢記錄三宮北上的歷史真相

南宋降元之後，元主以「自古降王必有朝覲之禮」（註二一）爲由，遣使押送謝太皇太后、全太后及宋幼主等三宮北上大都（今之北平）。《宋史・瀛國公本紀》德祐二年紀事云：「丁丑，入朝。」（註二二）《宋史・理宗謝皇后傳》同年二月紀事亦云：「宋亡，瀛國公與全后入朝，太后以疾留杭。」（註二三）汪元量親自體驗到南宋亡國以至北上求和的悲慘，感觸極深，因此以親身的經驗，將北上的人、北上時的場面及情形、北上的進程和旅途的勞頓等等，詳細的記載在作品中，期待後代藉由對這段歷史的認識中有所省思，避免重蹈覆轍。〈湖州歌〉其七云：

「三宮今日燕山去。」（卷二・三六）

〈越州歌〉其二云：

「東南半壁日昏昏，萬騎臨軒趣幼君。三十六宮隨輦去，不堪回首望吳雲。」（卷二・頁五九）

〈杭州雜詩和林石田〉其二十三云：

「諸公雲北去，萬事水東流。」（卷一・頁二四）

德祐二年（元世祖至元十三年・一二七六）國亡之後，隨宋幼主、全太后輦駕北上的「三十六宮」及「諸公」，包括有福王與芮、諸夫人等皇室宗親、大臣、宮女、內侍、太學生、琴師等，是一個相當浩大的隊伍。《元史・世祖本紀》至元十三年紀事云：「（二月）庚申，召伯顏偕宋君臣入朝……（三月）乙亥，伯顏等發臨安。丁丑，阿塔海、阿剌罕、董文炳詣宋主宮，趣宋主㬎同太后入覲……子母皆肩輿出宮，唯太皇太后謝氏以疾留。」（註二四）《元史・伯顏傳》有稍微詳細的記載，云：「（德祐二年三月）乙亥，伯顏發臨安。丁丑，阿塔海等宣詔，趣宋主、母后入覲，聽詔畢，即日俱出宮，惟謝后以疾獨留，隆國夫人黃氏、宮人從行者百餘人，福王與芮、沂王乃猷、謝堂、楊鎮而下，官屬從行者數千人，三學之士數百人。」（註二五）《錢塘遺事》則云：「（德祐二年二月）十二日，索宮女、內侍、樂官諸色人等……二十日，北使請三宮北遷。二十二日宋少帝令太后、隆國夫人黃氏、朱美人、王夫人以下百餘人從行，福王與芮、參政謝堂、高應朶、駙馬都尉楊鎮、臺諫阮登炳、鄒珙、陳秀伯、知臨安府翁仲德等以下數千人，太學宗學生數百人，皆在遣中。惟太皇太后以疾留大內。」（註二六）關於此事的同樣記載亦見《宋季三朝政要》（註二七），只是文字上有些出入而已。這裡必須附帶一提的是，《元史・伯顏傳》、《錢塘遺事》及《宋季三朝政要》所提到的隆國夫人「黃氏」其實是「王昭儀」才對，〈祈請使行程記〉（註二八）有明白的記載，此記乃祈請使日記官嚴光大以親身見聞所撰，較爲可信。上述所提到被遣的人，都記錄在汪元量的作品中了。〈醉歌〉其七云：

「丞相伯顏猶有語，學中要揀秀才人。」（卷一・頁一五）

〈江上〉云：

「太學諸齋揀秀才。」（卷一・頁二七）

以上是太學生隨駕北上的證據。琴師被遣的例子，則可以〈送琴師毛敏仲北行〉及〈短歌〉爲例（註二九）。據「編年」，〈送琴師毛敏仲北行〉是元量送琴友毛敏仲赴燕之作，〈短歌〉亦是贈與某琴友赴燕之作。汪元量亦是琴師，依據上述史實顯示，他和這些琴友一樣，亦在被遣之列，其北上的時間則稍後。〈湖州歌〉其三十云：

「太皇太后過江都。」（卷二・頁四二）

孔凡禮據汪元量能確實掌握太皇太后的行程，推測他是隨謝太皇太后北上的，而他們是在宋主北上以後才啓程的（註三〇）。上面所引《元史・世祖本紀》、《元史・伯顏傳》及《錢塘遺事》的記載都提到「惟太皇太后以疾留」的事實，可證。他們都是根據《宋史・理宗謝皇后傳》的說法而來，畢阮的《續資治通鑑》亦贊同此說。他在至元十三年五月紀事，先提到「宋主㬎及全太后至燕，鉉翁迎謁」，並未提及謝太皇太后；隨後在八月紀事才說：「宋太皇太后謝氏，以疾久留臨安。至是，遣人自宮中舁其床以出，同侍衛七十二人，北赴大都。」（註三一）可見宋主趙㬎及全太后先入燕，汪元量再隨謝太皇太后出發，已成爲大家共同接受的事實。

根據「編年」，〈湖州歌九十八首〉約作於至元十三年（一二七六）汪元量北上途中，在這九十八首中，汪元量屢屢提到宮女的各種生活樣態。寫舟中無聊的生活，如其十五云：

「曉來官櫂去如飛，掠削鬟雲淺畫眉。風雨淒淒能自遣，三三五五坐彈碁。」（卷二・頁三九）

其十七云：

「曉鬢髷鬆懶不梳，忽聽人說是南徐。手中明鏡抛船上，半揭篷窗看打魚。」（卷二・頁三九）

寫宮女感傷亡國，流淚、不眠的情形，如其三十一云：

「萬騎橫江泣鼓鞞，千枝畫角一行吹。淮南今夜好明月，船上美人空淚垂。」（卷二・頁四三）

其三十五云：

「青天澹澹月荒荒，兩岸淮田盡戰場。宮女不眠開眼坐，更聽人唱哭襄陽。」（卷二・頁四四）

同時，他也寫有的宮女不知亡國憂愁的可悲，如其四十云：

「鳳管龍笙處處吹，都民欣樂太平時。宮娥不識興亡事，猶唱宣和御製詞。」（卷二・頁四五）

由此可見隨行的宮女也不少。至於北上的場面及情形，汪元量作品中亦有精彩的記錄。〈杭州雜詩和林石田〉云：

「天也今如此，人乎可奈何。臺邊西子去，宮裡北人過。玉樹歌方歇，金銅淚已多。旌旗遮御路，舟楫滿官河。」（卷一・頁二〇）

亦有專就太皇太后北上時的情形作描寫的。〈錢唐歌〉云：

「錢唐江上龍光死，錢王宮闕今如此。白髮宮娃作遠遊，漠漠平沙千萬里。西北高樓白雲齊，欲落未落日已依。古人不見今人去，江水東流烏夜啼。」（卷一・頁一一）

〈感慈元殿事〉云：

「翠華扶輦出彤庭，密炬星繁天未明。鵷鷺分行江上別，熊羆從駕雨中行。綠波淼淼浮三殿，紫禁沈沈斷六更。惟有週遭山似洛，不堪回首淚縱橫。」（卷一・頁一〇）

「白髮宮娃」指的就是謝太皇太后，「慈元殿」乃謝太后所居（註三二），此二詩陳述了太皇太后北上的事實及離杭時的實際情形。描寫宋室北上場面最精彩的是〈北征〉，不但記錄了一事實，亦就遺氓及行人的心情作了相當的刻劃。

「北師有嚴程，挽我投燕京。挾此萬卷書，明發萬里行。出門隔山嶽，未知死與生。三宮錦帆張，粉陣吹鸞笙。遺氓拜路傍，號哭皆失聲。吳山何青青，吳水何泠泠。山水豈有極，天地豈無情。回首叫重華，蒼梧雲正橫。」（卷二・頁二八）

謝太皇太后北上的進程，史籍中並無記載，然而「杭州萬里到幽州」（註三三）的這個過程，卻經由汪元量的作品保留下來了。〈湖州歌九十八首〉是一巨篇的組詩，其七至六十八，寫赴燕途中種種，詩中經常明確的提到輦駕所到的地點，如其十四云：「錦帆搖曳到揚州」，其五十五云：「船泊邳州古岸旁」（註三四）。另外，汪元量又有許多以地名或地點爲題的作品，如〈常州〉、〈徐州〉、〈東平官舍〉、〈通州道中〉（註三五）等等，根據孔凡禮的編年，這些作品都是作於赴燕途中。因此，若將此與〈湖州歌九十八首〉併看，就可以清楚的畫出一幅謝太皇太后北上的進程圖了，依序爲杭州——蘇州——常州——京口——渡長江——揚州——高郵——淮安——過淮水、黃河——邳州——徐州——濟州——東平——陵州——景州——灌州——滄州——獻州——河間——通州——抵大都（附圖二）。

北上路途漫漫，身處皇室內廷的三宮，要「暫離絳闕九重天，飛過黃河千丈水」（註三六），千山萬水的跋涉，過著「間關萬里踏燕月，埃沙撲面愁人魂」（註三七）的生活，個中艱辛也只有身歷其境者能真正體會。汪元量因為隨行北上，有機會親身經驗，理所當然的以其創作為這段艱困的歷史作見證。〈湖州歌九十八首〉其二十八云：

「官軍兩岸護龍舟，麥飯魚羹進不休。宮女垂頭空作惡，暗抛珠淚落船頭。」（卷二・頁四二）

其三十三云：

「莫問萍虀併豆粥，且餐麥飯與魚羹。」（卷二・頁四三）

〈吳江〉云：

「舟子魚羹分宰相，路人麥飯進官家。」（卷二・頁二八）

除了吃不好之外，終日行船也是很不舒服的，〈湖州歌九十八首〉其十云：

「太湖風起浪頭高，錦柁搖搖坐不牢。」（卷二・頁三八）

旅途遙遠，四處暫泊，居住的環境當然不理想。〈邳州〉云：

「身如傳舍任西東，夜榻荒郵四壁空。」（卷二・頁三三）

所以在「歌闌酒罷，玉啼金泣」之後，汪元量會感慨的發出「此行良苦」（註三八）的感嘆。

三、亡國後

㈠記錄伴隨三宮赴燕旅北的生活實況

汪元量伴隨三宮赴燕之後，他的生活和南宋舊皇室的關係更加密切了，這時期他的生活大致可以分為四個階段，從他各時期的作品中，我們不但可以試著去還原他的生活狀況，也可以了解這一頁被史籍遺忘的南宋三宮羈北史。三宮初到大都的第一階段，是備受元人的禮遇的。這在汪元量的作品中可以找到許多證據。〈御宴蓬萊島〉云：

「曉入重闈對冕旒，內家開宴擁歌謳。駝峰屢割分金碗，馬嬭時傾泛玉甌。」（卷三・頁六六）

除了上述的御宴蓬萊島外，從三宮抵燕之初，元主就經常在內宮以好酒佳餚設宴招待宋三宮。席間不但君王自己勸酒問勞，大元皇后也一同用餐，並設有樂人伶官獻藝作樂，可謂禮遇之至。〈湖州歌九十八首〉其七十至其七十九就有十次賜宴的詳細記載（註三九）。元主除了經常賜宴，以示歡迎，對三宮日常生活所需，無不周全的供應，平日裡也經常噓寒問暖（註四〇）。如〈湖州歌九十八首〉其八十三云：

「每月支糧萬石鈞，日支羊肉六千斤。御廚請給蒲桃酒，別賜天鵝與野麋。」（卷二・頁五五）

其八十七云：

「三殿加餐強自寬，內家日日問平安。大元皇后來相探，特賜絲紬二百單。」（卷二・頁五六）

其八十四云：

「三宮寢室異香飄，貂鼠氈簾錦繡標。花毯褥裀三萬件，織金鳳被八千條。」（卷二・頁五五）

元人對宋人的禮遇尚不止於此，對於投降的這些皇親宗室、甚至隨侍大臣都予以封官，籠絡其心。其八十一云：

「僧道恩榮已受封，上庠儒者亦恩隆。福王又拜平原郡，幼主新封瀛國公。」（卷二・頁五四）

《元史・世祖本紀》至元十三年紀事云：「五月乙未朔，伯顏以宋主㬎至上都，制授㬎開府儀同三司、檢校大司徒，封瀛國公。」十五年正月紀事又云：「授宋福王趙與芮金紫光祿大夫、檢校大司農、平原郡公。」（註四一）宋幼主被封爲瀛國公及福王官拜平原郡，是二件大事，汪元量自然不能不記。其八十又云：

「一人不殺謝乾坤，萬里來來謁帝閽。高下受官隨品從，九流藝術亦霑恩。」（卷二・頁五四）

汪元量是一名琴師，亦在九流藝術之中，自然也受到恩賞，所以他以眼見、耳聞、身歷其中的經驗，說出「宮衣屢賜恩榮重，御宴時開禮數寬」（註四二）、「天家賜予意無窮」（註四三）的話，言語之間隱含有無限的感恩之意。汪元量羈北期間，的確曾經仕元，元方回〈題汪水雲詩卷〉云：「黃金臺上翰林官，曾奉天香坐站鞍。」（註四四）具體的指出他所擔任的官職爲翰林官。王國維〈書宋舊宮人詩詞、湖山類稿、水雲集後〉贊成此說法，亦云：「然中閒亦爲元官，且供奉翰林，其詩具在，不必諱也。《湖山類稿》二有〈萬安殿夜直〉詩云：『金闕早朝天子聖（天表近），玉堂夜直月光寒。』《水雲集》中有〈送初菴傅學士歸田里〉一首云：『燕臺同看雪花天，別後音書雁不傳。紫閣笑談爲職長，彤闈朝謁在班前。』稱嚴爲爲職長，則汪亦曾爲翰林院官。又有〈南歸後答徐雪江〉一首曰：『十載高居白玉堂，陳情一表乞還鄉。孤雲落日渡遼水，匹馬西風上太行。行橐尚留官裡俸，賜衣猶帶御前香。只今對客難爲說，千古中原話柄長。』所云高居白玉堂，亦指翰苑也。」（註四五）這似乎成爲一種共識了。即使是持著「他的思想裡始終隱藏著對故國的忠心，他跟隨著幼主過著俘虜的生活，『並不能算是仕元』」立場的楊樹增，也不得不同意「汪元量作爲瀛國公的文學侍臣，元朝很可能封他爲翰林官」（註四六）。

但是，關於汪元量仕元的動機卻有許多不同的看法，值得在此一併提出討論。史樹青說他是「懷著非常的願望，自請同行」，「一方面要了解元朝在北方的統治情況，另方面則是乘機復仇」（註四七）。所謂的「自請同行」，和史實不符，並不能接受（註四八）。程亦軍認爲「仕元不過是他出于策略步驟上的考慮，爲的是養精蓄銳，伺機復仇。」（註四九）此說繼承了史樹青的說法，但，都無可靠的史實可證，並未受到汪元量研究者的支持（註五〇）。孔凡禮以爲，站在元人的立場是爲了「羈縻舊朝君臣之心，示新朝寬大之政而已」；站在元量的立場，則是「以元官爲掩護，有便於訪慰文天祥於縲紲之中，有便於周旋宋太皇太后謝氏、皇太后全氏、幼主趙㬎、福王與芮之間」（註五一）。前者和楊積慶「元人對宋室的禮遇」（註五二）意見相同，後者和楊樹增的「與亡國之君共患難」（註五三）之說很接近，都比史樹青、程亦軍的「伺機復仇」之說合理（註五四）。由上述各家的說法看來，個人以爲，汪元量的仕元是在特殊的歷史環境下造成的，並不能以論斷一般「貳臣」的行爲來看待。楊樹增就明白的表示「元人的強迫性封賜，也無損于他的聲譽。」（註五五）

誠如上所言，宋三宮初到大都時，元人基於「緩和民族矛盾、穩定統治出發」（註五六），的確是相當禮遇他們。但，事情後來卻有了很大的轉變。《宋史・文天祥傳》云：

「（元世祖）至元十九年，有閩僧言土星犯帝坐，疑有變。未幾，中山有狂人自稱『宋主』，有兵千人，欲取文丞相。京城亦有匿名書，言某日燒蓑城葦，率兩翼兵為亂，丞相可無憂者。時盜新殺左丞相阿合馬，命撤城葦，遷瀛國公及宋宗室開平。」（註五七）

元人為了防止上述的叛變發生，於是決定把故宋宗室及其大臣先遷移至上都。《元史・世祖本紀》亦有詳細的記載，至元十九年十二月乙未紀事云：

「中書省臣言：『平原郡公趙與芮、瀛國公趙㬎，翰林直學士趙與票，宜並居上都。』帝曰：『與芮老矣，當留大都，餘如所言。』繼有旨，給瀛國公衣糧發遣之，唯與票勿行。」（註五八）

後來，元人再度把他們遷至內地，《元史・世祖本紀》至元二十一年二月紀事云：

「遷故宋宗室及其大臣之仕者於內地。」（註五九）

以上《宋史》及《元史》的記載，在《續資治通鑑》中均有綜合的說明（註六〇），可備參考。而當時汪元量就是以「授瀛國公書」（註六一）的教師身分，伴隨瀛國公由大都出關至上都，又輾轉赴內地，開始旅燕期間第二階段的生活。楊樹增〈汪元量祖籍、生卒、行實考辨〉所說，可作爲汪元量爲什麼隨行的補充說明。他說：「聶守貞〈讀水雲丙子集〉云：『錫宴屢陪蓬島客』，知元朝仍允許元量繼續侍奉宋三宮，并常陪三宮參加賜宴，元量〈湖州歌〉中十筵的詳盡描寫也說明了這一點。這時的元量，已由舊時主要侍奉謝太后改爲主要奉侍宋幼主趙㬎了。元量有〈平原郡公夜宴，月下侍瀛國公歸寓府〉詩，其〈湖州歌〉中有『自把詩書授國公』句，都可證。」（註六二）

當時隨著宋幼主被遷上都、內地的人還有哪些呢？〈開平〉有「母子鼻酸辛，依依自相守」句，孔凡禮據此定全太后亦在被遣之列（註六三）。王國維〈書宋舊宮人詩詞、湖山類稿、水雲集後〉據〈天山觀雪王昭儀相邀割駝肉〉一詩，證明王昭儀亦從少帝北行（註六四）。除此之外，汪元量〈陰山觀獵和趙待制回文〉、〈酬方塘趙待制見贈〉（註六五）亦作於塞外時，可知趙待制也在隨待之列。而趙待制究竟是誰呢？若由前面所引三史書的記載看來，此趙待制似乎是趙與芮。王國維〈書宋舊宮人詩詞、湖山類稿、水雲集後〉卻有不同的見解，他說：

「此趙待制即趙與票。《元史‧世祖紀》謂惟與票不行，與票當是與芮之訛。世祖憐與芮年老，而於與票無言，不應反遣與芮而留與票。且其官稱翰林直學士，或稱待制，皆入元後之官。元閻復撰〈趙與票墓誌銘〉云：至元十四年，公以驛來朝，自是入翰林為待制、為直學士，則待制、直學士，皆與票所歷官。又《水雲集》別有〈酬方塘趙待制見贈〉一首，末云：『吾曹猶未化，爛醉且穹廬。』亦係塞外之作。合此數詩觀之，則在上都者，實為與票，福王（與芮）蓋未嘗行也。」（註六六）

孔凡禮「編年」亦引元袁桷《清容居士集》卷三十二〈翰林學士嘉議大夫知制誥同修國史趙公（趙與票）行狀〉，證明趙與票於至元十六年，已入翰林爲待制，認爲汪元量詩中所提的趙待制就是趙與票（註六七）。他又據元程鉅夫《楚國文憲鄰雪樓程先生文集》卷二十五〈趙方塘學士哀辭〉云「方塘乃趙與票之號」（註六八），更加肯定王國維之說的可信性（註六九）。

至於謝太皇太后是否亦在被遣之列，王國維〈書宋舊宮人詩詞、湖山類稿、水雲集後〉以爲她尚留在大都（註七〇），孔凡禮則並未作說明。要解決這個問題，必須先確定謝太皇太后究竟是死於何時，是否可能在被遣之中。《續資治通鑑》至元二十六年（一二八九）紀事，謂謝枋得被執至燕時，曾問太后攢所（註七一），可知在這之前太后已逝；但是，其逝世的正確年分是何時，則有許多不同的說法。《宋史》云謝太皇太后入燕後，「越七年終，年七十四」（註七二）。《宋季三朝政要》亦云：「至燕七年而崩。」（註七三）謝太皇太后是在德祐二年（至元十三年・一二七六）北上，聯繫二者的記載，則太后應卒於至元二十年（一二八三）。王國維〈書宋舊宮人詩詞、湖山類稿、水雲後〉則主張太后死於至元二十二年（一二八五）（註七四），並未說明所據之資料，不足爲信。孔凡禮則據〈南嶽道中〉「三宮萬里知安否，何日檀欒把壽觴」之句，以爲元量降香時謝太皇太后尚在，定其約逝於至元二十三年（一二八六），再聯繫他對太后生年的推測（註七五），則太后得年八十。因此，他將〈太皇謝太后挽章〉與〈女道士王昭儀仙游詞〉、〈瀛國公入西域為僧號木波講師〉、〈平原郡公趙福王挽章〉及〈全太后為尼〉放在一起，認為都是在汪元量降香回大都以後的作品。個人在搜羅各類資料時，無意間發現鄭思肖〈德祐謝太皇北狩攢宮議〉有「德祐六年（至元十七年．一二八〇）太歲庚辰三月十三日太皇太后崩於北狩行宮」的記錄（註七六），年、月、日記載詳細，頗具參考價值，茲再引幾項事實證明此說的可信度。第一，《宋季三朝政要》記載三宮北上時曾說「太皇太后以疾留大內……太皇太后臥病，主者自宮中舁其床以出，衛者七十人從行。」（註七七）由此可知，太后北上之時（至元十三年．一二七六），必已重病在臥；那麼，鄭思肖說她在至元十七年（一二八〇）逝世，是很有可能的。第二，再聯繫宋幼主被遣上都及內地之史實，既然元世祖曾說「與芮老矣，當留大都」，為何不及老病之謝太后；由此可見，謝太皇太后必在這之前已逝世。第三，觀察汪元量羈北的作品，除了〈太皇謝太后挽章〉及〈南嶽道中〉二者外，不再有太后的相關記錄。且「三宮萬里知安否，何日檀欒把壽觴」詩句中之「三宮」很可能只是概稱，並不一定非要包括謝太皇太后在內。所以，太后很可能是在入燕四年後就已經逝世了，並未在被遣之列。

根據上述的推測，瀛國公、全太后、王昭儀及趙與票等一行人，大約於至元二十年（一二八三）前往上都，二十一年（一二八四）又前往內地。上都在大都之北，就是汪元量詩中所寫的開平，也就是在今蒙古正藍旗東閃電河北岸（註七八），元世祖於中統元年（一二六〇）三月辛卯在此即位，中統四年（一二六三）五月戊子將其陞爲上都（註七九）。所謂的「內地」，是相對之下的說法，指的是居延、天山諸地。孔凡禮說：「上都在今內蒙古之東，居延在今內蒙古之西，天山距居延較近。二者距上都遙遙數千里，較之上都、大都，誠可謂內地。」（註八〇）由汪元量此時期作品的詩題，可知他們出居庸關，離開大都，前往上都及內地途中，一共經過了長城外、寰州、李陵臺、蘇武洲、居延、昭君墓、天山、草地及陰山等地，至於所到的先後順序，孔凡禮以爲「自〈長城外〉至此詩（〈草地寒甚，氈帳中讀杜詩〉）十一詩，作於遣往上都及內地期間。原書編次，不易理解，孰先孰後，有待考證。」（註八一）

這真是一段漫長的行程，其艱困可想而知，對南宋的皇室宗親而言，比起初到大都時受到元人禮遇的生活，簡直是天壤之別，而其艱困生活的描述，均可在汪元量的作品中找到蛛絲馬跡。上都及內地，相當於今天中國的極北及極西地區，相較於大都，緯度高，平常天氣已經涼爽許多，冬天裡氣候更嚴寒；若再與江南溫和的天氣比較，簡直可以冰天雪地來形容。因此汪元量在許多作品中都提到這個事實。〈寰州道中〉云：

「窮荒六月天，地有一尺雪。孤兒可憐人，哀哀淚流血。書生不忍啼，尸坐愁欲絕。鼙鼓夜達明，角笳競於邑。此時入骨寒，指墮膚亦裂。萬里不同天，江南正炎熱。」

（卷三・頁八二）

六月天裡，此地卻積雪一尺深，嚴冷寒峻，這絕對是事實。根據劉昭民〈中國歷史上各朝代之氣候及其變遷情形〉的研究，稱元代爲「霜雪連年，屬於寒冷氣候時期」，他說：「在元代的九十一年中，並無任何『冬無雪』和『冬無冰』的氣候紀錄，反之『夏霜』、『夏雪』的年數在每百年中所佔的比率在中國歷史上卻最高——在元代的九十一年中共有十五年之多。」（註八二）根據他所引用的歷史紀載，這種可怕的氣候現象，大都出現在北方，和江南溫暖的天氣有天壤之別，所以汪元量會發出「萬里不同天，江南正炎熱」的聲音。〈草地寒甚，氈帳中讀杜詩〉云：

「炎天冷如冰，磧地不生草。我馬跑砂石，我飢面蒼昊。人馬不相離，凍死俱未保。何當回白日，陰雲盡一掃。」（卷三・頁八六）

寒冷的天氣使他的頭腦更清楚，時常想起三宮遭受到的不人道的折磨，同時，喪國的恥辱也隨著北風的呼嘯隱隱作痛。所以他會萌起早早見到白日的企盼，而這「白日」卻又象徵著對故國無限的追思。〈蘇武洲氈房夜坐〉云：

「明發啓帳房，冷風迸將入。飢鷹傍人飛，瘦馬對人立。禦寒挾貂裘，蒙頭帽氈笠。淒然絕火煙，陰雲壓身濕。賴有葡萄醅，借煖敵風急。」（卷三・頁八三）

〈開平〉云：

「冷霰撒行車，呻吟獨搔首。須臾大如席，風卷半空走。母子鼻酸辛，依依自相守。書生倒行囊，沽來一尊酒。暫時借溫和，耳熱豈長久。萬木舞陰風，言語冰在口。氈房耿無眠，兀兀聽刁斗。」（卷二・頁八五）

夏日裡尚且是積雪一尺深，到了冬天，此地更是完全籠罩在風雪中，雪大如席，風卷狂沙，對於慣於深宮享受的宋廷宗室而言，如何不辛酸淚流？於是也只能借著斗酒，獲得短暫的溫暖。除此之外，「一月不梳頭，一月不洗面」的骯髒齷齪生活，似乎也成了家常便飯。〈草地〉云：

「齷齪復齷齪，昔聞今始見。一月不梳頭，一月不洗面。飢則嚼乾糧，渴則啖雪片。困來臥氈房，重裘頗相戀。故人衣百結，蟣蝨似珠串。平明獵陰山，鷹犬逐人轉。呱呱凍欲僵，老娃淚如霰。忽有使臣來，宣賜尚方膳。」（卷三・頁八五）

戴仁傑〈題汪水雲詩卷〉云：「履霜中野元無怨，齧雪陰山只自憐。」（註八三）可以說是對汪元量伴隨宋室歷經風霜的高度讚許。但是，諸如天冷，穿不暖；身臭，無法沐浴；飢渴，嚼乾糧、啖雪片；夜來與蟣蝨爲伴等等的生活，非身歷其境者如何知道其中苦楚，又豈足爲外人道也？汪元量〈南歸對客〉云：「北行十三載，癡懶身羈孤。勒馬向天山，咄咄空踟躕。窮陰六月內，白雪飛穹廬。冷氣刺骨髓，寒風割肌膚。飢餐棗與栗，渴飲酪與酥。棄置勿復言，言之則成迂。」（註八四）

詩雖作於南歸之後，言外之意，對過去那一段苦日子，似乎仍心有餘悸。

汪元量隨被遣內地的宋室回到大都以後（註八五），不久，又奉使代祀嶽瀆東海，開始他旅北期間第三階段的生活。這就是劉將孫〈湖山隱處記〉所說的「繩橋棧道，使禱群望」（註八六）之事。關於遣使代祀的事，《元史・祭祀志》「嶽鎮海瀆」條有詳細的說明，可作爲參考。

「嶽鎮海瀆代祀，自中統二年（元世祖・一二六一）始。凡十有九處，分五道。後乃以東嶽、東海、東鎮、北鎮為東道，中嶽、淮瀆、濟瀆、北海、南嶽、南海、南鎮為南道，北嶽、西嶽、后土、河瀆、中鎮、西海、西鎮、江瀆為四道。既而，又以驛騎迂遠，復為五道，道遣使二人，集賢院奏遣漢官，翰林院奏遣蒙古官，出璽書給驛以行。中統初，遣道士，或副以漢官。至元二十八年正月，帝謂中書省臣言曰：『五嶽四瀆祠事，朕宜親往，道遠不可。大臣如卿等又有國務，宣遣重臣代朕祠之，漢人選名儒及道士習祀事者。』」（註八七）

由上可知，嶽鎮海瀆代祀是元朝常年以來例行性的重要工作。《元史・世祖紀》至元二十一、二十二、二十三及二十四年正月紀事均有遣使代祀事（註八八），而汪元量二十一、二年時應隨宋室赴內地各處，二十五年左右則乞黃冠南歸（註八九），所以可能在至元二十三、或二十四年奉使代祀。方回〈題汪水雲詩卷〉有「黃金臺上翰林官，曾奉天香坐站鞍」句（註九〇），可見汪元量是以翰林官的身分代祀。孔凡禮據《元史・祭祀志》的資料，推測汪元量的翰林官身分與道士等同（註九一），似乎有以汪元量後來乞黃冠南歸的事實，而推測其身分正與道士相同之嫌，反果為因，個人並不贊同。王國維〈書宋舊宮人詩詞、湖山類稿、水雲集後〉云：「然觀其詩意（指〈北嶽降香呈嚴學士〉之詩），不似屬官之詞。殆是歲所遣二人，皆出翰苑。」（註九二）我贊同此說，汪元量應該是以「漢官」的身分前往，其職稱則是翰林官。代祀使者依例有二人，與他同行的有嚴學士，〈北嶽降香呈嚴學士〉中有「同君遠使山頭去，如朕親行嶽頂來」（註九三）句，可證；但，嚴學士的名字今不可考。根據此時期的詩題，可知在這「一萬五千里」（註九四）的行程中，他們一共祭祀了北嶽恆山、西嶽華山、中嶽嵩山、南嶽衡山、東嶽泰山、濟瀆、孔子舊宅及青城山等，除了青城山之外，其餘的地點均在《元史・祭祀志》的記載中。孔凡禮〈青城山〉的「編年」，曾引《玉匱經》及《青城甲記》，說明青城山是嶽瀆之上司，亦在降香之列，可為補充（註九五）。至於奉使的路線，孔凡禮在〈嵩山〉一詩的「編年」，雖有很大篇幅的推測（註九六），但限於材料的不足，仍不能有明確的答案，則有待後來者繼續努力。

汪元量奉使降香回到大都以後，進入旅燕期間第四階段的生活。此時羈北的三宮及宗室、大臣等，或遁入空門，或撒手西歸，淒慘凋零，這些事實均見於汪元量的作品中。〈瀛國公入西域為僧，號木波講師〉云：

「木老西天去，袈裟說梵文。生前從此別，去後不相聞。忍聽北方鴈，愁看西域雲。

永懷心未已，梁月白紛紛。」（卷三・頁一〇九）

《元史・世祖本紀》至元二十五年十月紀事云：「瀛國公趙㬎學佛法於土番。」（註九七）時間及地點的記載都非常明確。王堯〈南宋少帝趙㬎遺事考辨〉引元釋念常《佛祖歷代通載》卷三十二「敕令瀛國公往脫思麻路（王堯按：吐蕃一路），學習梵書、西蕃字經」及「宋主以王位來歸，學佛修行，帝（王堯按：忽必烈）大悅，命削髮爲僧寶焉……宋主毳衣圓領，帝命往西天，討究大乘明，即佛理。」（註九八）的記載，認爲瀛國公是奉命前往吐番學習佛法，孔凡禮〈汪元量事跡紀年〉中就採用了這個說法。汪元量詩中所謂的「西域」，就是「吐番（蕃）」；王堯又根據《紅史》、《青史》、《新紅史》等多種藏文史書，證明趙㬎長期住在西藏薩迦大寺，擔任總持的工作。由此可知，趙㬎學佛法之處，就在今西藏境內。楊樹增〈汪元量祖籍、生卒、行實考辨〉引《庚申帝史外聞見錄》，認爲趙㬎爲僧之處是甘州才對（註九九）。這則本事應該出於元末隱士權衡的《庚申外史》，該書對瀛國公出家之後的事多加揣測，傳奇色彩過濃，實不足採信（註一〇〇）。楊樹增又引〈天山觀雪，王昭儀相邀割駝肉〉、〈昭君墓〉、〈李陵臺〉等詩，認爲是元量送幼主往甘州途中的證據。很明顯的，他忽略了《元史》中有遷瀛國公前往內地的記載，這些詩應該是汪元量伴趙㬎被遣內地時所作才對。基於這二點原因，個人以爲楊樹增的說法不可採信。

〈全太后爲尼〉云：

「南國舊王母，西方新世尊。頭顱歸妙相，富貴悟空門。傳法優婆域，誦經孤獨園。夜闌清磬罷，趺坐雪花繁。」（卷三・頁一一〇）

《宋史》謂全太后「後爲尼正智寺而終」（註一〇一）。《宋季三朝政要》亦云：「全太后爲尼於正智寺。」（註一〇二）二者均未言年月。王國維則認爲「其時無可考」，但「在水雲南歸之前」（註一〇三）。《元史・世祖本紀》至元二十八年十二月己巳紀事云：「宣政院臣言：『宋全太后、瀛國公母子已爲僧、尼，有地三百六十頃，乞如例免徵其租。』從之。」（註一〇四）孔凡禮據此處以全太后、趙㬎之事並提，定全太后爲尼與趙㬎學佛法於吐番都在至元二十五年（註一〇五）。個人以爲，幼主被命學佛法與全太后的爲尼，二者都是元人爲了削弱故宋宮室對江南人民影響力的作爲，所以二者大約都是同時之事，因此可說全太后的爲尼必在至元二十五年前後不久。

上述史實，在時間的考證方面雖然不一定都有完滿的答案，但對宋三宮入燕以後的結局都提供了若干的線索。其實汪元量詩中有關瀛國公入西域爲僧，號「木波講師」及全太后爲尼等重大事情，在《續資治通鑑》中都有記載，可和汪元量的作品合併來看。《續資治通鑑》至元二十五年紀事云：

「（十月）丙子……遣瀛國公趙㬎學佛法於土番……先是供奉汪元量，從三宮入燕，授瀛國公書，帝聞其能琴，嘗召入禁中，令教琴，稱善。元量乞歸，許之。是冬，元

量歸杭州。具言謝太后臨歿遺言，欲歸葬紹興，全太后為尼，瀛國公學佛，號木波講師。」（註一〇六）

這裡還要在提出來討論的是「瀛國公學佛，號『木波』講師」一事。汪元量的詩題，不但明白的記載瀛國公爲僧後號「木波講師」，並以「木老」稱之。《續資治通鑑》的這則記載正與之相符。但，王堯在〈南宋少帝趙㬎遺事考辨〉的註二十七卻對「木波」一詞提出質疑。他說：「《湖山類稿》載『瀛國公爲僧後號木波講師』，『木波』疑『本波』，形近而訛，本波即藏語apon-po，意爲官家、長官。則與藏文記載瀛國公在薩迦擔任過『總持』同義。」（註一〇七）因爲王堯所引的藏文史料較清畢沅的《續資治通鑑》爲早，他的推論也有些道理，因此此處將二說都併存，以待來者再詳加考證。

至於隆國夫人王清惠，後來則先爲道士，再客死於幽州（大都）。〈女道士王昭儀仙游詞〉云：

「吳國生如夢，幽州死未寒。金閨詩卷在，玉案道書閑。苦霧蒙丹旐，酸風射素棺。人間無葬地，海上有仙山。」（卷三・頁一〇八）

王昭儀究竟何時爲道士？死於何時？孔凡禮據此詩進一步推測，認爲王昭儀自內地回大都後即爲道士，之後死於大都（註一〇八）。程亦軍則云：「抵上都，求爲女道士。」（註一〇九）但，並未舉出充分的證據。王國維〈書宋舊宮人詩詞、湖山類稿、水雲集後〉，認爲昭儀之卒，「其時無可考」，大概在「水雲南歸之前」（註一一〇）。根據孔凡禮的考證，「以今本推考原本，原本當爲編年」（註一一一），而今本的〈女道士昭儀仙游詞〉列於汪元量南歸諸作品之前，可見王昭儀當死於汪元量南歸之前。

記載入燕宗室結果的，如〈平原郡公趙福王挽章〉云：

「大王無起日，草木盡傷悲。生在太平世，死當離亂時。南冠流遠路，北面幸全屍。舊客行霜霰，呼天淚濕麾。」（卷三．頁一〇八）

《元史．世祖本紀》至元二十三年二月紀事云：「甲子，復以平原郡公趙與芮江南田隸東宮。」二十四年二月戊午紀事又云：「以趙與芮子孟桂襲平原郡公。」（註一一二）《續資治通鑑》亦有相同的記載（註一一三）。由此可知，趙與芮必在至元二十三年二月以後至二十四年二月之前去逝（註一一四）。

(二)記錄南歸的過程及以後的生活實況

謝太皇太后駕崩、全太后爲尼、瀛國公入西域爲僧、王昭儀仙游之後，汪元量就向元世祖乞黃冠南歸。〈余將南歸，燕趙諸公子攜妓把酒餞別，醉中作把酒聽歌行〉（註一一五），詩題就點清了南歸之事。他的朋友亦曾提及此事。劉辰翁〈湖山類稿序〉云：

「歸江南，入名山，著黃冠。」（註一一六）

張時中〈題汪水雲詩卷〉云：

「隨意黃冠方外去，雲臺何似首陽薇。」（註一一七）

那麼，汪元量究竟是在哪一年南歸？近人有一些研究。王國維〈書宋舊宮人詩詞、湖山類稿、水雲集後〉謂「水雲南歸則在至元二十五年」（註一一八），但並未提出證據及說明。孔凡禮則據〈宋舊宮人詩詞〉「水雲留金臺『一紀』」之說及〈南歸對客〉「北行十三載」句，定汪元量於至元二十五年（一二八八）離燕，至元二十六年（一二八九）回到錢塘（註一一九）。楊樹增〈汪元量祖籍、生卒、行實考辨〉同意此說。程瑞釗〈汪元量研究情況綜述〉則認爲孔凡禮所推測的南歸時間頗爲牽強，只能算是「兩百年來的一條公論，決非『定論』」（註一二〇）。可惜的，他並未明確的提出自己的推測時間及反對的理由，我們無法進一步推究。而《續資治通鑑》至元二十五年紀事有「元量乞歸，許之。是冬，元量歸杭州」的明確記載，和孔凡禮的推測蠻接近的（註一二一）。因此，此處也只能接受此條「公論」。

汪元量南歸時，宋舊宮人曾爲詩、詞餞行，汪元量將之輯成《宋舊宮人詩詞》（註一二二）。其序云：「水雲留金臺一紀，琴書相與無虛日。秋風天際，束書告行，此懷愴然，空知夜夢先過黃河也。一時同人以『勸君更盡一杯酒，西出陽關無故人』分韻賦詩爲贈。」（註一二三）除了序中所云的十四首詩作外，書中亦蒐錄了章麗真、袁正真的〈水雲歸吳寄聲長相思〉及金德淑的〈水雲還家小詞驢聲寄望江南〉，都可證明汪元量南歸時，宋舊宮人曾爲詩、詞餞行的事實。但是，歷來對《宋舊宮人詩詞》的真僞卻頗有爭議，一併在此討論。

主張《宋舊宮人詩詞》是僞作的，以王國維爲代表，理由有三：第一，汪元量南歸前，昭儀已仙逝，而《宋舊宮人詩詞》中卻又有其餞別詩作，互爲矛盾。第二，謝翺〈續琴操哀江南序〉所記餞行之舊宮人數與《宋舊宮人詩詞・序》之人數不合。第三，《宋舊宮人詩詞》中的十四首絕句風格如出一手，後世僞作痕跡明顯（註一二四）。近代汪元量的研究者，對王氏的說法大都持否定的態度，他們認爲《宋舊宮人詩詞》大致是可信的；雖然如此，其立論的理由則又有很大的差別。楊積慶所提出的論點如下：第一，王昭儀在汪元量南歸之前的確已仙逝，《宋舊宮人詩詞》中之「王清惠」當爲「黃惠清」，所以並不會矛盾。第二，他將《宋舊宮人詩詞・序》中所列的十四人又加上張瓊英、章麗真、袁正真及金德淑，以符合謝翺的十八人之說。第三，他認爲宋舊宮人之能詩者，曾受到汪元量的指點，所以風格相似（註一二五）。楊樹增的理由如下：第一，他認爲王昭儀曾刻元量南歸圖象於汪元量的古硯上，主張汪元量南歸時，王昭儀並未死，可以題詩餞別汪元量。第二，人數不合並不是大問題。第三，十四首絕句風格相似是可以理解的，而且，在同中仍保留著個別的差異，並不是絕對的相同（註一二六）。孔凡禮的主張如：第一，王昭儀在汪元量南歸之前已死，但，並不能因爲其中有一首題爲「王清惠」作，就將所有《宋舊宮人詩詞》認定爲僞作。第二，風格如出一手，很可能是在流傳過程中好事者所增修。

根據上述的意見看來，無論主張《宋舊宮人詩詞》是真品或僞作者，其立論的理由都是從題詩人數的多少、作品的風格及王昭儀是否題詩餞行出發。首先，是人數的問題。楊積慶雖然很努力的拼湊出十八人的數目，但是，據孔凡禮《增訂湖山類稿》另外「新輯」的〈宋舊宮人贈水雲南還詞〉等十首詞看來（註一二七），當時爲詩詞送行的宋舊宮人還不止謝翺所說的十八人；所以個人以爲，十四人也好，十八人也好，甚至更多，這可能是記錄上取樣的詳略，或是後代訛傳所致，人數不是主要的問題，不能以此斷定宋舊宮人詩詞整體的真僞。至於十四首絕句風格相似的問題，個人以爲不管是因爲他們有著共同的經歷，或是曾受過汪元量指導，抑或是在大同之中仍有小異的區別，都是可以被接受的；因此，不宜以此斷定其爲僞作。在這個問題中，最關鍵的因素無疑的是王昭儀何時死，是否可能題詩餞行。楊積慶引用鮑廷博跋語斷王清惠爲黃惠清之誤，我翻閱鮑本並未見此跋語，不敢驟然相信。楊樹增以古硯證明王昭儀在汪元量南歸時並未死，是個很好的想法；但是，可惜的，目前我並未見著此分資料的清晰版本（註一二八）。基於上述的理由，我暫時據汪元量的作品斷其在他南歸之前已死，若日後有新的發現，再作商議。既然王昭儀在汪元量南歸之前已仙逝，十四首絕句中第一首爲何又題爲王清惠之作？這很可能是後來者本著汪元量和王昭儀的特殊關係而張冠李戴上去的。個人認爲，以汪元量和宋舊宮人經常接觸的關係，及他曾親自指點她們爲詩（註一二九），宋舊宮人在其南歸時是很有可能且有能力賦詩送行；雖然，《宋舊宮人詩詞》在流傳過程中或有羼入，但，大致上，仍是可以相信的。

至於汪元量南歸的行程，亦由其詩作的題目及其內容記錄下來了。汪元量經常以地點爲詩題，如〈涿州〉、〈真定官舍〉等；或是在詩中直接記錄所到之處，如「衛州三十里」、「今夜宿封丘，明朝過汴州」（註一三〇）等，這種寫作特色有助於還原出其南歸的行程，其行程大概如下：自大都啓行——出薊門——涿州——真定——趙州——封丘——汴州——揚州——金陵——釆石——烏江——魯港——星子驛——豫章——臨川——信州——衢州——釣臺——回到錢塘（附圖三）。

汪元量南歸之後，生活如何？這些事實，史上並無記載，卻可以從他自己的作品中找到蛛絲馬跡。回到錢塘以後，汪元量寫了〈浙江亭和徐雪江〉、〈答林石田見訪有詩相勞〉、〈孤山和李鶴田〉、〈答徐雪江〉、〈九日次周義山〉、〈讀李鶴田錢唐百詠〉、〈重訪馬碧梧〉、〈別章杭山〉、〈曾平山招飲〉、〈東湖送春和陳自堂〉、〈聽徐雪江琴〉等作品（註一三一）。徐雪江就是徐宇，林石田就是林昉，二人都住在杭州。李鶴田就是李珏，原本亦住在杭州，後來回到故鄉文江（江西吉水）。周義山就是周方，古盱（江西南城）人。馬碧梧就是馬廷鸞，江西樂平人。章杭山就是章鑑，分寧（江西修水）人。曾平山就是曾子良，江西金谿人。陳自堂就是陳杰，隱居於江西南昌東湖（註一三二）。由此看來，這段日子他正馬不停蹄的往來於杭州和江西之間，拜訪昔日的好友，重敘舊情。除此之外，結交詩社、與當時名士唱和詩詞亦是他生活重要的一部分。〈答林石田見訪有詩相勞〉有「偶攙降幟立詩壇，剪燭西窗共笑歡」句，〈唐律寄呈父鳳山提舉〉其九有

「遙憶武林社中友」句，所指就是結詩社之事。〈暗香〉詞序亦云：「西湖社友有千葉紅梅。」〈疏影〉詞題又云：「西湖社友賦紅梅分韻得落字。」（註一三三）由此可確知汪元量所參加的詩社就是耐得翁頗爲稱譽的西湖詩社。《都城紀勝》「社會」條云：

「文士有西湖詩社，此社非其他社集之比，乃行都士大夫及寓居詩人，舊多出名士。」（註一三四）

汪元量南歸以後，因爲與文壇名士來往頻凡的因緣，許多人都曾爲其作〈題汪水雲詩卷〉之序。葉福孫云：

「百千萬事擲天外，一十四年如夢中……明朝又掛孤帆去，江海茫茫正北風」（註一三五）

戴仁傑云：

「今日相逢又相別，新詩滿槖不論錢。」（註一三六）

劉師復云：

「澗邊爛醉桂花秋，明發攜琴不可留。」（註一三七）

張弘道云：

「相逢把臂不可別，白蘋洲渚菊花時。天涯地角聚復散，水雲雲水同襟期。」（註一三八）

孔凡禮據這些資料定汪元量在至元二十七（一二九〇）年秋天曾有遠行。他又聯繫李嘉龍「抱琴又泛楚江船」句、楊學李「瀟湘風月好，何日理歸船」句（註一三九）及吳仁傑〈送汪水雲入湘〉詩、王學文〈摸魚兒・送汪水雲之湘〉詞（註一四〇），證明他曾入湘而去。汪元量在代祀嶽瀆東海時，曾到過瀟湘一帶，因此這次應是第二次赴湘。〈巴陵〉一詩清清楚楚的記載了此事：

「重到巴陵秋正清，岳陽城下繫孤舲」（卷四・頁一二八）

劉豐祿〈題汪水雲詩卷〉云：「只今復作瀟湘遊，擬續離騷弔忠魂。」（註一四一）亦可與此詩相應證。

汪元量入湘之後，又有哪些行程及活動？劉辰翁選編的《湖山類稿》，僅止於〈南歸對客〉。鮑本《水雲集》（汪本《湖山外稿》）中雖有一些南歸以後的作品，但爲數極少，且原書本就不像《湖山類稿》較有編年次序，所以汪元量本身的作品所能提供的訊息實在有限，得依賴他的朋友的題序以補不足。劉將孫〈湖山隱處記〉稱汪元量於西湖築湖山隱處以終老（註一四二），其〈汪水雲復索西湖一曲櫂歌如諸公例十首走筆成此〉其十亦云：「道人閱世心如鐵，受用西湖到白頭。」

（註一四三）表明了汪元量最後隱居於西湖的事實。餘人〈題汪水雲詩卷〉亦有相同的記載。胡斗南說：

「老來無意謁侯門，自愛梅花水月村。更擬孤山結茅屋，杖藜聊復信乾坤。」

「篋裡新詩意不傳，飄蓬白髮地行仙。江南江北都看了，更住西湖一百年。」（註一四四）

楊學周說：

「它時歸隱西湖畔，能把新詩寄一聯。」（註一四五）

但是，在汪元量入湘之後、隱居西湖之前，是否還有其他的行程呢？孔凡禮據「新輯」的許多詩作，定汪元量於瀟湘之行後，曾第二次入蜀，補足了這段空白。可惜的，它並無直接的文獻記錄可以應證；因此有關汪元量是否二次入蜀，若是入蜀，二次入蜀作品又如何劃分等問題，一直無法有一個確論。所以他本人亦有「自〈隆慶府〉至此（〈聞父老說兵〉）二十六詩，不知為第一次入蜀作，抑或為第二次入蜀作，今姑次於此以待考」（註一四六）之語；程亦軍甚至認為孔凡禮所謂的第二次入蜀應該是在南歸途中（註一四七）；楊積慶亦有不同的意見，他說：「其間十多年（指南歸以後），除卻奉使禱祀蜀中諸山之行外……」將孔凡禮所謂的第二次入蜀與代祀入蜀合而為一事。諸如這些問題，的確是今天研究汪元量最棘手的一環，姑繫於此，有待後來者一起發掘。

綜觀本節所論，汪元量作品除了廣泛、籠統的記載當時社會的各種情形之外，它亦清楚的記載了許多具體的事情，如元兵入城及宋室議和投降的經過、宋三宮北上的詳細細節、宋三宮羈燕期間各種生活……這些事情，或有明確的時間記錄，如〈湖州歌九十八首〉其一云：「丙子正月十有三」，〈二月初八日左丞相賈餘慶、樞密使謝堂、參政密〉直接在詩題中記載了事件發生的日期；或者指出確實的地點，如〈湖州歌九十八首〉其九十八云：「杭州萬到幽州」，〈出居庸關〉、〈寰州道中〉、〈陰山觀獵和趙待制回文〉等則直接在詩題中記載了事件發生的地點；或者有詳細的細節交待，如〈太皇謝太后挽章〉云：「遺書乞骸骨，歸葬越山邊」，〈瀛國公入西域爲僧，號木波講師〉直記其法號，〈北嶽降香呈嚴學士〉直記降香之任務；這些都可與史實相應證，完全符合「詩史」作品「記實敘事」的特徵。更重要的，他對於這些事情的細節描寫常較史實詳細清晰，如：他對伴隨宋三宮北上的人、北上的場面、北上的進程及旅途的勞頓等情形都有確切的記載，對三宮被遣上都、內地的艱困生活亦如實的呈現，可作爲史實之補充，更能突顯其「詩史」的意義。

註釋

註　一：第二章，第二節，頁一八——二八。

註　二：語出周密《武林舊事》「西湖遊幸條」，卷三，頁三七六。當時詩人亦常將此諺語引入詩中，如羅志仁〈題汪水雲詩卷〉云：「銷盡黃金是此窩。」見〈汪元量研究資料彙輯〉，附錄一，頁二一二。

註　三：卷一三。潘玲玲〈南宋遺民詩研究〉引，頁二三。

註　四：卷三，頁三七六。

註　五：〈杭州雜詩和林石田〉其十四，卷一，頁二一。

註　六：卷一，頁一一。

註　七：〈兵車行〉，《杜詩詳注》，卷二，頁二六三。

註　八：襄、樊投降及賈似道魯港兵敗之事，詳見本章「譴責賈似道弄權亡國」一段，第二節，頁一四〇——一四四。

註　九：圖見該書〈襄陽大戰〉附，第五章，第二十五節，頁四九九。

註一〇：卷四七，頁九三七——九三八。

註一一：卷一二七，頁三一〇九——三一一〇。

註一二：見〈汪元量事跡紀年〉，附錄二，頁二六〇。

註一三：〈佚題〉，卷一，頁七。

註一四：卷四七，頁九三七。
註一五：《文山先生全集》，卷一七，頁三六五。
註一六：卷一，頁八。
註一七：《文山先生全集》，卷一三，頁二七一。
註一八：《文山先生全集》，卷一七，頁三六五。
註一九：卷五，頁一〇二六。
註註二〇：〈祈請使行程記〉蒐錄於《錢塘遺事》，卷九，頁一〇一八——一〇二〇。
註二一：《元史．世祖本紀》，卷九，頁一七九。
註二二：卷四七，頁九三八。
註二三：卷二四三，頁八六六〇。
註二四：卷九，頁一八〇。
註二五：卷一二七，頁三一一二。
註二六：卷八，頁一〇一八。
註二七：「（德祐二年二月）乙卯，北使請三宮北遷，丁巳宋少帝、全太后出宮，太皇太后以疾留大內，隆國夫人黃氏、朱美人、王夫人以下百餘人從行，福王與芮、參政謝堂、高應朵，駙馬都尉楊鎮，臺諫阮登炳、鄒珙、陳秀伯，知臨安府翁仲德等以下數千人，太學宗學生數百人，皆在遣中……太皇太后臥病，主者自宮中舁其床以出，衛者七十人從行。」卷五，頁一〇二七。

註二八：此記附於《錢塘遺事》卷九，頁一〇二五。

註二九：〈送琴師毛敏仲北行〉其二云：「五里十里亭長短，千帆萬帆船去來。請君收淚向前去，要看幽州金築臺。」（卷一．頁二五）

其三云：「蘇子瞻喫惠州飯，黃魯直度鬼門關。今日君行清淚落，他年勛業勒燕山。」（卷一．頁二五）

〈短歌〉云：「腰寶劍，背瑤琴。燕雲萬里金門深。斬邪誅佞拱北極，阜財解慍歌南音。駕驊騮，禦狐貉。度關山，望河洛。況是東南宇宙窄，桑田變海風濤惡。勸君一醉千日醒，世事花開又花落。」（卷一．頁二五）

註三〇：見〈汪元量事跡紀年〉，附錄二，頁二五八。

註三一：以上二者分別見卷一八三，頁一〇二四及一〇二六。

註三二：《武林舊事》「故都宮殿．後殿」條，卷四，頁三八六。蒐錄於《東京夢華錄外四種》。

註三三：〈湖州歌九十八首〉其九十八，卷二，頁五八。

註三四：以上二詩分別見卷二，頁四一、頁四八。

註三五：分別見卷二，頁三〇、三三、三五、三五。

註三六：〈玉樓春・度宗愍忌長春宮齋醮〉，卷五，頁一七四。

註三七：蕭灼〈題汪水雲詩卷〉，見〈汪元量研究資料彙輯〉，附錄一，頁二二一。

註三八：「歌闌酒罷，玉啼金泣」、「此行良苦」，語出〈水龍吟・淮河舟中夜聞宮人琴聲〉，卷五，頁一七一。

註三九：〈湖州歌九十八首〉其七十云：「皇帝初開第一筵，天顏問勞思綿綿。大元皇后同茶飯，宴罷歸來月滿天。」（卷二・頁五二）

其七十一云：「第二筵開入九重，君王把酒勸三宮。駝峰割罷行酥酪，又進雕盤嫩韭蔥。」（卷二・頁五二）

其七十二云：「第三筵開在蓬萊，丞相行杯不放杯。割馬燒羊熬解粥，三宮宴罷謝恩迴。」（卷二・頁五二）

其七十三云：「第四排筵在廣寒，葡萄酒釃色如丹。并刀細割天雞肉，宴罷歸來月滿鞍。」（卷二・頁五二）

其七十四云：「第五華筵正大宮，轆轤引酒吸長虹。金盤堆起胡羊肉，樂指三千響碧空。」（卷二・頁五三）

其七十五云：「第六筵開在禁庭，蒸麋燒麂薦杯行。三宮滿飲天顏喜，月下笙歌入舊城。」（卷二・頁五三）

其七十六云：「第七筵排極整齊，三宮游處軟輿提。杏漿新沃燒熊肉，更進鵪鶉野雉雞。」（卷二．頁五三）

其七十七云：「第八筵開在北亭，三宮豐燕已恩榮。諸行百戲都呈藝，樂局伶官叫點名。」（卷二．頁五三）

其七十八云：「第九筵開盡帝妃，三宮端坐受金巵。須臾殿上都酣醉，拍手高歌舞雁兒。」（卷二．頁五三）

其七十九云：「第十瓊筵敞禁庭，兩廂丞相把壺瓶。君王自勸三宮酒，更送天香近玉屏。」（卷二．頁五三）

註四〇：詳見〈湖州歌九十八首〉其八三——九六，卷二，頁五五——五八。

註四一：以上二者分別見卷九，頁一八二，及卷一〇，頁一九八。孔凡禮《增訂湖山類稿》附錄一之〈汪元量事跡紀年〉於恭帝授封之下併云：「福王降封平原郡公，當亦為同時事。」乃錯誤之說法。

註四二：〈萬安殿夜直〉，卷二，頁八七。

註四三：〈湖州歌九十八首〉其八十八，卷二，頁五六。

註四四：見〈汪元量研究資料彙輯〉，附錄一，頁二一九。

註四五：語見《觀堂集林》，卷二一，頁一〇六一——一〇六二。王氏云：「稱『嚴』為職長」句，應誤，蓋元量此詩明寫送傳初菴而作。王國維另有〈湖山類稿、水雲集跋〉一文，文中則作「又稱『傳學士』為『職長』」，方確，文見〈汪元量研究資料彙輯〉，附錄一，頁一九五。

註四六：詳〈汪元量祖籍、生卒、行實考辨〉頁二一六及二一七的說明。

註四七：〈愛國詩人汪元量的抗元鬥爭事跡〉，頁七。

註四八：上述「記錄三宮北上的歷史真相」一段，曾引史實證明汪元量是在被遣之列。頁九二。

註四九：〈論愛國詩人汪元量及其詩歌〉，頁五〇。

註五〇：此說所根據的是明田汝成《西湖遊覽志餘》的說法，該書云：「世皇聞其善琴，召入侍，鼓一再行，駸駸有漸離之志，而無便可乘也。」蒐錄於《增訂湖山類稿》，附錄一，〈汪元量研究資料彙輯〉，頁二〇一。但，此說晚出，屬於傳聞軼事的成分較重，沒有其他史實的支持，有失牽強。楊樹增〈汪元量祖籍、生平、行實考辨〉「北上動機與仕元問題」，對此有詳細的辯駁，頁二一五。

註五一：見〈汪元量事跡紀年〉，附錄二，頁二六六——二六七。

註五二：〈論汪元量及其詩〉，頁七五——七六。

註五三：〈汪元量祖籍、生平、行實考辨〉，頁二一六。

註五四：除此之外，章楚藩〈略論愛國詩人汪元量的詩歌〉雖然指出「在元雖任翰林院官，卻另有其用心隱衷」，但因無具體說出原因，此處不予討論。頁七七。

註五五：〈汪元量祖籍、生平、行實考辨〉，頁二一七。

註五六：同上，頁二一二。

註五七：卷四一八，頁一二五三九。

註五八：卷一二，頁二四八。

註五九：卷一三，頁二六五。

註六〇：至元十九年十二月紀事云：「乙未，殺宋丞相信國公文天祥。先是閩僧言土星犯帝座，疑有變。未幾，中山有狂人自稱宋主，有兵千人，欲取文丞相。又京師有中山薛休住，上匿名書告變，言某日燒蓑城葦，率兩翼兵為亂，丞相可無憂者……中書省言平原郡公趙與芮、瀛國公趙㬎、翰林直學士趙與票，宜並居上都。帝曰：『與芮老矣，當留大都，餘如所言。』繼有詔瀛國公，給衣糧發遣之。與票勿行。」二十一年二月紀事又云：「遷故宋宗室及其大臣之仕者于內地。」以上併見〈元紀〉四，卷一八六，頁一〇四一及一〇四三。

註六一：《續資治通鑑・元紀》至元二十五年十二月紀事云：「先是宋供奉汪元量，從三宮入燕，授瀛國公書。」卷一八八，頁一〇五五。

註六二：頁二一二。楊樹增所舉二詩分別見《增訂湖山類稿》卷三，頁六九，及卷二，頁五。

註六三：詩見卷三，頁八五。孔說見〈汪元量事跡紀年〉，附錄二，頁二七一。

註六四：詩見卷三，頁八四。王說見《觀堂集林》，卷二一，頁一〇五八。

註六五：分別見卷二，頁八六、八七、八四。〈酬方塘趙待制見贈〉有「十年心不展，萬里意何如……吾曹猶未化，爛醉且穹廬」句。「穹廬」又叫「氈帳」，即「蒙古包」，是塞外特有的景致，從汪元量的詩句看來，此地所寫乃他和趙待制的共同經驗。

註六六：同上，頁一〇五九。

註六七：〈陰山觀獵，和趙待制回文〉之編年，卷三，頁八六。《續資治通鑑》元世祖至元十三年九月紀事則云：「詔宋宗臣鄂州教授趙與票赴闕。與票入見，言宋敗亡之故，悉由誤用權奸，詞旨激切，帝為之感動，即授翰林待制。」（卷一八三，頁一〇二六）時間與〈翰林學士嘉議大夫知制誥同修國史趙公行狀〉不同，但，可以確定的是趙與票北上之後即入翰林為待制，所以隨宋幼主赴內地的應是趙與票才對。

註六八：〈酬方塘趙待制見贈〉之「編年」，卷三，頁八七。

註六九：孔凡禮又云：「王氏（王國維）謂與芮未嘗行，然以〈平原郡公趙福王挽章〉「南冠流遠路」之句觀之，疑與芮亦赴上都及內地，王氏殆未細考。」個人以為「流遠路」亦可解釋為從臨安遠羈燕京之辛苦，該句未必可作為赴上都及內地充分且必然的證據。除此之外，在汪元量的其他詩中無法再找到趙與芮前往上都及內地的直接證據；且本論文乃就汪元量詩中所記實敘事可考者言之，不是作該事件的詳細考證，所以並不去追究趙與芮是否亦在被遣之列。僅在此提出孔凡禮的猜測，以備一說。說明見〈汪元量事跡紀年〉，附錄二，頁二七〇。

註七〇：《觀堂集林》，卷二一，頁一〇五八。

註七一：「攢所」又稱「攢宮」，是古代天子暫時停棺的地方，此地代指謝太皇太后歸葬處。〈元紀〉七，卷一八九，頁一〇五六。

註七二：〈理宗謝皇后傳〉，卷二四三，頁八六六〇。

註七三：卷五，頁一〇二七。

註七四：《觀堂集林》，卷二一，頁一〇五九。

註七五：有關謝后生年的推測，詳見〈太常引・四月初八日慶六十〉及〈婆羅門引・四月八日謝太后慶七十〉，分別見卷五，頁一六二、一七一。其卒年的推測，則見〈汪元量事跡紀年〉，附錄二，頁二七四——二七五。

註七六：《心史・雜文》，卷下，頁三三。

註七七：卷五，頁一〇二七。

註七八：見〈汪元量事跡紀年〉，附錄二，頁二七一。

註七九：元世祖即位開平及開平陞為上都之事，併見《元史・世祖本紀》，卷五，頁六三及九二。

註八〇：見〈汪元量事跡紀年〉，附錄二，頁二七二。

註八一：見〈草地寒甚，氈帳中讀杜詩〉之後的「編年」說明，卷三，頁八六。孔氏所謂的十一詩包括有〈長城外〉、〈寰州道中〉、〈李陵臺〉、〈蘇武洲氈房夜坐〉、〈居延〉、〈昭君墓〉、〈開平雪霽〉、〈天山觀雪，王昭儀相邀割駝肉〉、〈草地〉、〈開平〉、〈草地寒甚，氈帳中讀杜詩〉等首。其實〈出居庸關〉、〈陰山觀獵，和趙待制回文〉及〈酬方塘趙待制見贈〉也都是此一時期的作品。

註八二：蒐錄於《中國歷史上氣候之變遷》，第五章，頁一三一。

註八三：見〈汪元量研究資料彙輯〉，附錄一，頁二一八。

註八四：卷四，頁一二三。

註八五：有關汪元量回大都，並無直接史料可證，只能以間接的資料補充說明。孔凡禮引《元史·世祖本紀》「賜瀛國公趙㬎鈔百錠」的記載，證明趙㬎赴吐番前曾回大都面見世祖。元量既然是以教師的身分隨侍瀛國公，趙㬎自內地歸來，汪元量應該也會同行。孔凡禮又據《元史·祭祀志》的記載，推測汪元量在降香之前曾被世祖召見。在無直接證據出現之前，姑且以孔凡禮的這二個推測作為汪元量自內地回大都的依據。孔氏之說，見〈汪元量研究資料彙輯〉，附錄一，頁二七三及二七四。

註八六：見〈汪元量研究資料彙輯〉，附錄一，頁一九七。

註八七：卷七六，頁一九〇〇。

註八八：分別見《元史・世祖本紀》卷一三，頁二六四及二七二；卷一四，頁二八五及二九五。

註八九：南歸時間詳本節後「記錄南歸的過程及以後的生活實況」一段。

註九〇：見〈汪元量研究資料彙輯〉，附錄一，頁二一九。

註九一：見〈汪元量事跡紀年〉，附錄二，頁二六六。

註九二：《觀堂集林》，卷二一，頁一〇六二。

註九三：卷三，頁九〇。

註九四：〈降香回燕〉：「一從得玉旨，勒馬幽燕起。河北與河南（指行程遍及黃河之北與黃河南），一萬五千里。」卷三，頁一〇六。

註九五：卷三，頁一〇一。

註九六：有關奉使代祀的先後，詳見《增訂湖山類稿》卷三、頁九六的說明。

註九七：卷一〇，頁三一六。

註九八：頁六六。

註九九：引文云：「瀛國公初為僧，居白塔寺中，已而奉詔居甘州山寺。」見楊文頁二一三所引。

註一〇〇：王堯〈南宋少帝趙㬎遺事考辨〉引《庚申外史》云：「國初，宋江南歸附時，瀛國公幼君也。入都，自願為僧白塔寺中。已而奉詔居亘州山寺。有趙王者，嬉游至其寺，憐國公年老且孤，留一回回女子與之。延祐七年，女有娠，四月十六夜，生一男子。明宗適自北方來，早行，見其寺上有龍文五彩氣，即物色得之，乃瀛國公所居室也，因問：『子之所居得無有重寶乎？』瀛國公曰：『無有！』固問之，則曰：『今早五更后，舍下生一男子耳。』明宗大喜，因求為子，並其母載之歸。」王堯文中對該書所載的內容有明確的辨偽說明，可證此段記載的傳奇色彩。見「元順帝為瀛國公之子說辨偽」一段，頁七一——七三。

註一〇一：〈度宗全皇后傳〉，卷二四三，頁八六六〇。

註一〇二：卷五，頁一〇二七。

註一〇三：《觀堂集林》，卷二一，頁一〇五九。

註一〇四：卷一六，頁三五三。

註一〇五：見〈全太后為尼〉之「編年」，卷三，頁一一〇。

註一〇六：卷一八八，頁一〇五五。

註一〇七：頁七六。

註一〇八：見〈汪元量事跡紀年〉，附錄二，頁二七五。

註一〇九：〈論愛國詩人汪元量及其詩歌〉，頁五〇。

註一一〇：《觀堂集林》，卷二一，頁一〇五九。

註一一一：見《增訂湖山類稿》之〈編校說明〉，頁一。

註一一二：此二者分別見卷一四，頁二八七及二九六。孔凡禮〈平原郡公趙福王挽章〉編年引至元二十四年事時，將「二月戊午」誤為「元月丙辰」，在此一併指出其錯誤。卷三，頁一〇九。

註一一三：至元二十三年紀事云：「甲子，復以平原郡公趙與芮江南田隸東宮。」卷一八七，頁一〇四八。至元二十四年二月紀事云：「戊午，以趙與芮子孟桂襲平原郡公。」卷一八八，頁一〇五〇。

註一一四：孔凡禮〈平原郡公趙福王挽章〉之「編年」只引用了至元二十四年之紀事，定趙與芮之卒必在至元二十四年二月戊午之前，現在再加入二十三年的紀事，可以使證據更加充足。

註一一五：卷四，頁一一一。另〈幽州會餞〉也是南歸時的餞別時，卷四，頁一一一。

註一一六：見〈汪元量研究資料彙輯〉，附錄一，頁一八五。

註一一七：同上，頁二一六。

註一一八：《觀堂集林》，卷二一，頁一〇五九。

註一一九：〈關於汪元量的家世、生年和著述〉，頁一〇八。

註一二〇：頁一三〇。

註一二一：《續資治通鑑》的記載見卷一八八，頁一〇五五。孔凡禮據〈釣臺〉詩有「雨甜春水魚龍動」句，推測元量過釣臺時已是春初，認為《續資治通鑑》「至元二十五年『冬』」

的記載不準確。個人以為這只是記載上的小誤差，並不會影響它作為汪元量在至元二十五年左右歸江南的證據。

註一二二：鮑廷博《知不足齋叢書》本明題《宋舊宮人詩詞》為汪元量輯。

註一二三：序見鮑廷博《知不足齋叢書》本《宋舊宮人詩詞》，頁一。

註一二四：見〈書宋舊宮人詩詞、湖山類稿、水雲集後〉，蒐錄於《觀堂集林》，卷二一，頁一〇五七。

註一二五：〈論汪元量及其詩〉，頁七八。

註一二六：〈汪元量祖籍、生卒、行實考辨〉，頁二一八——二一九。

註一二七：見〈汪元量研究資料彙輯〉，附錄一，頁二三〇——二三三。

註一二八：楊樹增所云的古硯圖，見史樹青〈愛國詩人汪元量的抗元鬥爭事跡〉頁八所附。但，因圖中的字跡模糊，一時不能明白確定其中的「沖華」是否為昭儀所題，暫且擱置，待日後見著更詳切的資料再作商議。

註一二九：元鄭元祐《遂昌雜錄》中有「老宮人能詩者，皆水雲指教」之記載，見〈汪元量研究資料彙輯〉，附錄一，頁一九九。

註一三〇：以上二首引詩，詩題分別為〈比干墓〉、〈封丘〉，均見卷四、頁一一四。

註一三一：以上各詩均見卷四，頁一一九、一二〇、一二〇、一二一、一二一、一二二、一二三、

一二四、一二四、一二五、一二五。

註一三二：以上提到汪元量朋友的字號、姓名及其家鄉等資料，可參考〈汪元量研究資料彙輯〉、〈汪元量事跡紀年〉，附錄一及附錄二。

註一三三：以上引詩分別見卷四，頁一二〇、一三一及卷五，頁一八一、一八二。

註一三四：蒐錄於《東京孟華錄外四種》，頁九八。

註一三五：見〈汪元量研究資料彙輯〉，附錄一，頁二二二。

註一三六：同上，頁二一八。

註一三七：同上，頁二一二。

註一三八：同上，頁二一六。

註一三九：同上，分別見頁二一九及二二二。

註一四〇：同上，頁二一〇、二三四。

註一四一：同上，頁二一五。

註一四二：同上，頁一九八。

註一四三：同上，頁二二六。

註一四四：同上，頁二一一。

註一四五：同上，頁二二一。

註一四六：見〈聞父老說兵〉之「編年」，卷四，頁一五四。關於汪元量入蜀，牽涉到的問題很多，程亦軍〈論愛國詩人汪元量及其詩歌〉將入蜀之作併為南歸時所作，孔凡禮則認為汪元量南歸後再入湘，然後由湘入蜀，礙於文獻的不足，實難做確切的判定。不過，孔凡禮的〈汪元量事跡質疑〉曾就汪元量兩次入蜀提出探討，可供參考。

註一四七：〈論愛國詩人汪元量及其詩歌〉，頁五一。

第二節　從「褒貶精神」的特徵來看

「褒貶精神」是汪元量「詩史」的另一重要特徵，所謂的「褒貶精神」，指作者在記實敘事中所表現出來對歷史事件及人物的態度，包括正面的肯定、讚揚與反面的批評、責備。以下擬以「人」爲經、「事」爲緯，將汪元量「詩史」中所表現出來褒與貶的態度，分爲「譴責異族入侵」、「譴責賈似道弄權亡國」、「譴責大臣失職棄國」、「譴責謝太皇太后輕易降國」及「歌頌文天祥的忠愛正義」等五大項分別探討。

一、譴責異族入侵

元人入城以後，「萬騎虯鬚遶殿前」（註一），一副勝利者的傲慢與脅迫，令汪元量不恥。〈醉歌〉其九云：

「南苑西宮棘露芽，萬年枝上亂啼鴉。北人環立闌干曲，手指紅梅作杏花。」（卷一・頁一五）

南苑西宮原是花木扶疏的休憩地，而今卻是一片「棘露芽」、「亂啼鴉」的荒廢景象，「北人環立闌干曲」的喧鬧和南苑西宮的荒廢正形成強烈對比，亡國之痛不言可喻。紅梅是梅中極品，盛產於南方，其色紅潤，惠洪《冷齋夜話》「嶺外梅花」條云：「嶺外梅花與中國異，其花幾類桃花之色而脣紅香著。」（註二）可證。元兵來自北方，不識其名，誤以爲是杏花。但，作者絕不只是鋪寫此一事實而已；梅在詩人筆下是高潔品格的象徵，杏花則是冶豔媚時之物，作者藉此批判戰勝者的得意恣肆；更感傷於國破家亡之後，一切是非善惡之顛倒，甚至可以「指鹿爲馬」了。這首詩可說是對入侵者的野蠻踐踏作了有力的控訴。楊積慶即云：「其中『棘露牙』、『亂啼鴉』，以及詩後兩句，既寓有故宮禾黍之悲，又喻指侵略者在宮苑中的恣意踐踏和得意忘形。」（註三）

對於領軍的元丞相伯顏，汪元量的用語並未帶很強的批判貶責色彩，〈醉歌〉其四云：「伯顏丞相到簾前」，〈越州歌二十首〉其一云：「伯顏丞相過江時」（註四），似乎都只在陳述一個事實而已；其實汪元量對伯顏的真正批判在〈醉歌〉其十中可以很清楚的看到：

「伯顏丞相呂將軍，收了江南不殺人。」（卷一・頁一六）

根據《元史・伯顏傳》的記載，伯顏南下伐宋時，「世祖諭之曰：『昔曹彬以不嗜殺平江南，汝其體朕心，爲吾曹彬可也。』」（註五）似乎真有「收了江南不殺人」的情形，元人劉敏中所撰的《平宋錄》亦有多條類似的記載：

「（巴延丞相）遣人諭其主帥曰：『汝曹若知幾而降，有官者仍居其官，吏民按者如

故，衣冠仍舊，市肆不易，秋毫無犯，關會銅錢依例行用。』」（註六）

「是日，有安撫錢眞卿，選趙氏宗族女佳麗者二人盛妝，欲納丞相。丞相辭曰：『我奉聖天子命，興仁義之師，取江南，除殘去虐，豈以女色移我之志乎？』」（註七）

「丞相約束諸將分守城壁者，不令下鄉侵擾人民，違者加之重罪。」（註八）

這麼看來，汪元量這二句詩，似乎有歌頌伯顏丞相及南宋降將呂文煥，並認同元人的確「不殺人」的意思。其實絕非如此。程一中認爲元人想仿效「曹彬以不嗜殺平江南」，只是一廂情願的想法，實際上他們是利用南宋降將呂文煥來誘降其他宋將，所以可以不戰而屈人，使南宋各州郡之間產生連鎖的投降效應；但是在他們長驅直下江南的過程中，絕不可能「不殺人」（註九）。個人也贊同他的看法，的確，平心而論，「戰場白骨暴沙泥」、「可勝戰骨白如山」（註一〇）的情形處處可見，焉能說是「不殺人」？《宋史紀事本末・蒙古陷襄陽》「丘濬曰」已作了明白的反駁。他說：「作《元史》者謂：『伯顏下江南不殺一人。』嗚呼！常州非江南地耶？元之號令，凡攻城臨敵，但以一矢相加遺者，得即屠之。伯顏前此潛兵渡漢，固已屠沙洋矣。至是，攻常州，忿其久不下，招之不從，於是役城外居民運土爲壘，併人築之，殺人煎亭取油作砲，及城陷之日，盡屠戮之。一城生聚，何啻千萬，斬艾之餘，止有七人伏於橋坎獲免。夷性殘忍至此哉！彼夷狄如虎狼，殺人固其本性，而中國之人秉史筆者，乃亦由爲之諱，至比曹彬，豈其倫哉！」（註一一）所論極是。因此，個人以爲，這二句話絕不能作表相的解讀，它其實隱含著汪元量對元人招降宋將的不屑與不滿，更以「不殺人」反諷元人屠殺江南的事實。

二、譴責賈似道弄權亡國

雖然汪元量經常在作品中流露出對入侵者的不滿，但，他似乎更深刻的體認到造成南宋亡國的主因是在南宋朝庭內部，因此更多的時候，他是把批判的矛頭指向權臣和皇室。以下就把焦點轉移至此，先說汪元量如何批判權臣賈似道。

賈似道歷事理宗、度宗及恭帝三朝，在位期間，集大權於一身，許多大臣只是「充位而已」（註一二）。他雖然住在葛嶺，人不在朝廷中，但「治事吏抱文書就第呈署，宰執書紙尾而已」（註一三），舉凡大小事情，官吏們「非關白不敢自專」（註一四），可謂是宋室發號施令的指揮中心。賈似道的獨攬大權，正如「世指鹿爲馬，人呼烏作鸞」（註一五）的行爲。這對宋室興廢存亡的影響非常大，羅志仁〈題汪水雲詩卷〉就說：「斜陽葛嶺少人行，一片荒山繫廢興。」（註一六）因此汪元量在作品中一再的予以譴責批評。以下分別從用人、施政、對外、軍事及個人生活等五方面切入，看看賈似道如何的弄權以致於亡國，並且看看汪元量對這個權重一時的宰執的觀感如何。

㈠用人方面

在用人方面，汪元量最不滿的就是賈似道好諛惡直、進佞退賢的作風。〈杭州雜詩〉其十六云：

「如何秦相國，昨夜鴆韓非？」（卷一・頁二二）

韓非是韓國的公子，他看到韓國國勢漸漸衰弱，屢次上書勸諫韓王，並未受到採納，於是他就把富國強兵的政策寫成《韓非子》一書。書籍流傳到秦國，秦王看到〈孤憤〉、〈五蠹〉等篇，非常欣賞他的才華。秦、韓之戰時，韓王派遣韓非出使秦國，秦王有意重用他。相國李斯，當年曾和韓非一同受業於荀子門下，自覺不如他，怕韓非來了，搶走秦王對自己的寵信，於是就先在秦王面前陷害他。秦王接受了李斯的建議，於是李斯派人送毒藥給韓非，逼他自殺。韓非想要向秦王陳冤，但始終見不到秦王本人。一個才華洋溢、有抱負、有理想的人，就這樣被害死了（註一七）。賈似道爲了鞏固自己的專權地位，許多作爲根本就是當年李斯的翻版。他的門下都是「稱功頌德，頌說太平，誇咸淳爲元祐，尊似道曰周公，諛言溢耳」（註一八）的小人。對於那些賢良正直、不願附阿他的君子，賈似道就假公濟私，找了許多「莫須有」的罪名，把他們或是貶到異地，或是罷退官職。根據《宋史紀事本末》的記載，度宗咸淳六年（一二七〇）時，宋廷派遣李庭芝督師支援襄、樊，范文虎爲了幫賈似道請功立業，以謀求賈似道的寵信，故意不和援軍配合，元人因此乘隙大舉破城。到了九年（一二七三）時，襄、樊既失，監察御史陳文龍請罷范文虎以謝天下，似道大怒，黜文龍知撫州，並且又陰使臺諫李可劾退他。同時，陳仲微也上封事，請求君相爲襄、樊之失負責，似道也將他外放爲江東提點刑獄。咸淳十年（一二七四），京湖制置使汪立信移書賈似道，直斥其酣歌深宮，不管國家大事的錯誤，同樣遭到被斥退的命運（註一九）。對於賈相國這種「排除異己」的作法，汪元量是非常的不以爲然的，所以在詩中假借李斯陷害韓非的歷史事件，以非常嚴厲的口吻，對賈似道屢屢摒棄賢良的作爲提出質問。

㈡施政方面

在施政方面，汪元量明白的指出推行公田的不便及賈似道的不法。〈越州歌〉其十二云：

「群臣上疏納忠言，國害分明在目前。只論平章行不法，公田之後又私田。」（卷二・頁六一）

理宗景定四年（一二六三），賈似道以「抑強嫉富」爲名，上疏用殿中侍御史陳堯道、右正言曹孝慶及監察御史虞慮、張晞顏等所獻的買公田政策，以極低的價錢買回人民的田地，充作「公田」。近給事中徐經孫及浙西安撫魏克愚則上疏詳言其不便，似道乃首先以自己在浙西的萬畝田地作爲公田，榮王與芮繼之，自此之後，朝野無敢異議者。公田施行不久後，弊端就浮出臺面，「有司爭相迎合，務以買田多爲功，皆繆以七八斗爲石」（註二〇），甚至有「督買田，至以肉刑從事」（註二一）的情形出現，「民失實產而得虛諂，吏又恣爲操切，浙中大擾，民之破家失業者甚眾」（註二二），不但不見似道所言的「一事行而五利興矣」（註二三）的好處，反而造成民間的愁怨。

景定五年（一二六四）七月，彗星見于東方（註二四），朝野正直之士，認爲此乃不祥之兆，紛紛上疏，力陳「星變災異，皆公田不便，民間愁歎不平之所致」（註二五），汪元量〈越州歌〉其十三亦有相關的記載：

> 「甲子初秋柳宿乖，皇天無雨只空雷。正當七月初三夜，帝勸長星酒一盃。」（卷二・頁六一）

此詩亦可和《錢塘遺事》的記載相對照，其云：「景定甲子秋七月甲戌慧星出柳，芒角燭天，長數十丈，自四更從東方見，日高方斂，如是者月餘。」（註二六）雖然，此時臺諫士庶多次上書言公田之不便，乞罷公田，似道在各方壓力之下，亦不得不上書乞避位，而理宗竟然還站在賈似道那邊，勸他說：

> 「言事易，任事難，自古然也。使公田之說不可行，則卿建議之始，朕已沮之矣。惟其公私兼濟，所以舉意行之。今業已成矣，一歲之軍餉，仰給於此，若遽因人言罷之，雖可快一時之異議，如國計何！卿既任事，亦當任怨，禮義不愆，何恤人言。」（註二七）

有理宗的撐腰，賈似道盡可爲所欲爲，反對公田的聲浪也就被壓抑下來。所以汪元量在詩中憤忿直言賈似道的「行不法」，語氣直接且不保留餘地。這個「不法」的「公田」政策，一直到恭帝德祐元年（一二七五）三月才結束，爲害百姓十有餘年（註二八）。

㈢對外方面

在對外政策方面，汪元量大膽的批評宋室稱臣納幣、苟安求和的錯誤政策，而此政策又是由賈似道主導，所以可以說他的矛頭還是指向賈似道。〈北師駐皋亭山〉云：

「若議和親休練卒，嬋娟剩遣嫁呼韓。」（卷一・頁七）

賈似道爲了個人的私利，不惜向元人稱臣納弊，以換得暫時的苟安，共有二次。根據《錢塘遺事》的記載，第一次發生於理宗開慶元年（一二五九）賈似道督師援鄂時，「北兵渡江之後，會憲宗皇帝晏駕於釣魚城下，似道乘機遣使陰約，許納歲幣，兵解而去。」（註二九）根據《宋史》的記載，第二次發生於度宗崩後、元兵破鄂時，太學諸生群言師臣必須親自出師，賈似道在眾大壓力之下終於出兵，但只是虛應故事，他私底下「以荔子、黃甘遺丞相伯顏，俾宋京如軍中，請輸歲幣稱臣如開慶約」（註三〇）。但，這次元人不再接受他的條件，大軍直搗魯港，打得賈似道單舸直奔揚州。稱臣納幣和和親政策是一樣的，都只能換得短暫的和平，不能真正解決二國之間的問題，而且只會把對方的胃口餵大，使彼方對己方更加的瞧不起罷了。賈似道並未悟得此番道理，二次督師鄂城，均想敷衍了事，完全沒有一國之相的承擔與識見，將國家大事視作小兒女的家家酒一般。對於這種喪權辱國的作法，汪元量是很不以爲然的，所以他譏諷的說：「若議和親休練卒，嬋娟剩遣嫁呼韓。」「若議和親休練卒」一句，《輟耕錄》、《遂昌雜錄》及《西湖遊覽志餘》作「若說和親能『活國』」，二者均以懷疑的口吻，質問賈似道苟安求和的政策，暗藏譏諷賈似道愚昧的意思。

㈣軍事方面

在軍事方面，汪元量對賈似道不滿之處有三，第一：粉飾太平、不救邊困。〈賈魏公雪中下湖〉云：

「凍木號風雪滿天，平章猶放下湖船。獸爐金帳羔兒美，不念襄陽已六年。」（卷一・頁五）

〈醉歌〉其一云：

「呂將軍在守襄陽，十載襄陽鐵脊梁。望斷援兵無信息，聲聲罵殺賈平章。」（卷一・頁一三）

其二云：

「援兵不遣事堪哀，食肉權臣大不才。見說襄陽投拜了，千軍萬馬過江來。」（卷一・頁一四）

襄陽自度宗咸淳四年（一二六八）至咸淳九年（一二七三）被圍，歷時六年（註三一），賈似道不救，汪元量「不念襄陽已六年」所指就是此事。襄陽和樊城是南北相對的雙子城，形勢險要，自古就是兵家必爭之地（註三二）。可惜的，自南宋理宗起，賈似道開始掌權，整天躲在葛嶺享樂，並未悟得「襄者，東南之脊，無襄則不可立國」（註三三）的重要性，元人於是有機可乘。劉整叛宋之後，以其對宋形勢的了解與掌握，向元人獻攻襄陽之計，元人極明白「襄陽乃吳、蜀要衝，宋之喉襟，得之則可爲他日取宋之資」（註三四）及「如得襄陽，浮漢入江，則宋可平也」（註三五）的道理，就接受了劉整的建議，出兵圍攻襄陽（註三六）。

面對襄陽受困的事實，賈似道不是實際出兵援助，而是一方面上書請行邊，一方面暗中唆使臺諫上章留下他，作作表面功夫，掩皇帝耳目（註三七）。當度宗無意間得知襄陽之圍仍未解時，他卻告訴他「北兵已退去」，並且繆以大捷報，任意粉飾太平；並把向皇帝提起襄陽受圍之事的女嬪賜死，使眾人不敢再提起此事（註三八）。而同時，襄陽守將呂文煥正「捍御應酬，備殫其力」（註三九），全城的人民更是過著「糧食雖可支吾，而衣裝薪芻斷絕不至」、「撤屋爲薪，緝關爲衣」（註四〇）的非人生活，終於支撐不住，舉城降敵。所以汪元量在詩中先是說：「獸爐金帳羔兒美，不念襄陽已六年。」責備賈似道貪圖個人享樂，置國家興亡於不顧的錯誤，憤忿之至，溢於言表。接著又進一步說：「望斷援兵無信息，聲聲罵殺賈平章。」這不只是汪元量的心聲，更是全襄陽人民的心聲。當時亦流傳有「襄陽累載困孤城，豢養湖山不出征，不識咽喉形勢地，公田枉自害生靈」（註四一）的題詩，不僅批評了賈似道縱慾享樂、不救襄陽的事實，也一併數其推行公田政策之弊，可見人們對賈似道的不滿有多大。似道未負起援救襄陽的責任，在城降了之後，尚且振振有詞的對宋主說：「臣始屢請行邊，先帝皆不之許，向使早聽臣出，當不至此爾。」（註四二）一點也不覺得愧對襄陽百姓及宋廷，難怪汪元量會說：「援兵不遣事堪哀，食肉權臣大不才。」襄陽投降之後，鄂、黃、蘄、江州等均望風而降，南宋的門戶於是大開，元人勢如破竹的南下，賈似道可謂罪過矣。

第二：出師不利、蒼遑遁逃。〈賈魏公出師〉云：

「奏罷出師表，翻然辭廟堂。千艘空寶玉，萬馬下錢唐。□諱命眞主，欺孤欲假王。可能清海岱，宗社再昌唐？」（卷一・頁五）

〈魯港敗北〉云：

「夜半撾金鼓，南邊事已休。三軍坑魯港，一舸走揚州。星殞天應泣，江喧地欲流。欺孤生異志，回首愧巢由。」（卷一・頁六）

〈越州歌〉其九云：

「脫卻黃袍心莫欺，魏王事業止於斯。孤舟走過揚州去，表奏朝廷乞太師。」（卷二・頁六一）

〈越州歌〉其八云：

「魯港當年傀儡場，六軍盡笑賈平章。三聲鑼響三更後，不見人呼大魏王。」（卷二・頁六〇）

南宋對外門戶被元人打開之後，國勢漸危，大兵破鄂，太學諸生群言非師臣親自出兵不可，在眾大的壓力之下，賈似道不得不上表出師。於是在恭帝德祐元年（一二七五），他和孫虎臣、夏貴兵分三路，與元人對抗，阻擋其繼續渡江南下，似道駐軍魯港。似道先是遣宋京行賄，不成，只好硬著頭皮上戰場（註四三），「丞相南行面發紅」（註四四）正是他當時窘態的最佳描寫。他「奏罷出師表，翻然辭廟堂。千艘空寶玉，萬馬下錢唐」，也只是想以寶玉賄賂，以不光明的手段作作秀罷（註四五），所以汪元量才會有「可能清海岱，宗社再昌唐」的質疑。根據《宋季三朝政要》的記載，「癸亥三鼓，孫虎臣告急，至似道舟中泣告曰：『追兵已迫。』」夏貴亦曰：『彼眾我寡，委難抵當。』垂泣而去。似道鳴鑼一聲，退兵于珠金砂，十三萬軍，一時潰散，督府之印已失，乃奔入揚州。」《宋史紀事本末》對夏貴所說的話，記載有些不同，「貴曰：『諸軍已膽落，吾何以戰！師相惟有入揚州，招潰兵，迎駕海上。』」（註四七）總之，在「三聲鑼響三更後」，賈似道就和孫虎臣「一舸走揚州」，留下群龍無首的十三萬大軍，四處潰散，沿江諸州聞勢也紛紛降敵。試觀賈似道倉皇遁逃，停留揚州時尚且「上表乞保全」（註四八）的畏死偷生，完全沒有當年受封爲魏國公時的得意神態，亦不見在葛嶺耀武揚威的模樣，更沒有一點督師大將的責任與承擔，所以汪元量直指其「欺孤生異志，回首愧巢由」，要他「心莫欺」，甚至直陳「六軍盡笑賈平章」的醜態來揶揄、嘲弄他。

第三：賞罰不明、有功不賞。〈越州歌〉其六云：

「師相平章誤我朝，千秋萬古恨難銷。蕭牆禍起非今日，不賞軍功在斷橋。」（卷二・頁六〇）

「斷橋」一詞，指一場勝利的抗蒙之戰，事情發生於宋理宗開慶元年（一二五九），劉整與曹世雄「出奇斫橋襲寨」，攻斷了蒙古紐璘軍架設于涪州藺市（在今四川涪陵的西南）的浮橋，同奏斷橋之功，有力牽制了蒙哥對合州的圍攻（註四九）。所謂的「不賞軍功在斷橋」，是指賈似道未合理獎賞奏斷橋之功的曹世雄及劉整。根據《宋季三朝政要》的記載，「奏斷橋之功者曹世雄第一，而整次之。似道功賞不明，殺士壁，殺世雄。」（註五〇）賈似道不但未獎賞奏斷橋之功的將領，又因妒賢忌功，而找了「侵盜官錢」（註五一）的罪名把曹世雄下獄害死，這不但違反了軍隊中獎賞的原則，更因此造成守將心理的恐慌，人人自危，最後紛紛棄甲降敵，劉整的叛投北方就是最典型的例子。劉整叛北之後，以對宋軍的實際了解，向元人獻了許多南攻的計謀，元人也因能了解「宋權臣當國，賞罰無章，有功者往往以計除之，是以將士離心」（註五二）的特點，所以對劉整推誠接納，於是「蒙古由是盡得（南宋）國事虛實」（註五三），更加快其亡宋的速度。賈似道爲了個人的恩怨（註五四），有功未賞，竟鑄成了這麼大的遺憾，所以元量會說「師相平章誤我朝，千秋萬古恨難銷」的重話。

㈤個人生活方面

在個人生活方面，汪元量痛恨賈似道極度的荒淫享樂，不以國家百姓爲念。

〈賈魏公府〉其三云：

「卻憶相公游賞日，三千衛士立階除。」（卷一・頁一六）

〈西湖舊夢〉其十云：

「六花飛舞似鵝毛，丞相身穿御賜袍。不念長安有貧者，下湖打鼓飲羊羔。」（卷四・頁一五七）

根據《宋史》的記載，賈似道初得寵於理宗時，就「恃寵不檢，日縱游諸妓家，至夜即燕游湖上不反。」（註五五）度宗之時，襄陽圍急，仍「日坐葛嶺，起樓閣亭榭，取宮人娼尼有美色者爲妾，日淫樂其中。惟故博徒日至縱博，人無敢窺其第者。」他的生活就是狎妓游湖，博賭縱樂，不理朝政，不問百姓生活，汪元量「不念長安有貧者，下湖打鼓飲羊羔」和「朝中無宰相，湖上有平章」（註五六）的順口溜其實有異曲同工之妙，都隱含著無限的譏諷。賈似道不但自己過著奢淫享樂的生活，又禁止別人的窺探及議論，根據《宋史》的記載，「其妾有兄來，立府門，若將入者，似道見之，縛投火中。」（註五七）對於賈似道這種惡行，元量極端的鄙視，也在詩中若隱若顯的揭露，其〈賈魏公府〉其一就云：「葛嶺當年宰相家，游人不敢此行過。」（註五八）

綜觀以上的敘述，可以用《宋季三朝政要》的一段話，作爲賈似道如何弄權以致亡國的註腳。

「似道以寵妃之弟，不學無術，處非其任。無休休有容之量，忌嫉之念橫於胸臆。好諛惡直，進佞退賢。粉飾太平，諱言邊事，殺功臣，以失士大夫之心。行公田，以斂江浙之怨。主推排，以騷動東南之民。造士籍，以鉗制東南之士。庇敗將，則將校之心離。吝軍券，則軍旅之心叛。日積月累，無非失人心之事。人謀之不臧如此！」（註五九）

對於賈似道諸般的作爲，汪元量有滿腹的不滿，所以發之於詩，處處見貶責批評的語氣。汪元量對賈似道的總評，可以以下二首詩的句子作爲代表。〈吳山〉云：

「腸斷木棉菴裡客，可憐郿塢築黃金。」（卷一・頁九）

〈越州歌〉其十云：

「木棉菴下無依鬼。」（卷二・頁六〇）

魯港兵敗之後，賈似道遁逃揚州，謝太后雖然仍處處護著他，但在眾大的壓力之下，也不得不把他貶謫爲高州團練使，循州安置。在賈似道被遣送至貶所時，負責押解的縣尉鄭虎臣，在漳州木綿菴中就把賈似道殺了。這個曾經呼風喚雨的一代權相，就此結束其生命。按照古人的習俗，魂應歸故鄉，似道雖叱咤風雲一時，最後卻客死異地，成了「無依鬼」，這不但是個事實，也隱含汪元量的諷刺在其中。他雖然曾經有著董卓一般的財富珍寶，但在他死後，葛嶺的命運也和董卓的郿塢一樣，遭到大火的焚燒，一切榮華富貴、權勢名利轉眼都成空。這其中隱含了許多的嘲笑與不屑。

三、譴責大臣失職棄國

賈似道的弄權對南宋的覆亡有直接的影響，除此之外，宋室的文武大臣和這段亡國的歷史，也有著很密切的關係。在面對這樣的國破家亡時，有些文臣武將，仍是一副「醉酣」（註六〇）態，直到兵臨城下，不是棄職遁逃，就是背叛降敵了，沒有任何的承擔。所以汪元量在作品中，經常流露出無可奈何的感歎及嚴厲的貶責語氣。

〈湖州歌九十八首〉其七云：

「十數年來國事乖，大臣無計逐時挨。」（卷二・頁三七）

南宋末年，朝政完全由賈似道一人把持，賈似道又以個人的享樂爲主，不問國家大政，賢良正直受到摒棄，小人充斥朝中，這些人在臨大難時，一個個全沒有主意，不知所措，用「尸位素餐」、「束手待斃」來形容是最恰當不過的。陳仲微曾上書曰：「而在廷無謀國之臣，在邊無折衝之帥。」（註六一）和汪元量所說的「大臣無計逐時挨」可說不謀而合的。〈佚題〉又云：

「計窮但覺歸降易，事定方知進退難。獻宅乞為祈請使，酣歌食肉愧田單。」（卷一・頁七）

文臣武將們，既然無計來共赴國難，於是棄職走避、投降了事就成了他們自保的唯一策略。根據《錢塘遺事》的記載，「乙亥正月京師戒嚴，朝臣接踵宵遁。大軍已迫畿甸，勤王兵不至，人情恟恟。知臨安府曾淵子兩浙運副自遁，浙東提舉王霖龍遁，機政文及翁、倪普，臺諫潘文卿、季可、陳過、徐卿、孫侍從已下，陳堅、何夢桂、曾希顏數十人並遁，朝中為之空疏。」（註六二）這種情形看在汪元量眼裡真的是非常難過，所以他會直接數落這些「酣歌食肉」的朝臣「愧田單」了，和〈醉歌〉其二大罵「食肉權臣大不才」意思是一樣的。〈醉歌〉其十又云：

「昨日太皇請茶飯，滿朝朱紫盡降臣。」（卷一・頁一六）

面對文遁武降的情景，謝太皇太后失望的在朝堂揭榜云：「我國家三百年，待士大夫不薄。吾與嗣君遭家多難，爾小大臣不能出一策以救時艱，內則叛官離次，外則委印棄城，避難偷生，尚何人為？亦何以見先帝於地下乎？」（註六三）最後，她也和他們一樣，「計窮但覺歸降易」，只有投降元人一途。於是才會有「昨日太皇請茶飯，滿朝朱紫盡降臣」的畫面出現。這是多麼的諷刺啊！這些大臣實有虧於食宋室之俸祿。

四、譴責謝太皇太后輕易降國

謝太皇太后是理宗的皇后，恭帝的祖母，恭帝即位，年幼無知，由太皇太后垂簾聽政。《宋史》有云：「瀛國公即位，尊為太皇太后，太后年老且疾，大臣屢請垂廉同聽政，強之乃許。」（註六四）所以汪元量把宋室投降的事實，和謝太皇太后直接畫上等號。其〈和徐雪江即事〉即云：

「夜來聞大母，已自納降箋。」（卷一・頁八）

〈醉歌〉其四云：

「太后傳宣許降國，伯顏丞相到簾前。」（卷一・頁一四）

這裡的「大母」、「太后」和「國母已無心聽政」（註六五）的「國母」，均指謝太皇太后（註六六）。根據《宋史紀事本末》的整理，南宋投降議和的整個過程大概如下：恭帝德祐二年（一二七六）正月，遣監察御史劉岊奉表稱臣於元。甲申，伯顏進駐皋亭山，遣監察御史楊應奎上傳國璽降（註六七）。二月以賈餘慶、劉岊、吳堅、謝堂、家鉉翁並充祈請使（註六八），如元。三月，三宮北上覲見元主（註六九）。在這整個過程中，最高決策者就是謝太皇太后，而汪元量最不能忍受的就是：太皇太后爲了「保全生命」，輕易的降國，不與民共患難，不作最後的努力。《錢塘遺事》的記載可證，其云：「宋太皇太后詔文天祥罷兵。詔曰：『卿之忠義，朕已素知見，今遣使請和，卿宜自靖自獻，愼勿生事，乃所以保全吾與嗣君也。』」（註七〇）又云：「乙亥十二月，宋太皇太后詔民兵罷團結。」（註七一）謝太皇太后的這種作爲，和失職棄國的大臣之「計窮但覺歸降易」心態是相同，的確值得非議。程亦軍〈論愛國詩人汪元量及其詩歌〉即云：「滿朝文武若驚弓之鳥，各懷鬼胎；太皇謝太后不圖抵抗，只想投降保命，一班君臣在中國歷史上扮演了最卑鄙最無恥的一幕。」（註七二）又云：「正當江南人民拼死衛國之時，南宋統治者卻跪倒在侵略者的足下。」（註七三）汪元量對太皇太后這種行爲非常不能諒解，因此在訴諸文字，以表達自己的不滿時，遣詞用字也極不客氣。〈醉歌〉其五云：

「侍臣已寫歸降表，臣妾僉名謝道清。」（卷一・頁一四）

關於這二句詩，有許多不同的見解。錢謙益認爲詩中寓有作者對謝太皇太后降國的微辭。其〈書汪水雲集後〉一文，據〈湖州歌九十八首〉其七十一、八十五，及鄭明德所載「花底傳籌殺六更，風吹庭燎滅還明，侍臣奏罷降元表，臣妾僉名謝道清」三者，云：「紫蓋入雒，青衣行酒，豈足痛哉！」（註七四）首揭其義。潘耒〈書汪水雲集後〉則認爲錢謙益「一似有深恥而不忍言者」的說法，「是大不然」（註七五），極力爲謝太皇太后辯護。《四庫全書總目提要》則云：「以本朝太后，直斥其名，殊為非體。」（註七六）近人程一中的賞析，認為作者「據事直書，正所以顯示作者的悲憫之情。」（註七七）個人以為，詩中直稱太后之名的確是直陳事實，絕非如《四庫全書總目提要》所說的「殊為非體」。另外，作者也是別有用心的，他表面上以「妾」作女子的卑稱，實際上是就謝太皇太后向元人「稱臣」的史實直陳其事，而直稱謝太后為「臣妾」，在白描的語句中的確隱含有作者的貶責用意，而非悲憫、同情。此處必須附帶一提的是汪元量的〈太皇謝太后挽章〉其一：

「羯鼓喧吳越，傷心國破時。雨闌花灑淚，煙苑柳顰眉。事去千年速，愁來一死遲。舊臣相弔後，寒月墮燕支。」（卷三・頁一〇七）

程亦軍認為此首詩的諷刺挖苦意味較上述的〈醉歌〉其五更強烈（註七八）。但，他並未提出具體的說明。不過，此處我們必須很慎重的說，這樣的說法是不對的。程亦軍可能受到上首詩的影響，先入為主的認為汪元量所有提到謝太皇太后的詩必然是有貶責的意思在，而犯下此種錯誤。另外，李濟祖在作此詩的賞析時，也誤解了詩意，一併在此澄清。他說：「『事去』之『事』指國家滅亡之事，『千年速』是說很快就成為陳跡；「一死遲」是詩人自陳胸懷，表明自己沒有以死殉國，仍然苟活下來。」（註七九）上一句的解釋是對的，下一句的解釋則有待商榷。其實，這首挽章的主調應該是在哀憐謝太皇太后的過逝。試看此詩前四句的氣氛，的確是悲傷哀痛的，末二句的氣氛也是由前直貫而下，氣氛統一。「事去千年速，愁來一死遲」二句，是汪元量自抒對謝太皇太后死的看法，但應解作南宋亡國之事是如此的快速，一下子就成爲過去；然而謝太皇太后卻死得這樣遲，受盡許多的折磨，言外仍含有哀憐之意。

綜合上述二詩看來，汪元量對謝太皇太后舉國與人，則責之；及其死也，則憐之。此乃詩人心存是非，又不失忠厚也（註八〇）。

五、歌頌文天祥的忠愛正義

自元兵渡江、進入臨安、逼使宋廷稱臣投降期間，雖然，有些文臣武將不願與宋室戮力抗敵而失職遁逃；但，自始至終都抱著「我輩累受大宋重恩，政當戮力死圖報功，此其時也，安有叛逆歸降之理」（註九一）理念，而一直堅守崗位的仍然佔大多數（註八二）。試以《宋史紀事本末》的記載，舉三例爲證。恭帝德祐元年（一二七五）二月，汪立信受封爲江淮招討使，在江、淮一帶募兵，以援江上州郡。雖然他聽到守兵悉潰，北兵四面環立的消息，仍報著「吾生爲宋臣，死爲宋鬼，終爲國一死，但徒死無益耳」（註八三）的信念，引兵至高郵，與敵人一搏。宋亡之後，三宮被縛北上，至瓜洲，守將李庭芝、姜才與諸將士出兵奪兩宮，雙方爭戰多時，最後元兵因人多勢眾，得以匆匆擁帝向北避去。元阿朮看到宋將如此的忠勇，派人前去招降，姜才卻回答：「吾寧死，豈作降將軍耶！」（註八四）這件事在汪元量的〈湖州歌〉其四十二亦有記載：

「丞相催人急放舟，舟中兒女淚交流。淮南漸遠波聲小，猶見揚州望火樓。」（卷二

・頁四五）

宋亡之後，二王在閩廣即位，文天祥、陸秀夫及張世傑等大臣，護駕勤王，置個人死生於度外，亦是典型的例子。陸秀夫背帝昺投海殉國後，張世傑面對此殘局，知已無可爲之地，於是登上舵樓，露香祝曰：「我爲趙氏亦已至矣。一君亡，復立一君，今又亡，我未死者，庶幾敵兵退，別立趙氏以存祀耳。今若此，豈天意耶！」（註八五）於是墮水而死。若此，真是一頁可歌可泣的南宋覆亡史。這其中最值得一提，也是最爲大家所知道的，就是文天祥的捨生取義、爲國殉難。

根據《宋史・文天祥傳》的記載，德祐元年（一二七五），元兵逐漸逼境，宋軍屢戰屢敗，情勢非常危急。文天祥卻自願以江西提刑安撫使召入衛，其友止之，天祥回答說：「吾亦知其然也。第國家養育臣庶三百餘年，一旦有急，徵天下兵，無一人一騎入關者，吾深恨於此。故不自量力，而以身殉之，庶天下忠臣義士將有聞風而起者。義勝者謀立，人眾者功濟，如此則社稷猶可保也。」德祐二年（一二七六）文天祥以右丞相兼樞密使身分，與元丞相伯顏抗論皋亭山，伯顏怒拘之，天祥夜亡至真州，輾轉至高郵、溫州。後至福州輔佐益王，再收兵入汀州。元世祖至元十四年（一二七七），天祥先後領兵移漳州、梅州、江西、會昌、興國縣，在興國縣遭李恆突擊，退至空坑，軍士皆潰，天祥妻妾子女皆見執。幸得時賞喬妝替死，天祥才得脫逸，收殘兵奔循州。至元十五年（一二七八）衛王繼立，加天祥少保、信國公。天祥惟一子，與其母均不幸死於疫病。天祥進屯潮陽，爲張弘範所執，不降。崖山破，張弘範護天祥至燕，囚於牢中（註八六）。相對於賣國求榮、尸位素餐的賈似道，以及束手無策、稱臣求降的南宋皇室，文天祥這種爲國奮戰到最後一刻的精神，受到汪元量極力的讚許與褒揚，他雖然無法參與勤王的實際任務，但忠君愛國的心和文天祥一致，因此就透過詩作表達自己的心意，以忠貞與天祥互勉。〈妾薄命呈文山道人〉云：

「自服嫁時衣，荆釵淡為容。誓以守貞潔，與君生死同。君當立高節，殺身以為忠。豈無《春秋》筆，為君紀其功。」（卷三・七一頁）

文天祥〈胡笳曲序〉謂庚辰中秋日及同年十月，元量曾兩次造訪於囚所（註八七）。孔凡禮據此定該詩約作於至元十七、八年間（註八八），也就是文天祥被執燕獄其間。詩中，汪元量以妾身自比，以忠貞與文天祥互勉，其實也正是汪元量對宋室一顆熱忱之心的表白。謝翺〈續琴操哀江南四章〉云：「文丞相被執在獄，汪上謁，且勉丞相：『必以忠孝白天下，予將歸死江南。』」（註八九）可互爲參證。

根據《昭忠錄》的記載，文天祥與伯顏丞相抗論皋亭山時，就秉持著：「予爲南朝狀元宰相，止欠一死報國，刀鋸鼎鑊非所懼」（註九〇）的信念。直到在燕被囚三年，爲國犧牲的決心依然未改，見博囉丞相時，仍堅持著「吾南人，行南禮」的原則，不向侵略者下跪；並以「我爲宋宰相，國亡職當死，今日拏來，法當死，復何言。」乞死報國。至元十九年十二月初九日（一二八三年一月九日）就義時，衣帶中有贊曰：「孔曰成仁，孟曰取義，惟其義盡，所以仁至。讀聖賢書，所學何事。而今而後，庶幾無愧。」（註九一）文天祥這種以仁義爲生命價值取向，犧牲個人小我以完成群體大我的高操精神品格，至死不渝，和汪元量「以詩鳴史」的儒者關懷是一致的，所以他在詩作中對此屢讚不絕。〈浮丘道人招魂歌〉其一云：

「嚙氈雪窖身不容，寸心耿耿摩蒼空。睢陽臨難氣塞充，大呼南八男兒忠。我公就義何從容，名垂竹帛生英雄。」（卷三・七六頁）

其二云：

「孤兒以忠報罔極，拔舌剖心命何惜。地結萇弘血成碧，九泉見母無言責。」（卷三・七七頁）

其三云：

「獨處空廬坐縲絏，短衣凍指不能結。天生男兒硬如鐵，白刃飛空肢體裂。」（卷三・七七頁）

其九云：

「有官有官位卿相，一代儒宗一敬讓。家亡國破身漂蕩，鐵漢生禽今北向。忠肝義膽不可狀，要與人間留好樣。」（卷三・七九頁）

文天祥的忠愛正義，來自他對國家民族的關懷與認同。他在《紀年錄》中就清楚的表明這種心意，《紀年錄》云：「人臣事君，如子事父，父不幸有疾，雖明知不可爲，豈有不下藥之理？盡吾心焉！」（註九二）在面對死亡之際的從容不迫、毫無畏懼，正因他有著「人生自古誰無死，留取丹心照汗青」（註九三）的信念，也因爲他充分的認識到「蓋死者人之所難，而得其死者尤難也。主憂臣辱，義在必死。夫食君之祿，死君之難，不以生死易其節」（註九四）的道理。而這一切都根植於其真誠的情性，也就是他所說人胸中所存有的一股「浩然正氣」。他在燕地所寫的〈正氣歌〉正是此心志最好的表明。

文天祥胸中的這股「浩然正氣」表現於外，就是他對宋室忠貞不貳、持節勤王、知其不可而爲之，後世作史者對此給予極高的評價。《宋史紀事本末》「史臣曰」云：「宋至德祐亡矣，文天祥奉兩孱王，崎嶇嶺海，以圖興復，兵敗身執，終不可屈，而從容伏鑕，就死如歸，是其所欲有甚於生者，可不謂之仁哉！」「許有壬曰」亦云：「宋之亡，守節不屈者有之，未有有爲若天祥者，事固不可以成敗論也。」（註九五）文天祥的這股「浩然正氣」，正如他所言：「薑桂之性，至老愈辣；金石之性，要終愈硬。」（註九六）故能贏得後世一致的讚賞。

汪元量羈北期間，能與三宮共患難，並數次探訪文天祥，以「忠孝」互勉，在三宮凋零之後，又能實踐己諾，歸死江南，其行跡雖然和文天祥不同，其精神同樣值得肯定。

綜合言之，從「記實敘事」的特徵來看，汪元量「詩史」的內涵是以南宋亡國的歷史爲經、汪元量個人特殊經歷爲緯所建構成的，它記錄了上層社會華靡享樂的生活、廣大社會動盪不安的事實、元兵入城及宋室投降議和的實況、三宮北上的歷史真相、伴隨三宮旅北的生活實況、南歸的過程及以後的生活實況。這些內容，除去汪元量個人的生活記錄之外，大都和南宋的覆亡史有密切的關係，尤其是三宮北上及旅北的生活實況，史籍並無詳細的記載，卻經由他的作品保留下真實的面目，讓世人有機會去認識這段歷史並進而反思，意義非凡。很可惜的，因爲相關的歷史文獻不足，有關汪元量南歸的過程及以後的生活實況仍有許多疑點未能突破，有待後來者一起努力。從「褒貶精神」的特徵來看，汪元量「詩史」的內涵包括譴責異族入侵、賈似道弄權亡國、大臣失職棄國、謝太皇太后輕易降國及歌頌文天祥的忠愛正義。它所褒貶的人、事，均圍繞著南宋亡國的相關事情，卻不及對元朝政府、制度等的褒貶，這主要是因爲他認爲自己永遠是南宋的子民，對它有關懷與責任，入元是不得已的，因爲沒有感情，也就沒有所謂的褒揚與批評了；至於它將南宋的亡國歸咎於賈似道、大臣、謝太皇太后，而集中全力加以批判，實在是因爲他能深刻的認識到南宋亡國的根本原因是在其內部。

註釋

註　一：〈湖州歌九十八首〉其三，卷二，頁三六。

註　二：卷一〇，頁一一。

註　三：〈論汪元量及其詩〉，頁七五。

註　四：以上二詩分別見卷一、頁一四及卷二、頁五九。

註　五：卷一二七，頁三一〇〇。

註　六：卷上，頁一〇四二。《平宋錄》所載的「巴延丞相」就是「伯顏丞相」。

註　七：卷上，頁一〇四五。

註　八：卷上，頁一〇四七。

註　九：見程一中對〈醉歌〉其十的賞析，蒐錄於《宋詩大觀》，頁一三九一。

註一〇：分別見〈湖州歌九十八首〉其三十二及其四十九，卷二，頁四三及四七。

註一一：卷一〇六，頁一一五六——一一五七。

註一二：《錢塘遺事》，卷五，頁九九七。

註一三：同上。

註一四：同上。

註一五：〈杭州雜詩和林石田〉其八，卷一，頁一九。

註一六：該篇詩共有十首，此詩是第三首，原詩如下：「斜陽葛嶺少人行，一片荒山繫廢興。留得臨湖春雨觀，東風搖落木香棚。」見〈汪元量研究資料彙輯〉，附錄一，頁二一三。

註一七：詳細的歷史事件，見《史記・老莊申韓列傳》，卷六三，頁八六〇——八六三。
註一八：《宋季三朝政要》，卷四，頁一〇一四。
註一九：以上三事併見《宋史紀事本末・蒙古陷襄陽》，卷一〇六，一一三八——一一四一頁。
註二〇：《宋史・賈似道傳》，卷四七四，頁一三七八三。
註二一：同上。
註二二：《宋史紀事本末・公田之置》，卷九八，頁一〇八五。
註二三：所謂的「一事行而五利與矣。」指「可免和糴，可以餉軍，可以住造楮幣，可平物價，可安富室。」同上，頁一〇八四。
註二四：有關「慧星見」的詳細情形，可參考《宋史・理宗本紀》，卷四十五，頁八八七及《宋史・賈似道傳》，卷四七四，頁一三七八二。
註二五：《錢塘遺事》，卷五，頁九九三。
註二六：同上。
註二七：《宋史紀事本末・公田之置》，卷九八，頁一〇八六。
註二八：《宋史・食貨志》云：「德祐元年三月，詔：『公田最為民害，稔怨召禍，十有餘年。』自今並給佃主，令率其租户為兵。」卷一七三，頁四一九五。
註二九：卷四，頁九八五。

註三〇：〈賈似道傳〉，卷四七四，頁一三七八五。

註三一：《宋史・度宗本紀》：「（咸淳四年）九月癸未，太白晝見。大元兵築白河城，始圍襄、樊。」又：「（咸淳）九年春正月乙丑，樊城破……（二月）庚戌，呂文煥以襄陽府歸大元。」卷四六，頁九〇一、九一一。

註三二：有關襄樊的重要軍事地位，可參考顧祖禹《讀史方輿紀要》卷七九的説明。

註三三：《錢塘遺事》，卷六，頁九九九。

註三四：《新元史・定宗本紀》，卷五，頁二九。

註三五：《宋史紀事本末・蒙古陷襄陽》，卷一〇六，頁一一三二。

註三六：有關元人圍攻襄、樊之事，可見黃寬重〈宋元襄樊之戰〉，蒐錄於《南宋史研究集》。

註三七：詳見《宋史・賈似道傳》，卷四七四，頁一三七八四。

註三八：《錢塘遺事》云：「咸淳庚午襄陽之圍，不解者三年矣。一日度宗問似道：『襄陽之圍三年矣。』似道對曰：『北兵已退去，陛下得臣下何人之言？』度宗曰：『適有女嬪言之。』似道詢問其人，誣以他事賜死，自是邊事並無敢言者。」卷六，頁一〇〇〇。

註三九：《錢塘遺事》，卷六，頁一〇〇三。

註四〇：同上。

註四一：同上，卷五，頁九九七。

註四二：《宋史・賈似道傳》，卷四七四，頁一三七八五。

註四三：此段歷史見《宋史・賈似道傳》，卷四七四，頁一三七八五。

註四四：〈越州歌〉其十一，卷二，頁六一。

註四五：有關賈似道不光明的手段，可見對外政策部分的說解，頁一三八——一三九。

註四六：卷五，頁一〇二〇。

註四七：卷一〇六，頁一一四九。

註四八：語見《宋史・賈似道傳》，卷四七四，頁一三七八六。

註四九：汪元量〈杭州雜詩和林石田〉其十八有「斷橋春已暮」（卷一・頁二三）句、〈憶湖上〉有「我憶西湖斷橋路」（卷三・頁八〇）句，劉將孫〈汪水雲復索西湖一曲櫂歌如諸公例十首走筆成此〉亦有「斷橋橋邊初弦月」（見〈汪元量研究資料彙輯〉，附錄一，頁二二五）之句，因此，一般以為「斷橋」就是有名的西湖斷橋。葛杰、倉陽卿選注《千家絕句》即作「西湖白堤東頭一座橋，近葛嶺。朝廷大事都在賈似道葛嶺私宅中裁決」云云。程瑞釗則據黃東發《古今紀要逸編》及劉一清《錢塘遺事》的記載駁之，認為「斷橋」並不是地名，而是指一場「斫橋襲寨」、贏得勝利的抗蒙戰爭，見〈汪元量研究情況綜述〉，頁一三二——一三三。個人贊同程瑞釗的說法。周密《癸辛雜識後集》「斷橋」條有「德祐之際，朝臣亦建議斷橋於吳江者，又斷北關之板橋者」之句（頁一〇四〇），可知南宋的確有「斷橋」之策，「斷」字應作為動詞，並非合「斷」、「橋」二字為一地名。

註五〇：卷三，頁一〇〇七。

註五一：詳見《宋史・賈似道傳》，卷四七四，頁一三七八一。

註五二：《續資治通鑑》，卷第一七六，頁九九〇。

註五三：同上，頁九九〇。

註五四：《宋史・賈似道傳》云：「曹世雄、向士璧在軍中，事皆不關白似道，故似道皆恨之。以覈諸兵費，世雄、士璧皆坐侵盜官錢貶遠州。」卷四七四，頁一三七八一。

註五五：〈賈似道傳〉，卷四七四，頁一三七八〇。

註五六：《錢塘遺事》，卷五，頁九九六。

註五七：〈賈似道傳〉，卷四七四，頁一三七八四。

註五八：卷一，頁一六。

註五九：卷六，頁一〇三五。

註六〇：汪元量〈湖州歌九十八首〉其一有「臯亭山上青煙起，宰執相看似醉酣」句，卷二，頁三六。

註六一：《宋史紀事本末・蒙古陷襄陽》，卷一〇六，頁一一三九。

註六二：卷七，頁一〇〇八。

註六三：《宋史・理宗謝皇后傳》，卷二四三，頁八六五九。

註六四：同上。

註六五：〈醉歌〉其三，卷一，頁一四。

註六六：程瑞釗〈汪元量研究情況綜述〉一文對於錢鍾書《宋詩選注》云：「母親全太后聽政，派大臣向伯顏上傳國璽和降表。」及陳增杰《宋代絕句六百首》稱「國母已無心聽政」者為全太后，已指出其錯誤。頁一三二。

註六七：汪元量〈湖州歌九十八首〉其二云：「三宮北面議方定，遣使皋亭慰伯顏。」所指即楊應奎上傳國璽及命宋三宮北上之議。

註六八：元量〈佚題〉有「獻宅乞為祈請使」句，卷一，頁七。

註六九：以上諸事併見〈元伯顏入臨安〉，卷一〇七，頁一一五九——一一六三。

註七〇：卷八，頁一〇一七。

註七一：同上。

註七二：頁四九。

註七三：頁五七。

註七四：見〈汪元量研究資料彙輯〉，附錄一，頁一八九。

註七五：同上，頁一九〇。

註七六：《湖山類稿》，提要，頁二二一。

註七七：《宋詩大觀》，頁一三八九。

註七八：〈論愛國詩人汪元量及其詩歌〉，頁五七。

註七九：《宋詩大觀》，頁一四〇四。

註八〇：此「小結」得自陳師文華的啓示。

註八一：此乃恭帝德祐元年（一二七五），夏貴固守大江之下時，元伯顏丞相遣人招諭諸將，夏貴的回答。見《宋季三朝政要》，卷四，頁一〇一七。

註八二：《宋季三朝政要》於此有清楚的舉例，其云：「其間死城郭封疆者，固不能盡知；其所知者，若李芾死於潭，天祥死於北，庭芝死於兵，唐震、昂發死於郡治，江萬里、徐應儦、鄧得遇、尹穀赴水死，謝枋得不食死，朱浚仰藥死，其他如姜才、孫虎臣、邊居誼、牛皋、范大順、張漢英、趙文義、王安節、馬塈、馬發、陳瓚、米立、趙孟錦、司馬夢求，其中儒臣死節，尤表表在人耳目間。」卷六，頁一〇三七。

註八三：〈蒙古陷襄陽〉，卷一〇五，頁一一四七。

註八四：〈元伯顏入臨安〉，卷一〇七，頁一一六三。

註八五：〈二王之立〉，卷一〇八，頁一一八二。

註八六：卷四一八，頁一二五三三——一二五四一。

註八七：見〈汪元量研究資料彙輯〉，附錄一，頁一九七。

註八八：見「編年」，卷三，頁七一。

註八九：見〈汪元量研究資料彙輯〉，附錄一，頁二〇八。

註九〇：頁二三三。

註九一：以上這段歷史敘述及引言分別見《文山先生全集・紀年錄》，卷一七，頁三七二、三七二及三七六。

註九二：《文山先生全集》，卷一七，頁三七三。

註九三：〈過零丁洋〉詩云：「辛苦遭逢起一經，干戈寥落四周星。山河破碎風飄絮，身世浮沈雨打萍。惶恐灘頭説惶恐，零丁洋裡嘆零丁。人生自古誰無死，留取丹心照汗青。」蒐錄於《文山先生全集・指南後錄》，卷一四，頁二九五。

註九四：見《宋季三朝政要》對此段歷史的總評，卷六，頁一〇三七。

註九五：卷一〇九，頁一一八八。

註九六：原文為：「昔人云：『薑桂之性，至老愈辣。』予亦云：『金石之性，要終愈硬。』」《文山先生全集・紀年錄》，卷二一，頁三七三。

第四章　汪元量「詩史」的藝術特色

「記實敘事」及「褒貶精神」特徵所呈現出來的內涵，是汪元量「詩史」的生命核心，也是汪元量有意識的創作。相對的，作者對藝術特色並不特別重視。因此，以下僅能就「特定用字的重複使用」、「以樂音傳達心曲」及「多用連章形式」等三方面提出說明。

第一節　特定用字的重複使用

在汪元量「詩史」中，共計用了「淚」九十二次、「愁」六十八次、「客」五十四次、「孤」三十九次、「夢」三十四次、「悲」三十次、「哀」二十五次、「憶」十四次，形成了特殊的用字特色，這些字眼的大量使用和他的心境必定有著密不可分的關係，以下我們藉此一窺汪元量的內心世界（註一）。

一、淚

在汪元量五百三十二首作品中，被使用最頻繁的字眼為「淚」，如：

「河山千古淚，風雨一番寒。」（〈杭州雜詩和林石田〉・卷一・頁一九）

「萬馬亂嘶臨警蹕，三宮垂淚濕鈴鸞。」（〈北師駐皋亭山〉・卷一・頁七）

「丞相催人急放舟，舟中兒女淚交流。」（〈湖州歌九十八首〉其四十二・卷二・頁四五）

「小儒百拜酹霞觴，寡婦孤兒流血淚。」（〈玉樓春・度宗愍忌長春宮齋醮〉・卷五・頁一七四）

「怕上西樓灑鄉淚，東風吹雨濕征衣。」（〈薊北春望〉・卷三・頁六八）

「嗚呼三歌兮歌聲咽，魂招不來淚如血。」（〈浮丘道人招魂歌〉其三・卷三・頁七六）

「呱呱凍欲僵，老娃淚如霰。」（〈草地〉・卷三・頁八五）

「英雄聚散闌干外，今古興亡欸乃間。一曲尊前空擊劍，西風白髮淚斑斑。」（〈浙江亭和徐雪江〉・卷四・頁一一九）

「南朝千古傷心事，每閱陳編淚滿襟。」（〈答林石田〉・卷一・頁二六）

汪元量生長在南宋從衰弱走向覆亡的特殊年代，面對突如其來的歷史大變故，內心受到相當大的震撼，他也曾經想盡一分心力以挽救什麼；可是他所能改變的太少了，正如他自己所說的：「書生空有淚千行」（註二），淚水是他發洩滿腔愁緒、抒解哀怨傷嘆的最好方法，因此他在作品中大量的以「淚」字展現心境，有時直寫淚流滿面的傷心，有時則寄託景物或事件中委婉的呈現。這些作品分佈在汪元量的各個階段，從亡國前到南歸以後均有，其中又以羈北時期的作品最多。汪元量以「淚」表現亡國的傷痛，哀悼河山的淪陷、百姓的受苦受難，悲憫三宮被俘虜北上，自責無法挽救國家免於覆亡。他也以「淚」訴說羈旅思鄉的情愁，歌詠文天祥的為國捐軀，哀憐宋主漂泊放蕩的艱辛，感嘆興廢存亡的無情，抒發撫今憶昔的痛苦……

二、愁

具體的「淚」是看得見、摸得著的，最容易傳達傷感的心境；抽象的「愁」，雖然看不見、摸不著，卻也是大家經常遇到的情緒，不難理解。因此，在汪元量「詩史」作品中，「愁」字亦被廣泛的運用，不勝枚舉，僅次於「淚」，位居第二。如：

「乾坤一反掌，今古兩愁眉。我作新亭泣，君生舊國悲。」（〈杭州雜詩和林石田〉・卷一・頁八）

「一家骨肉正愁絕，四海弟兄如夢同。」（〈曉行〉・卷一・頁二七）

「人生聚散愁無盡，且小停鞭向酒罏。」（〈揚州〉・卷四・頁一一五）

「書生不忍啼，尸坐愁欲絕。」（〈寰州道中〉・卷三・頁八二）

「忍聽北方鴈，愁看西域雲。」（〈瀛國公入西域為僧號木波講師〉・卷三・頁一〇九）

「官舍悄，坐到月西斜。永夜角聲悲自語，客心愁破正思家。南北各天涯。」（〈望江南・幽州九日〉・卷五・頁一七二）

「泗水不關興廢事，佛峰空鎖古今愁。」（〈戲馬臺〉・卷二・頁三三）

「岐路茫茫空望眼，興亡衮衮入愁腸。」（〈彭州〉・卷四・頁一四二）

汪元量或是直接以「愁」寫亡國時身經戰亂的痛苦，離別家、國的苦楚，同時興起人生聚散無常的感慨；或是間接的以「愁」字寫三宮旅北時的種種艱難及遭遇，羈客思鄉的惆愴，並且以之傳達自己對興亡存廢的深刻感發……愁，憂也；這些憂思愁緒正是他對故國衷情的投射，是他對天下黎民百姓的關懷，是他對歷史變化深刻的體認，更是他經歷特殊遭遇洗禮以後的真誠告白。這麼多、這麼重的愁緒壓在他一個小小的琴師、儒生的身上，他如何消受得起呢？難怪他終於忍不住要發「窮愁何日得伸舒」（註三）的感嘆了。

三、悲

悲者，痛也。南宋的滅亡對汪元量的生活及心理均發生了重大的改變，造成莫大的傷痛，因此在宋亡以後，出現大量以「悲」字渲染其傷痛心情的作品。如：

「百尺荒臺禾黍悲，沈思往事似輪飛。」（〈歌風臺〉・卷二・頁三四）

「今古廢興棋一著，萍逢聚散酒三行。悲歌曲盡故人去，笛響長江月正明。」（〈臨川水驛〉・四・頁一一八）

「憶故家、西北高樓。十載客窗憔悴損，搔短鬢，獨悲秋。」（〈唐多令・吳江中秋〉・卷五・頁一七七）

「心似亂絲眠不得，江樓中夜咽悲笳。」（〈湖州歌九十八首〉其三十五・卷二・頁四三）

「湖上悲風舞白楊，英雄凋盡只堪傷。」（〈孤山和李鶴田〉・卷四・頁一二〇）

禾黍之悲是汪元量這類作品的主軸，他經常在作品中描寫戰亂帶給人民的傷痛，直陳亡國的悲慟，更常撫今追昔，大發千古興廢之悲。同時，亡國的命運使他離開熟悉的土地和親人，備嘗漂泊孤寂的客旅滋味，因此在他思念故國鄉園的情感中往往也夾雜著一分悲痛的傷感。直言悲傷，毫不掩飾情感，使他的作品有一分直接的渲染力；除此之外，他更擅長將悲傷的心情附著在景物上面，使萬物皆著其顏色，如悲風、悲秋、悲笳等，透過這種「有我之境」（註四）的逆尋，讀者不難體會其心境。

四、哀

對於突如其來的劇大變動，汪元量除了透過大量「悲」字的運用表達他的傷痛，亦常用「哀」字展現不得不接受命運安排的悲涼與悲哀。如：

「一片降帆千古淚，前人留與後人哀。」（〈石頭城〉・卷四・頁一一六）

「昭君去，空愁絕。文姬去，難言説。想琵琶哀怨，淚流成血。」（〈滿江紅・吳山〉・卷五・頁一七三）

「窮荒六月天，地有一尺雪。孤兒可憐人，哀哀淚流血。」（〈寰州道中〉・卷三・頁八二）

「古時事，今時淚。前人喜，後人哀。」（〈金人奉露盤・越州越王臺〉・卷五・頁一六四）

「硯筆寂寥空灑淚，管絃嗚咽自生哀。」（〈冬至日同舍會拜〉・卷三・頁七三）

汪元量在〈浮丘道人招魂歌〉其九說：「我作哀章淚悽愴。」（註五）可見他的這些創作，都是用血淚換來的經驗，刻骨銘心，用情至深。這些哀章的內容包括對南宋降元的悲哀，對三宮被擄北上及羈旅期間所受的折磨的同情與可憐，同時也有今昔之感的無奈與蒼涼……汪元量除了直陳這些哀情，同樣的，他也採用以景傳情的方式，將主觀的感情轉移到客觀的景物身上，含蓄委婉的吐露心聲。

五、客

南宋滅亡之後，汪元量隨著宋主北上，離開熟悉的人、事、物，旅燕期間，四處漂泊，備嘗艱辛，身、心一直不能安頓，思鄉念國的情緒一直縈繞心底；即使南歸以後，因爲經常來往於湘、蜀之間，還是遠離自己的根；因此心中常萌生「客」旅的不安定感。如：

「人隔關河歸未得，客逢時節轉堪哀。」（〈燕山九日〉・卷三・頁六九）

「黃花川上黃花驛，千百猿聲斷客腸。」（〈鳳州歌二首〉・卷三・頁九七）

「人在醉中春已晚，客於愁處日偏長。」（〈孤山和李鶴田〉・卷四・頁一二〇）

「江南倦客慘不樂，嗚笛哀箏亂人耳。」（〈錦城秋暮海棠〉・卷四・頁一三六）

「嗟倦客、又此憑高，檻外已少佳致。更落盡梨花，飛盡楊花，春也成憔悴。」（〈鶯啼序・重過金陵〉・卷五・頁一八一）

「腸斷江南倦客，歌未了、瓊壺敲缺。更忍見，吹萬點、滿庭絳雪。」（〈疏影・西湖社友賦紅梅分韻得落字〉・卷五・頁一八二）

「江淮倦客再游，訪后土瓊英，樹已傾覆。」（〈瑤花〉・卷五・頁一八二）

漂泊在外，最容易觸景生情，在特殊的節日裡，思鄉的情緒亦容易被挑起，因此汪元量常以「客」字勾勒彼時彼地的心境。同爲一「客」字，在汪元量作品中也有內涵上的差別；羈北期間，汪元量以「客」字表現自己思念鄉土的情感與羈旅的痛苦；南歸以後，他常在「客」字上加上「倦」字，又多了一分歷盡滄桑、閱盡世事的悲涼悽愴。

六、孤

「十載客窗」的生活使汪元量常有「憔悴損」（註六）的感覺，這不但指身體上飽受磨難，更包含了心理層面的苦。汪元量旅燕期間，四處漂泊，除了王昭儀外，再無第二個知己，在身、心交疲之下，常懷著沈重的孤寂感。這種心境反映在作品中就是「孤」字眼的大量使用，甚至還經常伴著「羈」、「愁」、「客」、「憶」等表達心境的字眼同時出現，更添哀傷不忍之情。如：

「雪塞搗砧人戍遠，霜營吹角客愁孤。」（〈通州道中〉‧卷二‧頁三五）

「萬里羈孤夜憶家，邊城吹角更吹笳。」（〈湖州歌九十八首〉其八十九‧卷二‧頁五六）

「六花飛舞下天衢，萬里羈人心正孤。」（〈幽州會同館〉‧卷二‧頁六四）

「夜涼金氣轉淒其，正是羈孤不寐時。」（〈終南山館〉‧卷三‧頁九三）

「大漠陰風起，羈孤血淚縣。」（〈大皇謝太后挽章〉其二‧卷三‧頁一〇七）

「北行十三載，癡懶身羈孤。」（〈南歸對客〉‧卷四‧頁一二三）

七、夢

從「淚」、「愁」、「悲」、「哀」、「客」、「孤」等字眼的大量使用，我們可以清楚的讀出汪元量憂思愁慮、悲哀淒涼、孤寂落寞的心境，汪元量尋求自我解脫的方法就是藉由夢境的幻想表達並完成潛意識的願望，或是藉由追憶的方式重回過去的美好，以修補受創、疲累的身心。這在他的作品中都可以找到大量的證據。以下先談「夢」字的使用。

「鄉夢漸生燈影外，客愁多在雨聲中。」（〈邳州〉‧卷二‧頁三三）

「苦夢吳山列御筵，三千宮女燭金蓮。而今莫説夢中夢，夢裡吳山只自憐。」（〈越州歌二十首〉其二十・卷三・頁六三）

「夜來夢裡到吾廬，夢破潸然淚似珠……忽憶西湖梅與柳，夢隨雲水度西湖。」（〈唐律寄呈父鳳山提舉〉其七・卷四・頁一三一）

「人生螻蟻夢，世道犬羊衣。」（〈杭州雜詩和林石田〉其十九・卷一・頁二三）

「十年牢落走窮荒，萬里歸來行路長……秉燭相看眞夢寐，夜闌無語意茫茫。」（〈三衢官舍和王府敎〉・卷四・頁一一九）

「天上人間一夢過，春來秋去奈愁何。」（〈竹枝歌〉其十・卷四・頁一三五）

綜觀汪元量以「夢」描寫心境的作品，大概包含以下二層意涵。第一，以「夢」作爲過去美好的代表，包括對故鄉家國的情感及繁華的眷戀，但這些在現實中已成爲不可能再現的事實，於是藉由夢境達成朝思暮想的盼望。這完全符合心理學上所講的「補償」作用。弗洛依德認爲人多數的慾望、情感等，由於社會環境的壓力，常因無法遂其所欲而被打入「潛意識」中；直到在睡眠時，人的身心進入一個較輕鬆的狀態，潛意識就自然的以「夢」的型式出現，它能將過去的許多經驗栩栩如生的再搬演。作者深刻體會到「夢」的這種功能，於是在作品中大量的運用「夢」字，含蓄婉轉的表達自己的心願，並且完成、滿足自己對過去的追憶。雖然「夢」是詩人暫時的安樂地，但是當他發現夢醒之後，一切並不是如此，常常就會生發惆悵之感；所以，諸如此類的感嘆，亦常伴隨著熱烈的期待而來。第二，汪元量的這類作品通常又傳達出「人生如夢」的哲學省思。汪元量曾經親身體驗過南宋的繁華，後來又經歷亡國及北上的種種折磨，在兩相對比之下，終於悟得「人生如夢」的道理。

八、憶

「夢」作爲化解汪元量內心的苦痛，是潛意識裡的行爲，非自主的；「憶」則是刻意的對過去美好的追憶、懷念，屬於自主的活動。二者在形式上雖然有所不同，但，共同的目的都是在修補、慰解一顆受創、疲累的心靈。

「卻憶市朝無事日，笙歌日日醉昏昏。」（〈重遊甘露寺〉・卷二・頁三一）

「錦帆後夜煙江上，手抱琵琶憶故宮。」（〈湖州歌九十八首〉其五・卷二・頁三七）

「莎草被長洲。吳江拍岸流。憶故家、西北高樓。」（〈唐多令・吳江中秋〉・卷五・頁一七七）

「卻憶故家初破時，繡龍畫雉如砂石。」（〈答相公送錦被〉・卷四・頁一三九）

汪元量所「憶」的包括太平盛世的美好、過去熟悉的人、事、物，更多的時候則是對家國故園的追憶，由此可見其對南宋眷戀之心。這些美好的記憶，隨著元人的入侵、自己的北上，一切化爲烏有，除了在「夢」中可以追回之外，大概也只能依靠追憶，尋找短暫的精神解脫。然而，除了對美好事情的追憶之外，汪元量永遠不能忘記的是亡國時的那頁傷心史，所以偶爾也不得不去面對那可怕的記憶，「卻憶故家初破時」的心情，只有親嘗亡國之痛的人才能深刻體會到。

由上可知，汪元量喜歡透過「淚」、「愁」、「悲」、「哀」、「客」、「孤」、「夢」、「憶」等字眼，或直陳其情、或婉轉含蓄的描述亡國傷亂動盪的悲痛，感發歷史興廢存亡的無可奈何，傳達羈旅漂泊的思鄉情懷，追憶幻夢美好的重現……這些字眼，本身就帶著極濃的悲涼、悽幽、孤寂和惻愴感覺，因此不管它在作品中是直陳而現，或是附著景物、事件之上，都易於形成「悽婉」的風格，同時也成爲他心境的最佳反射，使我們更容易掌握他的內心世界。其實，這些字眼的被大量使用，和汪元量生長的特殊年代及特殊遭遇，有著密不可分的關係。南宋末年，國勢一日不如一日，宋廷及滿朝文武大臣無心於國政，仍舊沈醉於荒靡的享樂生活，直到元軍長驅直入時，宋室已無法應變，傾覆滅亡已成爲必然之路，毫無轉環的餘地。汪元量身爲宮廷樂師，與三宮同時被俘虜北上，又受命隨著前往上都、內地，甚至代祀嶽瀆東海，完全無法自己作主與選擇。他看到太多、聽到太多、感受體會太多，可是他沒有任何改變的能力，所以他只能憂愁、淚流，他有滿腔的悲傷和哀痛，客旅的漂泊使他孤寂落寞，在這種情形之下他當然只能夢想、追憶著過去的美好，這些字眼就這麼自自然然的跟著產生了。有時候，他也會把二個以上的字眼放在一起使用（註七），將多種心情一併呈現；由此可知，這些心境彼此之間也有著連帶的關係。

註釋

註　一：「淚」、「愁」、「悲」、「哀」等情感在汪元量早期的作品中就經常出現，「客」、「孤」等情感則與汪元量北上以後的生活有關，所以緊接於前四者之後敘述，「夢」、「憶」情感的出現比較晚，因此放到最後再說明。舉例時，則依各字眼出現的多寡，分別挑選適量的例子。

註　二：〈醉歌〉其三，卷二，頁一四。

註　三：〈唐律寄呈父鳳山提舉〉其十，卷四，頁一三二。

註　四：王國維《人間詞話》云：「有我之境，以我觀物，故物皆著我之色彩。」頁二。

註　五：卷三，頁七三。

註　六：〈唐多令・吳江中秋〉有「十載客窗憔悴損，搔短鬢，獨悲秋」的句子，卷五，頁一七七。

註　七：如〈易水〉：「蘆葦蕭森古渡頭，征鞍卸卻上孤舟。煙籠古木猿啼夜，月印平沙鴈叫秋。砧杵遠聞添客淚，鼓鞞纔動起人愁。當年擊筑悲歌處，一片寒光凝不流。」（卷三・頁八九），詩中就同時使用了「孤」、「客」、「淚」、「愁」及「悲」等五個特殊字眼。又如〈秋日酬王昭儀〉：「愁到濃時酒自斟，挑燈看劍淚痕深。黃金臺隗少知己，碧玉調湘空好音。萬葉秋風孤館夢，一燈夜雨故鄉心。庭前昨夜梧桐語，勁氣蕭蕭入短襟。」（卷三・頁六九），詩中也用了「愁」、「淚」、「孤」及「夢」等四個特殊字眼。

第二節　以樂音傳達心曲

王水照在賞析〈洞仙歌〉一詞時，曾提及：「汪元量常用聲音作全詞或一片的結尾，這大概跟他作爲琴師對音樂的特別敏感有關。」（註一）他所說的「聲音」，其實是指各種樂器的聲音。這個觀點的提出，引起我更進一步去了解樂音安排與汪元量作品——包括詩與詞——的關係。

汪元量是一個琴師，琴藝精湛，琴意感人，爲當時之人稱頌不已，這是個不爭的事實。劉辰翁〈湖山類稿序〉云：

「汪氏之琴，天其使之娛清夜、釋羈旅耶？何其客之至此也。琴本出於怨，而怨者聽之亦樂，謂其能雪其心之所謂也。當其奏時，如出乎人間，落乎天上。」（註二）

謝翺〈續琴操哀江南四章・興言自古四之四〉云：

「夫人者乃能以善鼓琴見上，吾意其不為鄒忌，必為雍門周，縱不能一悟主聽，使之少有更張，亦能使之泣，若破國亡邑，至聞疾風飛鳥之聲，窮窮焉固無樂已。及大事已去，獨其心怏怏，奔走萬里，若不釋然者。噫，亦晚矣。天寶盛時，歌者李龜年，恩遇無比。祿山亂，龜年流落江南，每歌數闋，四座莫不歎息泣下，又況天地闇然，山河頓異，使夫人者尚在，庸不有以泣龜年者泣之乎！」（註三）

劉豐祿〈題汪水雲詩卷〉云：

「調高韻古泣鬼神，氈帳輕彈燕薊月。」（註四）

李吟山〈贈汪水雲〉云：

「三尺焦桐千古意，黃金誰與鑄鍾期。」（註五）

陳泰〈送錢唐琴士汪水雲〉云：

「調絃始學鳳凰語，度曲便覺聲有神。」（註六）

汪元量原本就是供奉宮廷的琴師，既然有著如眾人所說的琴藝及琴意，又有機會與其他宮廷樂師密切接觸，對各種樂器應該比一般人有更多的認識與了解，這也正是王水照所說的「對音樂的特別敏感。」樂器的表演是一種聽覺的藝術，演奏者可以藉此宣洩傳達情感，欣賞者也可從樂曲中讀出演奏者的弦外之音，與對方發生共鳴與交流；這和作家以文字和讀者交心的道理是一樣的。汪元量基於對各種樂器的熟悉及此種心理的瞭解，自自然然的把琵琶、長箏、箜篌、角、簫管、琴、笛、瑟……等各種樂器寫入作品中。如：

「三宮錦帆張，粉陣吹鸞笙。遺氓拜路傍，號哭皆失聲。」（〈北征〉．卷二．頁二八）

「硯筆寂寥空灑淚，管絃嗚咽自生哀。雪寒門户賓朋少，且撥紅爐守泰來。」（〈冬至日同舍會拜〉．卷三．頁七三）

「擊鼓吹笙勸客飲，脱巾露髮看日沈。歸來不知其所往，但見月高松樹林。」（〈綿州〉．卷四．頁一四二）

「夜沈沈。漏沈沈。閑卻梅花一曲琴。月高松竹林。」（〈長相思．越上寄雪江〉．卷五．頁一六四）

「獨倚浙江樓，滿耳怨笳哀笛。猶有梨園聲在，念那人天北。」（〈好事近．浙江樓聞笛〉．卷五．頁一六九）

這些樂音不管被安排在作品的哪個位置，都有增強文學作品聲音與動態感的效果，同時達到以樂音傳達心曲的妙用。當汪元量特意把樂器的聲音安排在詩、詞的末尾時，效果更特出，無形之中將樂器餘音裊裊的效果移植到文學作品中，予人無限思考與低迴的空間。如：

「一匊吳山在眼中，樓臺疊疊間青紅。錦帆後夜煙江上，手抱琵琶憶故宮。」（〈湖

州歌九十八首〉其五・卷二・頁三七）

「銷金帳下忽天明，夢裡無情亦有情。何處亂山可埋骨，暫時相對坐調笙。」（〈湖州歌九十八首〉其四十五・卷二・頁四六）

「碧雲翼翼金釵滑，紅雪翩翩玉珮圓。卻把向來供奉曲，酒邊對客續朱絃。」（〈歌樓感事〉・卷四・頁一二一）

「萬點燈光，羞照舞鈿歌箔。玉梅消瘦，恨東皇命薄。昭君淚流，手撚琵琶絃索。離愁聊寄，畫樓哀角。」（〈傳言玉女・錢唐元夕〉・卷五・頁一六九）

「綠蕪城上，懷古恨依依……銷魂此際。君臣醉。貔貅弊。事如飛。山河墜。煙塵起。風淒淒。雨霏霏。草木皆垂淚。家國棄。竟忘歸。笙歌地。歡娛地。盡荒畦。唯有當時皓月，依然挂、楊柳青枝。聽隄邊漁叟，一笛醉中吹。興廢誰知。」（〈六州歌頭・江都〉・卷五・頁一七〇）

「目斷東南半壁，悵長淮、已非吾土。受降城下，草如霜白，淒涼酸楚。粉陣紅圍，夜深人靜，誰賓誰主。對漁燈一點，羈愁一搦，譜琴中語。」（〈水龍吟・淮河舟中夜聞宮人琴聲〉・卷五・頁一七一）

上述各種感情，不管是憶故宮、感歎戰爭的無情、亡國的哀慟、離鄉情愁、興廢感懷及羈旅鄉愁等，都藉由各種樂音的特殊效果而在讀者心中盪漾迴旋，予人深刻印象。而當他把它安排在詞作上片結尾時，藉著樂音綿綿不絕的特性，亦有使上、下片情感自然承接的效果。如：

「西園春暮，亂草迷行路。風卷殘花墮紅雨。念舊巢燕子，飛傍誰家，斜陽外，長笛一聲今古。

繁華流水去。舞歇歌沈，忍見遺鈿種香土……」（〈洞仙歌・毗陵趙府兵後僧多占作佛屋〉・卷五・頁一七〇）

「有隴頭、折贈殷勤，又恐暮笳吹落。　　寂寞孤山月夜，玉人萬里外，空想前約。雁足書沈，馬上絃哀，不盡寒陰砂漠。昭君滴滴紅冰淚，但顧影、未忺梳掠。等恁時、環珮歸來，卻慰此兄蕭索。」（〈疏影・西湖社有賦紅梅分韻得落字〉・卷五・頁一八二）

前首所觸發的今古興廢之感，藉由長笛一聲自自然然的過渡到下片「繁華流水去」的體會；後首思鄉憶親的情感，也靠著暮笳一曲巧妙的聯結了「寂寞孤山月夜」的心情，這都是汪元量在詩詞中運用樂曲傳心曲所造成的特殊效果。

註釋

註一：蒐錄於《唐宋詞鑒賞辭典》，頁二一九四。
註二：見〈汪元量研究資料彙輯〉，附錄一，頁一八五。
註三：同上，頁二〇九。
註四：同上，頁二一五。
註五：同上，頁二一〇。
註六：同上，頁二二七。

第三節　多用連章形式

詩作最常見的形式是一題一首，若是一題數首，則名之曰「連章」、「聯章」或「組詩」。連章形式有每首都獨立成章，但置同一主題之若干首於一篇，結構較爲鬆散者；亦有各首相次、起承開闔緊密，彼此之間有內在聯繫的有機結構者；前者源出於阮籍〈詠懷〉、曹植〈雜詩〉；後者源出於曹子建〈贈白馬王彪〉、陶淵明〈歸田園居〉（註一）。在汪元量二七〇篇（四八〇章）詩作中，一共有二五篇（二三五章）連章詩作，以上二種結構均有。他的連章形式，以篇數而言，佔總篇數的九・三%；以章數而言，佔總章數的四九%。各體之中以七絕的形式居最多，佔連章總篇數的四八%，佔連章總章數的七一・九%，有名的〈湖州歌九十八首〉就是以七絕的連章形式呈現。一篇之中，少則二首，多則達九十八首，其中以二首者居冠，佔連章總篇數的四〇%，三首及十首者居次，均佔連章總篇數的一六%。詳細情形請見下頁三表。

表一：單章篇數、章數與連章篇數、章數之比較

總篇數	單章篇數	所佔比例	連章篇數	所佔比例
二七〇	二四五	九〇・七%	二五	九・三%
總章數	單章章數	所佔比例	連章章數	所佔比例
四八〇	二四五	五一%	二三五	四九%

表二：各詩體在連章形式中所佔的比例

詩體	篇數	所佔比例	章數	所佔比例
五古	三	一二%	九	三・八%
七古	三	一二%	一三	五・五%
五律	一	四%	二三	九・八%
七律	五	二〇%	一九	八・一%
七絕	一二	四八%	一六九	七一・九%
七律七絕合體	一	四%	二	〇・九%

表三：各首數在連章形式中所佔的比例

首數	篇數	所佔比例	章數	所佔比例
二首	一〇	四〇%	二〇	八・五%
三首	四	一六%	一二	五・一%
四首	二	八%	八	三・四%
五首	一	四%	五	二・一%
九首	一	四%	九	三・八%
十首	四	一六%	四〇	一七・一%
二〇首	一	四%	二〇	八・五%
二三首	一	四%	二三	九・八%
九八首	一	四%	九八	四一・七%

汪元量經歷亡國大災變，親眼目睹滄海變桑田的事實，感情深厚濃烈，他又抱持著「以詩鳴史」的記實敘事心態，連章形式以其不受篇幅、換韻限制的自由，且適於表達磅礴起伏的情感，自然受到汪元量的垂青。前面已提及汪元量作品具有有機及鬆散二種連章結構；其中又以後者佔大多數。汪詩連章形式仍不脫其「詩史」的特色，常是將若干相類的事實繫於同一主題之下，以「記實敘事」爲主，例如〈西湖舊夢〉就是以回憶的口吻隨性的記錄有關西湖的種種，〈竹枝歌〉就是漫遊式的記載三巴一帶的風光古跡，〈越州歌二十首〉則廣泛的寫元人入城、宋室投降的事實，並譴責賈似道的專權弄國等等；這些作品不以結構的經營爲主，章與章之間無必然的順序及緊密的內在連繫，都屬於鬆散的結構，和杜甫以章法結構取勝的連章形式有很大不同。除此之外，汪元量還是有一些章法結構嚴謹的有機連章詩作，包括〈醉歌〉、〈湖州歌九十八首〉、〈杭州雜詩和林石田〉、〈嵩

山〉、〈浮丘道人招魂歌〉、〈夷山醉歌〉、〈賈魏公府〉及〈南嶽道中〉，值得特別提出來說解。以下就舉幾首來說明。〈湖州歌九十八首〉云：

「丙子正月十有三，撾鞞伐鼓下江南。皋亭山上青煙起，宰執相看似醉酣。」（其一）

「萬馬如雲在外間，玉階仙仗罷趨班。三宮北面議方定，遣使皋亭慰伯顏。」（其二）

……

「十數年來國事乖，大臣無計逐時挨。三宮今日燕山去，春草萋萋上玉階。」（其七）

「錦帆高揭繡簾開，鼉鼓聲悲鳳管哀。月子纖纖雲裡見，吳江不盡暮潮來。」（其八）

……

「滿朝宰相出通州，迎接三宮宴不休。六十里天圍錦帳，素車白馬月中遊。」（其六十八）

……

「皇帝初開第一筵，天顏問勞思綿綿。大元皇后同茶飯，宴罷歸來月滿天。」（其七十）

……

「兩下金闌障御階，異香縹緲五門開。都人罷市從容立，迎接南朝駙馬來。」（其九

十七）

「杭州萬里到幽州，百詠歌成意未休。燕玉偶然通一笑，歌喉宛轉作吳謳。」（其九十八）（卷二‧頁三六——五八）

〈湖州歌九十八首〉是汪元量最具代表性的連章詩作，爲七言絕句型式，因篇幅太長，無法全部轉錄，請見《增訂湖山類稿》卷二，頁三六——五八。〈湖州歌九十八首〉是以元丞相伯顏駐軍的湖州爲題，記元兵入杭、宋室投降、赴燕途中以至至燕的種種事實。「湖州」乃今杭州市區「湖墅、米市巷一帶」，非今之「湖州市」，程瑞釗曾引《元史‧伯顏傳》及田汝成《西湖游覽志餘》的記載加以證實，可供參考（註二）。全詩以第一首的「丙子正月十有三，撾鞞伐鼓下江南」揭開序幕，記載元人入城、南宋亡國的情形；以第七首的「三宮今日燕山去，春草萋萋上玉階」轉入北上的種種，並以行進中所到地點的先後順序詳細記錄了北上的進程；以第六十八首的「滿朝宰相出通州，迎接三宮宴不休」描述了三宮北上以後受到禮遇的情形；最後以第九十八首的「杭州萬里到幽州，百詠歌成意未休。燕玉偶然通一笑，歌喉宛轉作吳謳」作結。綜觀其章節結構，以記實敘事爲主，開始、承接及結尾之脈絡非常清析，可說是以時間的先後作爲連章形式的內在連繫，有緊密之結構。

〈杭州雜詩和林石田〉云：

「石田林處士，吟境靜無塵。亂後長如醉，愁來不為貧。飯蔬留好客，筆硯老斯人。近法秦州體，篇篇妙入神。

先生忘富貴，久客幸平安。髮已千莖白，心猶一寸丹。衣冠前進士，家世舊郎官。醉入烏程里，吟登李杜壇。

逃難藏深隱，重逢出近詩。乾坤一反掌，今古兩愁眉。我作新亭泣，君生舊國悲。向來行樂地，夜雨走狐狸。

獨也吞聲哭，潛行到水頭。人誰包馬革，子獨衣羊裘。北面生何益，南冠死則休。百年如過翼，撫掌笑孫劉。

一春雲羃羃，三月雨淋淋。魚菜不歸市，鶯花空滿林。人行官巷口，軍簇御街心。老子猖狂甚，猶歌梁甫吟。

烽火來千里，狼煙度六橋。嶺寒蒼兕叫，江曉白魚跳。擊士披金甲，佳人弄玉簫。偶餘尊酒在，聊以永今朝。

有客腸回九，無人髮握三。關中新約法，江左舊清談。鐵騎來天北，樓船過海南。一枝巢越鳥，八繭熟吳蠶。

躡足封韓信，剖心嗔比干。河山千古淚，風雨一番寒。世指鹿為馬，人呼烏作鸞。江頭潮洶洶，城腳水漫漫。

吟身春共瘦，獨立望江亭。越水荒荒白，吳山了了青。軍降欣解甲，民喜罷抽丁。拍碎闌干曲，吞聲血淚零。

此夕知何夕，游船雜戰船。山河空百二，宮闕謾三千。雨歇雲垂地，潮平水接天。惜哉無祖逖，誰肯著先鞭。

陵廟成焦土，宮墻沒野蒿。亡秦皆趙李，佐漢獨蕭曹。國子乘黃貴，山人著白高。飛埃猶黯黯，逝水正滔滔。

靜看從衡士，番成買賣兒。禁中鷩戰鼓，城上出降旗。魏操非無漢，唐淵不有隋。從茲更革後，寧復太平期。

偶出西湖上，新蒲綠未齊。攜來扁縮項，買得蟹轉臍。問酒入新店，喚船行舊隄。亂離多殺戮，水畔幾人啼。

天目絲絲雨，江頭剪剪風。鼓鞞千艇合，刁斗萬家同。金馬憐焦土，銅駝壓草叢。杞天愁欲墮，黑入太陰中。

日月往來轂，乾坤生殺機。江春蛟妾舞，塞暖鴈奴歸。逆旅詩添債，愁城酒破圍。如何秦相國，昨夜鴆韓非？

如此只如此，無聊酒一尊。江山猶昨日，笳鼓又新元。黑潦迷行路，黃埃入禁門。皋亭山頂上，百萬漢軍屯。

世變長椎髻，時更短後衣。魏庭翁仲泣，唐殿子孫非。樹禿雅爭集，梁空燕自歸。斷橋春已暮，無賴柳花飛。

春去雨方歇，水流花自飛。人生螻蟻夢，世道犬羊衣。日月東西驛，乾坤闔闢扉。斯今無二子，空有首陽薇。

假途虞滅虢，嘗膽越吞吳。黑白一碁局，方圓八陣圖。是翁猶矍鑠，諸老自揶揄。喟嘆搜麟筆，悲歌擊唾壺。

竟夕柴門掩，無心接縉紳。山中多樂事，世上少全人。諸呂幾亡漢，商翁不仕秦。柴桑深僻處，亦有晉遺民。

天下愁無盡，生前樂有涯。文章一小技，富貴總虛花。塵入金張宅，草生王謝家。可憐二月火，不見八姨車。

休休休休休，干戈白盡頭。諸公雲北去，萬事水東流。春雨不知止，晚山相對愁。呼童攜斗酒，我欲一登樓。」（卷一・頁一七——二四）

〈杭州雜詩和林石田〉凡二十三首，採前呼後應的結構法。首章以「亂後長如醉，愁來不爲貧」埋下林石田在國家動蕩飄搖之際的悲愁，及不得不以醉酒、爲文、哀歌……消解悲愁的伏筆；中間各章則圍繞著「亂」、「愁」大肆舖陳，其「亂」包括「軍簇御街心」、「烽火來千里，狼煙度六橋」、「鐵騎來天北，樓船過海南」、「旌旗遮御路，舟楫滿官河」、「亂離多殺戮，水畔幾人啼」、「皐亭山頂上，百萬漢軍屯」，其「愁」如「乾坤一反掌，今古兩愁眉」、「河山千古淚，風雨一番寒」、「臺邊西子去，宮裡北人過。玉樹歌方歇，金銅淚已多」、「惜哉無祖逖，誰肯著先鞭」、「陵廟成焦土，宮墻沒野蒿」、「禁中驚戰鼓，城上出降旗」、「日月往來轂，乾坤生殺機」；面對這樣的歷史處境，林石田只好以「亂後長如醉」、「醉入烏程里，吟登李杜壇」、「老子猖狂甚，猶歌梁甫吟」、「偶餘尊酒在，聊以永今朝」、「問酒入新店」、「逆旅詩添債，愁城酒破圍」、「喟嘆投麟筆，悲歌擊唾壺」等方法自尋解脫，完全循著首章的主脈發展。末章以「諸公雲北去，萬事水東流」爲大時代的動亂劃上暫時的休止符，將「春雨不知止，晚山相對愁」所帶來的一切悲愁，一股腦兒以「呼童攜斗酒，我欲一登樓」化解，中間各章的舖陳盡於此章綰合，並回應首章，形成一緊密有機的結構體。

〈浮丘道人招魂歌〉云：

「有客有客浮丘翁，一生能事今日終。嚙氈雪窖身不容，寸心耿耿摩蒼空。睢陽臨難氣塞充，大呼南八男兒忠。我公就義何從容，名垂竹帛生英雄。嗚呼一歌兮歌無窮，魂招不來何所從。

有母有母死南國，天氣黯淡殺氣黑。忍埋玉骨湮山側，蓼莪劬勞淚沾臆。孤兒以忠報罔極，拔舌剖心命何惜。地結萇弘血成碧，九泉見母無言責。嗚呼二歌兮歌復憶，魂招不來長嘆息。

有弟有弟隔風雪，音信不通雁飛絕。獨處空廬坐縲絏，短衣凍指不能結。天生男兒硬如鐵，白刃飛空肢體裂。此時與汝成永訣，汝於何地收兄骨。嗚呼三歌兮歌聲咽，魂招不來淚如血。

有妹有妹天一方，良人去後逢此殃。黃塵暗天道路長，男呻女吟不得將。汝母已死埋炎荒，汝兄跳足行雪霜。萬里相逢淚滂滂，驚定拭淚還悲傷。嗚呼四歌兮歌欲狂，魂招不來歸故鄉。

有妻有妻不得顧，飢走荒山汗如雨。一朝中道逢狼虎，不肯偷生作人婦。左挾虞姬右陵母，一劍捐身剛自許。天上地下吾與汝，夫為忠臣妻烈女。嗚呼五歌兮歌聲苦，魂招不來在何所。

有子有子衣裳單，皮肉涷死傷其寒。蓬空煨爐不得安，叫怒索飯飢無餐。亂離走竄千里山，荊棘蹲坐膚不完。失身被繫淚不乾，父聞此語摧肺肝。嗚呼六歌兮歌欲殘，魂招不來心鼻酸。

有女有女清且淑，學母曉妝顏如玉。憶昔狼狽走空谷，不得還家聚骨肉。關河喪亂多殺戮，白日驅人夜燒屋。一雙白璧委溝瀆，日暮潛行向天哭。嗚呼七歌兮歌不足，魂招不來淚盈掬。

有詩有詩吟嘯集，紙上飛蛇歕香汁。杜陵寶唾手親拾，滄海月明老珠泣。天地長留國風什，鬼神叮護六丁立。我公筆勢人莫及，每一呻吟淚痕濕。嗚呼八歌兮歌轉急，魂招不來風習習。

有官有官位卿相，一代儒宗一敬讓。家亡國破身漂蕩，鐵漢生擒今北向。忠肝義膽不可狀，要與人間留好樣。惜哉斯文天已喪，我作哀章淚悽愴。嗚呼九歌兮歌始放，魂招不來默惆悵。」（卷三・頁七六至七九）

〈浮丘道人招魂歌〉爲招文天祥之魂而作。全篇以歸納法爲其結構布局，先分敘，再總結，章與章之間緊緊相扣，是頗爲嚴謹的連章創作。首章以「囓氈雪窖身不容，寸心耿耿摩蒼空」寫文天祥為國繫身囹圄、捐軀赴死的義行，次章起分別寫其母、弟、妹、妻、子、女所遭受的磨難，並贊頌他們不屈於惡劣環境的精神，第八章歌詠文天祥詩作得自老杜真髓，是現實體驗的真誠反映，深摯動人。前八章以文天祥為中心，深刻的描寫出圍繞著他的親人們肉體及精神上所遭受的極大苦難，藉此突顯文天祥不平凡的遭遇與處境；最後以「家亡國破身漂蕩，鐵漢生擒今北向。忠肝義膽不可狀，要與人間留好樣」作結，點出主題，給予受苦的靈魂永恆的歌詠與崇高的肯定。

綜觀汪元量「詩史」的三項藝術特色，連章形式的運用，正符合「詩史」作品「敘事記實」時所需的大篇幅，特定用字的重複使用及以樂音傳達心曲，則有助於展現「詩史」作品的情感特色，使它與一般的史實記載不相同，仍然值得重視。

註釋

註一：此段說解參考陳師文華〈杜甫詩律探微〉「連章結構」說明，頁二〇。

註二：程瑞釗認為錢鍾書《宋詩選注》（頁二八八）及孔凡禮《增訂湖山類稿》（頁二六〇）言汪元量以湖州地名志亡國深恥，頗具見地；唯將「湖州」解為今之「湖州市」乃大錯特錯，應是今杭城之湖墅、米市巷一帶才對。詳見〈汪元量研究情況綜述〉，頁一三三。

第五章　汪元量「詩史」的情感與風格

第一節　汪元量「詩史」的情感

所謂的「詩史」，是指作者以詳實的敘事手法，記載個人身世與時代命運相聯結的特殊內容，並藉此呈現作者對歷史事件、人物的褒貶態度。詩和史相通的地方，就在詩也有著史一般的「記錄」作用；但，詩畢竟不是史，「史」只是「詩史」作品的性質，「詩史」作品仍舊是「詩」，《文心雕龍・情采》云：「情者，文之經；辭者，理之緯。」（註一）所以，情感仍舊是該作品構成的核心。另外，趙仁珪《宋詩縱橫》特別強調汪元量等亡國之際的作者，常把紀實融於抒情之中，以抒情融貫史實，可稱爲紀實性與抒情性相結合的愛國詩人。因此，當我們在討論汪元量的「詩史」作品時，除了注意到它所記實敘事及褒貶的內容外，也不應該忽略了寄寓於其中的「情感」特色。

宋人在論及汪元量的「詩史」作品時，特別重視它所展現出來的情感震撼力，及其與「詩史」的關係。馬廷鸞〈書汪水雲詩後〉云：

「展卷讀甲子初作，微有汗出。讀到丙子作，潸然淚下。又讀至醉歌十首，撫席痛哭，不知所云……因題其集曰『詩史』。」

周方〈書汪水雲詩後〉云：

「余讀水雲詩，至丙子以後，為之骨立。再嫁婦人望故夫之隴，神銷意在，而不敢出聲哭也……晚節聞見其事，奮筆直情，不肯為婉孌合蓄，千載之下，人間得不傳之史。山陽夜笛，聞之者四壁皆為悲咽；正平操撾，聽之者三臺俱無聲韻。噫！水雲之詩，眞能使人至如是，至如是其感哉！」（註三）

李珏〈書汪水雲詩後〉云：

「吳友汪水雲出示類稿，紀其亡國之戚，去國之苦，艱關愁歎之狀，備見於詩，微而顯，隱而彰，哀而不怨，欷歔而悲，甚於痛哭。豈泣血錄所可並也？唐之事紀於草堂，後人以詩史目之，水雲之詩，亦宋亡之詩史也，其詩亦鼓吹草堂者也。其愁思壹鬱，不可復伸，則又有甚於草堂者也。噫！水雲留詩與後人哀耶？留詩與後人愁耶？可感也，重可感也。」（註五）

趙文〈書汪水雲詩後〉云：

「讀汪水雲詩而不墮淚者，殆不名人矣……暨國亡，親見蒼黃歸附，又展轉北行，道途所歷，痛心駭目，不可具道。留燕日久……皆史記所未有……君皆耳聞目見，又能寫為詩，幽憂沈痛，殆不可讀……獨留此斷腸泣血，遺千古羞與千古恨。」

由上述幾個人的意見看來，宋人已經發現汪元量的「詩史」作品有一股很強的情感震撼力，其愁思壹鬱足以使人痛哭悲咽；這股震撼力和他特殊的個人遭遇有極大的關係，而這種特殊生活經驗又來自南宋亡國的特殊歷史背景。宋人已具體的指出汪元量亡國前、後的作品，予人不同的情感震撼程度；可惜的，他們並未能指出汪元量「詩史」作品的具體「情感內容」。其實，在南宋剛滅亡之時，汪元量的作品中充滿著一股亡國的悲怨之情。入北以後，他隨著宋幼主出入上都、內地，後來又代祀嶽瀆東海，四處漂泊，作品的情感以羈旅思鄉爲主調。亡國以後，不管是伴隨三宮北上的過程、旅北期間、南歸時及入湘、蜀時，凡是足跡所到，睹物傷情，思古撫今，更多的是懷古之作。諸如這些，都是切入其「詩史」作品情感的重要關鍵，不容忽視。以下就依三類不同的主調來探討汪元量「詩史」作品的情感。

一、亡國悲怨之情

李珏說汪元量的作品「哀而不怨」，章楚藩頗不以爲然，他認爲「實則水雲之詩，可說『哀而不傷而有怨』。『哀』者，哀國破家亡、生靈塗炭；『怨』者，怨宋廷沈溺，權臣誤國、以致異族入主，國人為奴為囚。後來者足可引為教訓！因而讀水雲詩，令人墮淚，且亦為之骨立（筆者按：周方語）！」（註七）章楚藩的說法一點也不錯，汪元量的作品是有悲痛，有哀怨，但又不流於過度的傷痛。理宗時，佞臣賈似道權傾一時，朝政一日不如一日，終使元軍渡江而下，奪去大好江山。汪元量感嘆成千上萬無辜的百姓飽受戰亂之苦，四處流離，無以為家；衣食匱乏，身心不能安頓；生命及財產安全均受到威脅。他更痛恨賈似道這個萬惡的罪魁禍首，他也不能諒解南宋王室的積弱不振。上述的種種情形，看在汪元量這樣一個有儒者關懷的人眼裡，當然非常的痛心。然而，他只是一名宮廷樂師，「事去空垂悲國淚」（註八），無法扭轉乾坤，改變亡國的事實，於是只有藉由詩歌抒發一己之志，所以他此時期的作品，多充滿著無奈的悲哀與怨恨的情感。他的感嘆悲哀來自對故國的憐愛之心，其怨恨不滿來自對人民的關懷。但是，他不激動漫罵，只是理性的在詩中表達自己的意見。汪森〈湖山類稿後序〉「怨而不怒，憐而不激」（註九）的評語，更能貼切的傳達此時期的感情特色。他藉詩歌所抒發的悲怨不只是個人的，更是當時人們共同的苦難心聲，所以能獲得普遍而且熱烈的迴響。茲以以下幾首作品應證所言不虛。〈吳山曉望〉云：

「城南城北草芊芊，滿地干戈已惘然。燕燕鶯鶯隨戰馬，風風雨雨渡江船。小儒愁劇吟如哭，老子歌闌醉欲眠。一夜春寒花命薄，亂飄紅紫下平川。」（卷一・頁九）

據「編年」，這首詩作於德祐二年（一二七六）二、三月間，寫汪元量於亡國之時的春曉時分，從吳山俯望城下所見的感觸。春天是生氣蓬勃的時刻，清曉又是一日之初，此時所見之景應是美好、充滿希望的；然而在戰亂的蹂躪之下，滿地干戈，作者的心情憂煩悲涼，感受到國家的命運竟如同春寒後掉落滿地的殘花。「小儒愁劇吟如哭」，是汪元量對南宋王室真摯情感的表現；「花命薄」，象徵著南宋的國運，語氣無奈而悲哀。

〈湖州歌九十八首〉其十二云：

「受降城下草離離，寒食清明只自悲。漢寢秦陵何處在？鶯花無主雨如絲。」（卷二·頁三八）

汪元量在這首詩中，明言心中有所「悲」。所「悲」者何？漢寢秦陵不在，鶯花無主。漢寢秦陵不知在何處，不正象徵宋室的氣數已盡？「鶯花無主」，哀憐埋怨宋室的輕易降敵，致使成千上萬的百姓成為無國之人。此二句，亦悲亦怨。

〈送琴師毛敏仲北行〉其一云：

「西塞山前日落處，北關門外雨來天。南人墮淚北人笑，臣甫低頭拜杜鵑。」（卷一·頁二五）

據「編年」，這首詩當作於離杭前不久。「西塞山」在今浙江湖州境內，「北關門」就是餘杭門（註一〇），在臨安城北。《宋季三朝政要》德祐二年正月紀事有「北兵進屯北關門外」的記載，所以程一中有此二句是「借元軍的部署抒寫作者對伯顏挾重兵威迫宋主降國的悲憤」（註一一）的說法，不無歷史根據。「日落處」及「雨來天」二個陰暗凄涼的詞語，用得非常恰當，「隱括南宋拱手亡國之慘」（註一二）。第三句借南、北人心情的截然對比，鋪寫亡國的悲哀。「臣甫低頭拜杜鵑」是典故的運用，杜甫〈杜鵑〉有「杜鵑暮春至，哀哀叫其間，我見常再拜，重是古帝魂」（註一三）的詩句，鋪寫安史之亂時，兩京陷落，杜甫避難入蜀，聞鵑下拜，借蜀俗以表達故國之思，此地汪元量轉指自己亡國的悲痛及哀憐。〈滿江紅・和王昭儀韻〉云：

「天上人家，醉王母、蟠桃春色、被午夜、漏聲催箭，曉光侵闕。花覆千官鸞閣外，香浮九鼎龍樓側。恨黑風、吹雨濕霓裳，歌聲歇。　人去後，書應絕。腸斷處，心難說。更那堪杜宇，滿山啼血。事去空流東汴水，愁來不見西湖月。有誰知、海上泣嬋娟，菱花缺。」（卷五・頁一七三）

據「編年」，這首詞作於至元十三年（一二七六）抵燕之初。上片追憶宮中宴會的盛況，比喻過去的繁華似非人間所有。歇拍以「恨」領起，直言亡國之怨恨。「黑風吹雨」喻元軍的入侵，意象非常鮮明。「濕霓裳，歌聲歇」，總結南宋的亡國及繁華的消逝。下片代王昭儀抒羈北思鄉之苦及亡國的悲怨。「杜宇啼血」和〈送琴師毛敏仲〉的「臣甫低頭拜杜鵑」一樣，均爲亡國之恨的象徵，「更那堪杜宇滿山啼血」，不僅是昭儀的心情，更是汪元量自己的表白。整首詞以亡國的悲恨及思鄉情緒來貫穿。

二、羈旅思鄉之情

土地是一個人的根，南宋亡國之後，鄭思肖畫了「失根的蘭花」，譴責異族的入侵，並敘述亡國之痛。汪元量雖然被迫隨三宮北上，羈旅在燕，思念故國的心志卻不減思肖。楊積慶即云：「盡管『天家賜予意無窮』，可是實不了『萬里羈孤夜憶家』的緬懷家園故國的濃厚感情。」（註一四）王清惠〈李陵臺和水雲韻〉有「客路八千里，鄉心十二時」（註一五）句，金德淑等南宋舊宮人有〈贈汪水雲南還詞・望江南〉（註一六），均傳達了強烈的思念故國情懷。可見，故國情濃、思鄉欲歸，正是此時羈北者共同的心聲。汪元量羈北期間的作品，在敘事記實的深層，大都蘊涵著強烈的思鄉情懷。以下就以其詩、詞作品，說明汪元量羈旅思鄉之情。〈燕山九日〉云：

「九日淒涼戲馬臺，龍山高會亦塵埃。天翻地覆英雄盡，暑往寒來歲月催。人隔關河歸未得，客逢時節轉堪哀。十年舊夢風吹過，忍對黃花把酒盃。」（卷三・頁六九）

這首詩寫佳節思歸的情懷。首句以「淒涼」反襯佳節時的心境，一開始就將重陽佳節染上濃濃的灰色彩。「龍山高會」，用晉孟嘉龍山落帽的典故，緊扣「九日」之題，「亦塵埃」的心情從「淒涼」而生。「天翻地覆英雄盡，暑往寒來歲月催」，深感人是如此的渺小，最後均爲歷史的洪流所吞沒，含有無限的悲哀。「英雄盡」、「歲月催」，亦從「淒涼」的心情而生。「淒涼」的根源，則來自「人隔關河歸未得，客逢時節轉堪哀」。佳節時，人人渴望團圓，而作者有家歸不得，「獨在異鄉爲異客，每逢佳節倍思親」的心情自然而然的產生。淒涼心情無以排解，只有借酒澆愁。「忍對黃花」，其情何以堪？一個「忍」字，道盡羈旅者多少辛酸！

〈望江南・幽州九日〉云：

「官舍悄，坐到月西斜。永夜角聲悲自語，客心愁破正思家。南北各天涯。腸斷裂，搔首一長嗟。綺席象床寒玉枕，美人何處醉黃花。和淚撚琵琶。」（卷五・頁一七二）

據「編年」，此首詞作於抵燕之初。上片寫月夜中長坐不眠、聞角聲觸動思鄉情懷，想起南北相距天涯的痛苦。整首詞以「客心愁破正思家」承上啓下，開啓下片「腸斷裂，搔首長嗟」的心情。會同館內豪華的「綺席象床寒玉枕」並不能使羈旅者安然入眠，反而引起濃濃愁思，愁腸寸斷。自屈原《離騷》以降，就有以美人喻君王之意象傳統，此地之美人可影射爲南宋故君。汪元量想起從前坐擁豪華「綺席象床寒玉枕」的君王，如今也和自己一樣淪爲階下囚，無法享受佳節的歡愉，因此興起「美人何處醉黃花」的感慨，此正「長嗟」之內容。此等家國情愁縈繞在他的心頭，無法排解，因此只好「和淚撚琵琶」，以渡過漫漫長夜。對美人、故君的哀憐，喚起汪元量內心深層對故國的情懷。因此，「客心愁破正思家」的「家」，可說已由羈旅思鄉、家人，擴大到對整個故國的懷念。

〈藍田〉云：

「寒更客起卷花氈，又勒青驄過玉田。一掬歸心千澗外，十分秋思兩峰前。藍關月冷猿啼木，秦嶺風高鴈貼天。北望茂陵應咫尺，髑髏沙白草芊芊。」（卷三・頁九五）

據「編年」，此詩作於降香時。首聯以「客」點明羈旅在外，寫清曉啓程的情形。頸聯「一掬歸心千澗外，十分秋思兩峰前」，是該詩的兩大主題，前者訴說羈旅鄉愁，後者觸發懷古之情。腹聯兩句緊扣「一掬歸心千澗外」作景象的描繪，「月冷」、「猿啼」、「風高」之詞略帶蕭瑟與哀愁。尾聯兩句，遙應「十分秋思兩峰前」。「茂陵」是漢武帝的陵寢，在今陝西興平縣東北，就地理位置而言，的確在藍田的北方。「髑髏沙白草芊芊」的景象和漢武帝的豐功偉業形成強烈對比，予人無限的反思，悽婉之至。

〈一剪梅・懷舊〉云：

「十年愁眼淚巴巴。今日思家。明日思家。一團燕月照窗紗。樓上胡笳。塞上胡笳。

玉人勸我酌流霞。急撚琵琶。緩撚琵琶。一從別後各天涯。欲寄梅花。莫寄梅花。」（卷五・頁一七五）

據「編年」，此首詞作於自上都、內地回大都以後。上片因景觸懷，團月、胡笳撩起旅人思家之情，緊扣「懷舊」之題。首句「十年愁眼淚巴巴」，正是汪元量羈北心情的最佳寫照。「今日思家，明日思家」，直抒其懷，率直真摰。下片寫作者想藉喝酒、彈琵琶抒解思家的心情，然而，借酒澆愁愁更愁，思家懷舊的情緒更顯活躍；「急」、「緩」二個字，生動傳神的寫出內心的澎湃起伏。「折梅寄遠」，典出陸凱折梅寄范曄的故事，象徵著思念故人，又和「懷舊」的主題緊密結合；「欲寄」、「莫寄」之間，唯妙唯肖的刻劃羈旅者細膩的心理變化。

三、懷古之情

所謂的「懷古」之作，是指作者因實際登覽古跡或特定地點，由眼前景物觸發，撫今追昔，表現人類普遍共通的歷史幻滅情感（註一七）。在汪元量的「詩史」作品所表現出來的情感中，幾乎各個階段都有懷古的作品，所佔比例高居三類情感之冠。爲何他有這麼多的懷古之作呢？文天祥〈書汪水雲詩後〉，曾以「得於子長之游」（註一八）解釋汪元量「快逸奔放」風格產生的原因，其實這也正是他的作品爲何多表達懷古之情感的因素。南宋亡國之後，汪元量隨謝太皇太后北上，旅北期間又伴隨宋幼主前往上都、內地，並曾以翰林官身分代祀五嶽海瀆，南歸以後，亦四處漂泊，他因特殊的時代和遭遇，有機會和司馬遷一樣，游遍中國大多數的土地，看盡了歷史的陳跡；他又有一顆敏銳的心，善於觀察、反思，於是發之於詩時，就有很多懷古之作。以下就來看看他的懷古之作表現出怎樣的一種歷史情懷。〈徐州〉云：

「白楊獵獵起悲風，滿目黃埃漲太空。野壁山牆彭祖宅，壓花糞草項王宮。古今盡付三杯外，豪傑同歸一夢中。更上層樓見城郭，亂鴉古木夕陽紅。」（卷二‧頁三三）

據「編年」，這首詩作於北上途中。首句化用古詩「白楊多悲風，蕭蕭愁殺人」（註一九）詩意，重在聽覺的描寫。第二句著重在視覺的效果，渲染出一幅黃埃飛揚的獨特景觀。開頭二句就經營出悲涼迷濛的氛圍，爲三、四句的凋殘破陋預埋伏筆。徐州古稱彭城，堯帝封彭祖於此，因而得名，傳說有彭祖墓；項羽曾以此爲西楚都城，有項王宮古跡。徐州歷來爲兵家必爭之地，經過了北宋末年及南宋末年的二場大戰亂，已經滿目瘡痍。所以作者以「野壁山牆」及「壓花糞草」形容二處古跡，倍顯荒廢淒涼。五、六二句，緊扣三、四句的景象抒發滿腔的感慨。即使長壽如彭祖者，終究成爲一坏黃土；「力拔山兮氣蓋世」的項羽，雖爲一代豪傑，仍舊消殞於歷史之中，只留下殘敗、無人憑弔的彭祖宅及項王宮。最後二句以景結情，與首二句氣氛一致，有無限的無奈與辛酸在其中。全詩籠罩於消極低沈的氣息之中。

〈阿房故基〉云：

「祖龍築長城，雄關百二所。阿房高接天，六國收歌女。跨海覓仙方，蓬萊眇何許。欲為不死人，萬代秦宮主。風吹鮑魚腥，茲事竟虛語。乾坤反掌間，山河淚如雨。誰

憐素車兒，奉璽納季父。楚人斬關來，一炬成焦土。空餘此餘基，千秋泣禾黍。」（卷三・頁九一）

據「編年」，此詩作於降香時。該詩借阿房故基的聯想，觸發對秦朝興廢、朝代更替之感。首四句點題，說明阿房宮與秦始皇的關係。接下來六句，敘述秦始皇遣徐福跨海求長生不死藥的歷史事件。再來四句，以秦王子嬰素車白馬、納璽投降的事（註二〇），推翻了「萬代秦宮主」的可笑想法。「乾坤反掌間，山河涙如雨」，不僅是敘述了秦朝滅亡之事，也說明了朝代更替無常的道理，更是關聯到南宋亡國的事實。最後四句，以項羽的焚燒阿房宮、空留餘基作結，又綰合到詩題。阿房宮是秦朝功業的代表，項羽一把火，就只剩下一個餘基；如此看來，縱使強大如秦朝，亦不能逃脫歷史興廢的定律，孱弱的南宋又如何能免除?

〈孔子舊宅〉云：

「奉出天家一瓣香，著鞭東魯謁靈光。堂堂聖像垂龍衮，濟濟賢生列雁行。屋壁詩書今絕響，衣冠人物只堪傷。可憐杏老空壇上，惟有寒鵶噪夕陽。」（卷三・頁一〇五）

據「編年」，此首詩作於至元二十三年（一二八六）祭祀孔子時。首二句點明前往孔子舊宅的原因。三、四句就宅內的景象作客觀的描寫。五、六句有感而發，「今絕響」、「只堪傷」，相對於前述的「靈光」、「聖像」及「賢生」而言，無疑是個很大的諷刺。汪元量一向以儒者自居，對於千古儒者之師不再受到尊重，自然感嘆難過。末二句以景結情，「寒鴉噪夕陽」凸顯出孔子舊宅之「空」，孔子及儒家之學之不受重視可想而知，難怪汪元量要發「可憐」之嘆了。

〈蜀相廟〉云：

「我謁武侯祠，陰廊草淒淒。當時南陽結廬學龍臥，深山大澤無人知。胡為蜀先主，三顧前致辭？欲煩恢復天下計，先主籌策天下奇。浩然出山來，凜凜虎豹姿。乘時既得人，上曰眞吾師。已曉關與張，二子不復疑。孤有孔明在軍中，如龍有水相因依。曆數既有歸，破賊當自茲。可憐復漢社稷心未已，當時三峽圖壘空巍巍。先生有才過曹丕，中原恢復未可知。惜哉軍務勞，一心死無私。出師一表如皎日，千古萬世鴻名垂。」（卷四・頁一四八）

此詩記汪元量拜謁蜀相廟之感。首句先點題，「陰廊草淒淒」句佈置出陰森淒涼的氣氛，見廟之荒廢。第三句開始，回憶劉備三顧茅廬、感動孔明下山的歷史事件。第十一句開始，寫劉備與孔明合作無間，共爲恢復漢業努力，並稱頌孔明的奇才。第二十二句開始，話鋒一轉，以「惜哉」領起，感嘆哀憐孔明的操勞早逝，並讚揚他的一片忠心。若將孔明「出師未捷身先死」的耿耿忠心與南宋亡國時文武大臣的棄職遁逃並列一起，實不難體會汪元量爲何發此感嘆了。

〈六州歌頭・江都〉云：

「綠蕪城上，懷古恨依依。淮山碎。江波逝。昔人非。今人悲。惆悵隋天子。錦帆裡。環珠履。叢香綺。展旌旗。蕩漣漪。擊鼓撾金，擁瓊璈玉吹。恣意游嬉。斜日暉暉。亂鶯啼。　銷魂此際。君臣醉。貔貅弊。事如飛。山河墜。煙塵起。風淒淒。雨霏霏。草木皆垂淚。家國棄。竟忘歸。笙歌地。歡娛地。盡荒畦。惟有當時皓月，依然挂、楊柳青枝。聽隄邊漁叟，一笛醉中吹。興廢誰知。」（卷五・頁一七〇）

據「編年」，這首詞作於至元十三年（一二七六）赴燕途中。首二句直述「懷古恨依依」，所恨者何？「淮山碎，江波逝」，象徵南宋的亡國與繁華的消逝，由此引起「昔人非，今人悲」之感，正面回應了「懷古恨依依」的原因。自「惆悵隋天子」至「恣意游嬉」，追述隋煬帝恣意享樂的生活。歇拍以景結情，對於「昔人非」的作爲並未作正面的評斷，留下「斜日暉暉，亂鶯啼」的景象，給人無限的省思。下片「君臣醉，貔貅弊」二句，從隋煬帝身上過渡到南宋的君王身上，「銷魂此際」是「今人悲」的主線。從「君臣醉」自「盡荒畦」，接連多個三字句，節奏緊湊，一口氣數落並感嘆南宋君臣重蹈覆轍的錯誤，並回應上片首四句的情緒。「惟有當時皓月，依然挂、楊柳青枝」，藉著亙古長在的月亮意象，透顯景物依舊、人事全非的悲哀，緊扣「昔人非，今人悲」的主題。最後以「聽笛」作結，把滿懷愁緒宕開，留下「興廢誰知」的疑問，以俟後來者再三省思。

註釋

註　一：卷七，頁五三八。
註　二：詳細內容可參考該書頁二七三的敘述。
註　三：見〈汪元量研究資料彙輯〉，附錄一，頁一八六。
註　四：同上，頁一八七。
註　五：同上，頁一八八。
註　六：同上，頁一八七。
註　七：〈略論愛國詩人汪元量的詩歌〉，頁七七。
註　八：〈潼關〉，卷三，頁九四。
註　九：見〈汪元量研究資料彙輯〉，附錄一，頁一九二。
註一〇：見《中國都城歷史圖錄》〈南宋都城〉一節所附的「南宋臨安城復原想象圖」，頁二八。
註一一：此乃程一中賞析該詩之意見，見《宋詩大觀》，頁一三九二。
註一二：同上，頁一三九三。
註一三：《杜詩詳注》，卷一四，頁一六一二。

註一四：〈論汪元量及其詩〉，頁七五。

註一五：見〈汪元量研究資料彙輯〉，附錄一，頁二〇七。

註一六：同上，頁二三〇。

註一七：此定義參考廖振富〈唐代詠史詩之發展與特質〉一文對「詠史」與「懷古」定義的辨析，頁七——九。

註一八：見〈汪元量研究資料彙輯〉，附錄一，頁一八六。

註一九：〈古詩十九首〉其十四，蒐錄於《文選》，卷二九，頁四一九。

註二〇：《史記・高祖本紀》云：「秦王子嬰素車白馬，係頸以組，封皇帝璽符節，降軹道旁。」卷八，頁一六八。

第二節　汪元量「詩史」的風格

在中國，「風格」一詞，最早用於品評人物，它的產生受魏晉以來九品中正制度影響甚深，晉葛洪《抱朴子》（註一）及劉宋劉義慶的《世說新語》（註二）中不乏這類例子。直到劉勰《文心雕龍》出現，將「風格」一詞用於文學領域內（註三），開始系統的探討文學之「風格」。根據近代人的研究，《文心雕龍》中「風格」與「體性」一詞是相等的，二者都是指作者才性生命之姿貌與作品語文藝術之姿貌的綜合（註四）。〈體性〉篇中又明白的提出決定文學風格的因素有四：才、氣、學、習（註五）。前二者是「情性所鑠」，屬於個人先天稟賦的範疇；後二者是「陶染所凝」，屬於後天的學習和環境的影響。劉勰的種種看法對後代「風格」論的確立發生重大的影響，在他之後，歷代都曾沿著這個脈絡對文學的「風格」作進一步的探討（註六）。「風格」一詞，大致相當於西方的「style」，它在西洋文學理論中原本也有歧義，但最完整的定義，則都兼顧到作者與作品二個層面，如「風格是一個人要表現自己的意識，要表現自己的思想，而且要用最恰當的媒介來表現它們」（註七）。近人又將中國傳統的「風格」觀念與西洋文學理論互相融合，重新定義，茲舉例如下：姚一葦〈論風格〉說：「所謂風格，乃一個時代的一般性或社會意識，與一個藝術家的特殊性或個人意識，透過藝術品的形式與品質而形成的那一個藝術家的世界。」（註八）王明居說：「風格是作家的藝術個性在作品中的集中表現，是藝術獨創性的標誌，是作家藝術才華的凝聚，也是作家藝術上成熟的標誌。」（註九）張高評說：「所謂風格，是一種表現方式，詩人秉其才能氣質，選取題材，進行構思，驅遣語言，以表現詩趣。可見，風格是內容和形式、思想和藝術間的巧妙結晶。」（註一〇）綜合傳統與現代的定義，所謂的「風格」，可說是作家受內在情性及外在陶染的影響，在文學作品的內容與形式上的綜合表現。

承上所言，每個作家的內在情性及所處的外在環境都不一樣，所以風格正可以作爲不同作家的區隔，絕對不會有二個作家有完全相同風格的作品，不同的作家自然表現出不同的文學風格；而且，即使是同一個作家，也可能因爲外在環境的改變與人生閱歷的不同，而出現不同風格的作品。汪元量「詩史」作品所表現出來的風格正是這種情形。根據宋、元時人的批評，他的作品至少有三種風格。文天祥〈書汪水雲詩後〉云：

「（《行吟》）讀之如風檣陣馬，快逸奔放。」（註一一）

趙文〈書汪水雲詩後〉云：

「又能寫為詩，幽憂沈痛，殆不可讀。」（註一二）

元鄭元祐《遂昌雜錄》云：

「（汪元量）工於詩，詩皆清麗可喜。」（註一三）

關於文天祥的說法，有二點要補充說明。第一，《行吟》蒐錄的只是在亡國前及剛亡國時的作品，並不能代表汪元量的所有作品，文天祥並未來得及對汪元量所有的作品作一整體的評論。第二，無論在亡國前或亡國以後，汪元量都有「快逸奔放」的作品，但這卻不是其風格的主調。劉辰翁在〈夷山醉歌〉下批曰：

「二詩迭宕。」（卷三・頁一〇二）

在〈七月初七夜渡黃河〉「長河界破東南天，怒濤日夜如奔川」二句下亦批曰：

「頗自迭宕。」（卷三・頁一〇四）

程亦軍說：

「汪元量一生慷慨悲歌，南吟北嘯，創作極為豐富，作為一個多產作家，他的藝術風格就不可能是單一的。除了沈鬱哀婉的詩篇之外，汪元量還頗有些豪放之作，〈夷山醉歌〉、〈別楊駙馬〉、〈太華峰〉、〈余將南歸燕趙諸公子攜妓把酒餞別醉中作把酒聽歌行〉、〈燕歌行〉等就是典型的例子。」（註一四）

劉辰翁所指出來的「迭宕」之作、程亦軍所說的「豪放」之作，和文天祥「快逸奔放」的說法是可以相通的，而且他們所指出的作品就包括了亡國前、後二時期；因此，我們的確可以肯定汪元量是有一些很好的「快逸奔放」之作。但是，「快逸奔放」之作畢竟佔汪元量作品的少部分，甚至他的這類作品中仍脫離不了悽婉哀怨的特色。章楚藩的說法很值得參考，他說：

「水雲南吟北嘯，也有如文天祥所稱『快逸奔放』之詩。那是得之『子長之游』、『江山之助』。如〈夜渡黃河〉、〈夷山醉歌〉：『長河界破東南天，怒濤日夜如奔川』，『狂來拔劍斫河水，欲與祖逖爭雄鞭』，『人生得意且盡歡，何須苦苦為高官』，先是故作豪宕，終因報國有心，回天無力而『空回旋』、『心茫然』，徒成嘆息，其基調仍為哀怨，乃是詩人潛氣內轉而發為激楚悲音。」（註一五）

至於《遂昌雜錄》：「皆清麗可喜」的說法，亦值得爭議。第一，它所舉的〈送琴師毛敏仲北行〉其一、〈北師駐皋亭山〉及〈題王導像〉三首詩，寫亡國的悲哀傷痛、譴責宋室及大臣的苟安求和，意境淒涼悲愴，就不是「清麗可喜」的風格。第二，汪元量南歸之後的確有一些「清麗可喜」、「恬淡」的作品，如〈綿州〉、〈隆慶府〉、〈漢州〉、〈重慶府〉（註一六）等，但，這些作品所佔的比例畢竟是少數。因此，鄭元祐「清麗可喜」（註一七）的說法，也只能說是汪元量少數作品的風格。又曾廷枚《西江詩話》亦有「工詩，清麗可喜」的論調，與鄭元祐說法如出一轍，或者即源於鄭說，就不再討論。在上述三種說法中，最能代表汪元量「詩史」作品風格的應是趙文「幽憂沈痛」的說法，後代汪元量研究者的說法大都由此出。《四庫全書・總目提要》云：

「其詩多慷慨悲歌，有故宮離黍之感。」（註一八）

程亦軍說：

「汪詩的基本風格是沈鬱、哀婉、淒惻，很像杜詩，但較杜詩更悲涼、沈悶。」（註一九）

董冰竹說：

「他的詩淒蒼哀婉，多故國禾黍之悲。」（註二〇）

章楚藩說：

「其詩於憂國傷時的深沈聲調中，更多的是無可奈何的悲哀。」（註二一）

孔凡禮評他的詞說：

「德祐之變以後，詞風一變，留燕期間〈憶秦娥〉、〈人月圓〉等作，淒涼哀怨，令人泣下，乃遺民之心聲。」（註二二）

楊樹增〈字字丹心瀝青血・水雲詩詞評〉一文是目前為止針對汪元量詩詞作較深入探討的，他對汪元量詩、詞的風格論述，很值得參考。他說：

「元量的詩風在一生不同的經歷之中有一些變化。國亡前，他的〈孫殿帥從魏公出師〉、〈魯港敗北〉等詩，寫得豪宕、憤激。亡國之初，他的〈湖州歌〉、〈醉歌〉等詩，寫得悲慨、雄渾。北上后期，專意學杜，〈長城外〉、〈李陵臺〉等詩，愴惻中有道健。南歸後，心情漸趨平淡，〈綿州〉、〈漢州〉等詩，恬淡中有冷漠。他寫不同地方的風物，也多少染有地方色彩。北上前，詩中有江南歷來傳統的纖麗、委婉的風韻，如『楊柳兮青青，芙蓉兮冥冥，美人不見空淚零。錦梁雙燕來又去，夜夜蟾除窺玉屏。』意雖淒涼，寫得卻婉轉秀麗。北上時，詩中有唐人邊塞詩派的豪壯雄樸，如『長河界破東南天，怒濤日夜奔如川……揚帆一縱萬里目，身世恍若槎中仙。』筆勢豪健，有浪漫主義特色。盡管如此，他的詩風最基本的、最具特徵的還是悲愴沈痛。」（註二三）

楊樹增所說的「恬淡」、「婉轉秀麗」和鄭元祐所指的「清麗可喜」有些類似，他所說的「豪壯雄樸」又相似於文天祥所說的「快逸奔放」，都屬於汪元量作品的次要風格。他又認為汪元量早期的詞作走著「典雅派」的路子，以工筆重彩描繪南宋宮掖的豪奢生活；亡國以後的作品，則寫得淒惋、清麗、纏綿，才是他的代表作（註二四）。

根據上述各家的意見及個人閱讀的心得，我認為在汪元量不同的風格中，悲涼淒蒼、哀婉悽惻、悲愴沈痛才是他作品的主調。「風格」既然是文學作品內容及形式的綜合表現，那麼某一「風格」評語若是能兼及二者，當然是最好不過的。無論是幽憂沈痛、悽測悲涼、淒涼哀怨或是悲愴沈痛，都是指哀傷悲痛的意思（註二五），偏重於情感內容的表現，未及形式技巧之特色；若著一「婉」字，更能突顯作者將此感情委婉的寄託在景物、事件中的特色。因此，個人以爲用「悽婉」二字就足以概括汪元量「詩史」的代表風格。所謂的「悽婉」是指「詩人對美好事物破滅後所感到的悲慟；或者是美好理想破滅後的失望與悲哀；或是巨大的災難突然降臨時，大眾痛苦的聲音。伴隨它的節奏，低沈而緩慢。其表現手法往往是睹物思情，將哀傷的感情委婉地寄託在眼前景物之中。然而，也有以和婉的口吻來敘事，從事件中反映沈痛心情的。」（註二六）根據前面對「風格」一詞的界定，我們知道「風格」的產生受內在情性及外在陶染的影響；而汪元量「悽婉」風格作品的大量產生，最主要是受到外在陶染所致，時代的因素則是最根本的原因。楊成鑒〈文學作品風格的形成〉清楚的說明二者的關係，他說：

「當元蒙統治者挾其金戈鐵馬之勢，橫行天下。宋鼎播遷，帝昺投海。南宋遺民親睹蒙古鐵騎具有雷霆萬鈞之力，深知自己無力回天，滿目瘡痍，滿腔哀憤；於是出現汪元量、鄭所南、張炎、蔣捷等一些詩人詞客寫出了風格悽婉的詩詞。」（註二七）

汪元量原本是南宋宮廷的一名樂師，親自目睹甚至體驗過繁華的生活，直到元軍入城時，親眼見到各種燒殺擄掠，深刻感受到社會動亂及亡國的可怕，內心自然充滿著失落與悲慟。亡國之後，他隨三宮北上，又伴隨幼主前往上都、內地，過著淒涼寂寞、艱辛刻苦的生活；之後，又跋山涉水的代祀五嶽東海，在羈旅漂泊中，他走遍變色的河山，看遍淪爲敵人統治下的百姓，經常勾起他的故國鄉土之思、感嘆歷史的興廢存亡。他的特殊個人遭遇是在南宋亡國的特殊時代背景下所造成的，因著這些特殊經驗，使他有著不同於別人的感情世界，因此能寫出大量的亡國悲怨、羈旅思鄉及懷古之作。這樣的情感，有悲怨、有淒涼、有沈痛、有感傷，他又擅長用「淚」、「愁」、「悲」、「哀」、「客」、「孤」、「夢」及「憶」等字眼來表達，在敘事及寫景之中若隱若現的反映心境，更添悽婉之感。除此之外，杜甫詩風對汪元量的詩風也有若干程度的影響。汪元量「詩史」特色的產生是直接受到杜甫的啓發，他的時代背景、個人遭遇和杜甫類似，生命情懷也與之契合感通（註二八），其風格自然也會受到杜甫「詩史」風格的重大影響。劉辰翁於〈杭州雜詩和林石田〉詩題下批：「此數詩，老杜〈秦州〉詩。」於該詩其十九首末又云：「雜老杜詩中不辨。」（註二九）楊樹增說：「如〈秋日酬王昭儀〉：『愁到濃時酒自斟，挑燈看劍淚痕深。黃金臺隗少知己，碧玉調湘空好音。萬葉秋風孤館夢，一燈夜雨故鄉心。庭前昨夜梧桐雨，勁氣蕭蕭入短襟。』愛國感情深摯，格調沈鬱、哀惋而鏗鏘有聲，確有杜詩沈鬱雄深之風。將其〈浮丘道人招魂歌〉與杜的〈乾元中寓居同谷縣作歌七首〉、其〈兵後登大內芙蓉閣宮人梳洗處〉與杜的〈哀江頭〉對照，便清晰地看出他學杜詩脈胳、氣韻的痕跡。「天下幾人學杜甫，誰得其皮與其骨？《歸田詩話》評元量詩『意極淒惋』，趙文在元量詩稿序中說其詩『幽憂沈痛』，元量自己也說：『我作哀章淚淒愴』，他的詩確實有杜甫詩那替悲愴沈痛的風格。」（註三〇）由此可知汪元量的詩風的確受到老杜若干程度的影響（註三一）。以下就拿實際的作品來應證說明汪元量「悽婉」的風格。

〈曉行〉云：

「癡坐書窗待曉鐘，背燈無語意無窮。一家骨肉正愁絕，四海弟兄如夢同。西舍東鄰今日別，北魚南鴈幾時通。行行忍見御溝水，流出滿江花片紅。」（卷一・頁二七）

據「編年」，此詩作於德祐二年（一二七六）三月、閏三月間，敘寫汪元量北上之前告別家人親友的心情。首句著一「癡」字，可見離別前內心之茫然無助；著一「待」字，更包含著百般複雜的情緒，想到天明之後就要與故山好水相別，既是不忍睡，又是無法入眠，這種等待是多麼艱辛難挨的。然而，縱然有千萬種思緒在腦海裡翻滾，卻是「無語」，頗有柳永「竟無語凝噎」（註三二）的滋味，意極淒婉。中間四句，爲「意無窮」卻「無語」暗作註解，骨肉分離、鄰里相別，「此情何以堪」（註三三），多少不忍與無奈在其中。尾聯以「行行」刻劃其心境，極其傳神，才二個字就把「行行重行行，與君生別離，相去萬餘里，各在天一涯，道路阻且長，會面安可知」（註三四）的離別心情完全概括了。末句以「流出滿江花片紅」作結，彷彿可見二行紅淚在襟前，難怪劉辰翁要說：「淚盡詩盡。」悲愴感傷之情盡躍紙面。

〈水龍吟‧淮河舟中夜聞宮人琴聲〉云：

「鼓鼙驚破霓裳，海棠亭北多風雨。歌闌酒罷，玉啼金泣，此行良苦。駝背模糊，馬頭匼匝，朝朝暮暮。自都門燕別，龍艘錦纜，空載得、春歸去。　目斷東南半壁，悵長淮、已非吾土。受降城下，草如霜白，淒涼酸楚。粉陣紅圍，夜深人靜，誰賓誰主。對漁燈一點，羈愁一搦，譜琴中語。」（卷五‧頁一七一）

據「編年」，此詞作於至元十三年（一二七六）北上途中。作者借由琴聲的觸發，從北行之苦寫到亡國的悲哀，聲情幽怨淒婉。首二句化用白居易「漁陽鼙鼓動地來，驚破霓裳羽衣曲」（註三五）的句子，借由唐朝安史之亂總提南宋亡國之事，起筆突兀，彷彿千鈞重擔驟然壓下，令人招架不住，「驚」字正是此種心理反應的最佳寫照。「歌闌酒罷」以下至「春歸去」，透過北行之苦的刻劃中暗寓亡國的痛苦。「玉啼金泣」化用李賀〈金銅仙人辭漢歌〉的序意（註三六），寫易代被遣之悲，此乃心理層面之苦。「駝背模糊，馬頭匼匝」，化自杜甫「馬頭金匼匝，駝背錦模糊」（註三七）的句子，寫肉體之苦。此二種苦，更因爲過度驚嚇、無心理準備而放大千萬倍，前著一「驚」字，正爲此地之「苦」預作鋪填。歇拍以「自都門燕別，龍艘錦纜，空載得、春歸去」收束，著一「空」字，將「龍艘錦纜」的豪華完全否定，透顯多少嘲弄與悲哀在其中。「春」字既點明赴燕的季節，「春去」也是亡國的象徵，自然逗起下片強烈直敘的亡國情愁，委婉淒愴。自「目斷東南半壁」至

「淒涼酸楚」，寫故國山河的淪陷，是第一層的悲哀；「粉陣紅圍，夜深人靜，誰賓誰主」，以問句反詰，寫三宮與宮女等俱淪爲元人之「臣妾」的情形，是進一層的悲哀，直欲叫人落淚。「對漁燈一點，羈愁一搦，譜琴中語」，反扣詞題，將滿腔淒涼酸楚剎時之間收入琴聲，在頓挫之間造成情感的激盪迴旋，無限低沈哀痛。

〈秋日酬王昭儀〉云：

> 「愁到濃時酒自斟，挑燈看劍淚痕深。黃金臺隗少知己，碧玉調湘空好音。萬葉秋風孤館夢，一燈夜雨故鄉心。庭前昨夜梧桐語，勁氣蕭蕭入短襟。」（卷三．頁六九）

據「編年」，此詩作於至元十五年（一二七八）秋天。首句「愁到濃時」總提全篇詩意。「挑燈看劍」用辛棄疾〈破陣子〉「醉裡挑燈看劍，夢回吹角連營」（註三八）意思，感嘆報國無門，重提亡國悲事，無限悲怨。「黃金臺隗」用燕昭王築黃金臺納賢士之典（註三九），「碧玉調湘」用宋汝南王爲碧玉作歌之典（註四〇），一方面感嘆知己少，一方面更珍惜與王昭儀之交，間接傳達二人同樣孤寂的心境與悲愴的情懷。「萬葉秋風孤館夢，一燈夜雨故鄉心」，觸景生情，直抒羈旅思鄉之情，輾轉勾起故國之思，悽惻悲涼。以上三事，緊扣著「愁到濃時」的主線，將愁緒在剎那間凝結、聚集，形成強烈的情感震撼力。尾聯將滿腔愁緒宕開，回到眼前之景，借秋天蕭瑟的氣象，總結悽悽慘慘的情愁，哀怨婉轉，令人無限低迴。

〈潼關〉云：

「蔽日烏雲撥不開，昏昏勒馬度關來。綠蕪逕路人千里，黃葉郵亭酒一盃。事去空垂悲國淚，愁來莫上望鄉臺。桃林塞外秋風起，大漠天寒鬼哭哀。」（卷三・頁九四）

據「編年」，此詩作於降香時。全詩以「事去空垂悲國淚，愁來莫上望鄉臺」的心情為主軸。首句「蔽日烏雲撥不開」，兼顯、隱二層意義，灰濛的氛圍既是眼前實景，和下句「昏昏」的心情連成一氣，倍增愁雲慘霧的氣息；「浮雲蔽日」又有國君為小人所隱蔽的的典型象徵。在此，汪元量藉由特殊環境的補捉，及象徵手法的運用，把南宋末年國君為權佞所控制，國政不清明，最後甚至導致亡國的種種情形關聯在一起，直接催生「空垂悲國淚」的情感，何其哀怨。三、四句寫自己行經千里，在潼關停歇的情形，正面扣題；「人千里」的遙遠與「酒一盃」的微薄，兩相對照，可想見代祀之辛苦。漂泊羈旅之際，人的內心最脆弱，最易興起家國之思，自然生發「愁來莫上望鄉臺」的感嘆，未經歷其境者，如何體會個中滋味？「空垂」與「莫上」，語氣極其無奈、悲涼。尾聯，以「桃林塞外秋風起，大漠天寒鬼哭哀」作收，景中有情，情中有心酸，直有杜甫「新鬼煩冤舊鬼哭，天陰雨濕聲啾啾」（註四一）的淒婉悲愴。

〈錢塘〉云：

「躑躅吞聲淚暗傾，杖藜徐步浙江行。青蕪古路人煙絕，綠樹新墟鬼火明。事去玉環

沈異域，愁來金鋺出佳城。十年草木都麋爛，留得南枝照淺清。」（卷四・頁一一九）

據「編年」，此詩作於至元二十六年（一二八九）返抵錢唐之時。首四句，寫作者「杖藜徐步浙江行」所聞所見的景象。「躑躅」就是杜鵑，杜鵑的哀鳴聲最易勾起亡國的傷痛，起句就拋出濃得化不開的情愁。「青蕪古路人煙絕，綠樹新墟鬼火明」，是戰後荒涼殘破的最佳寫照。以上三個景象所觸發、凝聚的情感，就在五、六兩句爆發。「事去玉環沈異域，愁來金鋺出佳城」，記至元十五年（一二七八）元僧楊璉真伽發掘宋諸帝陵寢、欺虐骸骨、盜劫珍寶諸事，「玉環」、「金鋺」指出自「佳城」所出陪葬寶物，「沈異域」即指其爲元人所奪，此二句隱含很深的亡國愁緒與悲慨（註四二）。「十年草木都麋爛」回應「青蕪古路人煙絕，綠樹新墟鬼火明」的荒涼景象，「南枝」化用「胡馬依北風，越鳥巢南枝」的詩意，象徵著思念家鄉。末了二句，是說經過亡國災變之後，縱使一切荒殘，當時的草木也都已經麋爛，自己思念家國的情懷依舊不改，語氣堅定，感情深摯。〈鶯啼序・重過金陵〉云：

「金陵故都最好，有朱樓迢遞。嗟倦客、又此憑高，檻外已少佳致。更落盡梨花，飛盡楊花，春也成憔悴。問青山、三國英雄，六朝奇偉。　麥甸葵丘，荒臺敗壘。鹿豕銜枯薺。正潮打孤城，寂寞斜陽影裡。聽樓頭，哀笳怨角，未把酒、愁心先醉。漸夜深，月滿秦淮，煙籠寒水。　悽悽慘慘，冷冷清清，燈火渡頭市。慨商女不知興廢。隔江猶唱庭花，餘音亹亹。傷心千古，淚痕如洗。烏衣巷口青蕪路，認依稀、王謝舊鄰里。臨春結綺。可憐紅粉成灰，蕭索白楊風起。　因思疇昔，鐵索千尋，謾沈江底。揮羽扇、障西塵，便好角巾私第。清談到底成何事。回首新亭，風景今如此。楚囚對泣何時已。歎人間、今古眞兒戲。東風歲歲還來，吹入鍾山，幾重□（註四四）翠。」（卷五・頁一八〇）

據「編年」，這首詞作於汪元量乞黃冠南歸後。〈鶯啼序〉詞調共計四片，篇幅很長，適合鋪寫，汪元量本以賦筆著稱，更是得心應手。第一片總寫。首二句檃括謝朓「江南佳麗地，金陵帝王州。逶迤帶淥水，迢遞起朱樓」（註四五）的詩意，以「朱樓迢遞」概括金陵之好，予人美好、深刻之印象。「嗟倦客」起，話鋒一轉，心境也爲之一轉。汪元量之所以自稱「倦客」，實在是因爲歷盡辛酸，厭倦世事，心境悲淒，才發此感嘆。「又此憑高」，呼應題目之「重過」，至此已把題目交代清楚，接下來見景觸懷的感受正是這首詞精彩的地方。「檻外已少佳致」，是憑高後所見的景象；「更落盡梨花，飛盡楊花，春也成憔悴」，採用加倍的寫法，對「少佳致」作進一步的補充說明。「少佳致」，一方面是感嘆金陵在南宋亡國時受到的破壞，一方面更因爲「倦客」移情入物的心理作用，倍覺金陵城的荒涼殘破。「春也成憔悴」，含多重意義，一者以殘春的景象來寫金陵的蕭條、淒寂，一者呼應「倦客」的心情，同時也關聯到南宋的亡國、繁華易逝、世事滄桑等諸多感慨。面對這些感慨的翻湧，汪元量的心中產生虛幻與落寞，於是興起「問青山」的奇想，問問永恆的青山，那些作爲金陵繁華代表的「三國英雄，六朝奇偉」究竟是怎麼一回事？

第二、三片具體寫重遊金陵所見之破敗、淒涼景象，並藉此思考「春也成憔悴」所引發出來的諸多問題。「麥甸葵丘，荒臺敗壘。鹿豕銜枯薺」，分別化用姜白石〈揚州慢〉詞意（註四六），及伍子胥諫吳王而不被接納時所說的「臣今見麋鹿游姑蘇之臺也」（註四七）。「正潮打孤城，寂寞斜陽影裡」，化用劉禹錫「山圍故國周遭在，潮打孤城寂寞回。淮水東邊舊時月，夜深還過女墻來」（註四八）的詩意。「月滿秦淮，煙籠寒水」，和下片的「慨商女不知興廢，隔江猶唱庭花」，都化自杜牧的〈泊秦淮〉（註四九），爲了求句型的變化與句意的創新，特地將原詩拆作二處使用。這四個用典之處，均寓黍離之感，是典型的「金陵懷古」意象，著重在所見的描寫。「聽樓頭，哀笳怨角，未把酒、愁心先醉」，是作者獨創的佳句，穿插在四個典故意象中，有錦上添花之妙。「聽樓頭，哀笳怨角」，是就聽覺作描寫。「未把酒、愁心先醉」，是綜合視覺所見及聽覺所聞的心情反應，是他對國家興廢存亡道理的體悟，同時也引發一分濃濃的亡國情愁，哀怨悲涼。

第三片的上半部以「燈火渡頭市」直接銜接第二片「月滿秦淮，煙籠寒水」的景象及感懷，「悽悽慘慘，冷冷清清」的句子得自李清照〈聲聲慢〉的啓發，既是「燈火渡頭市」實際氣氛的點染，更是汪元量「傷心千古，淚痕如洗」的心情寫照，悲咽淒絕。「烏衣巷口青蕪路」以下轉至對繁華易逝、世事滄桑之感的推證。王導、謝安雖然曾風光一時、手握重權，張麗華雖然曾得寵於陳後主，而它們最後畢竟都逃脫不了世事滄桑、繁華易逝的定律，無限幽怨哀婉。

第四片從對歷史興廢存亡、繁華易逝及世事滄桑的認同中回到對南宋亡國的具體省思與批評。南宋、東吳、東晉，都是偏安一隅的政局，因此作者在第四片開始以「因思疇昔」領起，帶領讀者從前二者的亡國事件中去反思南宋的歷史悲劇。「鐵索千尋，謾沈江底」，是指東吳曾以鐵索橫江，作為防禦之用，但終於被晉將王濬燒斷，致使天塹無憑、國祚淪亡之事（註五〇）。此地暗譏南宋不從根本上去增強國力，徹底驅逐外患，只知採取被動防禦的錯誤。「揮羽扇、障西塵，便好角巾私第」典出《世說新語》，〈輕詆〉云：「庾公（亮）權重，足傾王公（導）。庾在石頭，王在冶城。坐大風揚塵，小以扇拂塵曰：『元規塵污人。』」〈雅量〉又載庾有東下意，王曰：「若其欲來，吾角巾徑還烏衣，何所稍嚴。」（註五一）合二者看，此處實有指責南宋士大夫不能戮力同心、不能以大事為重的意思。「回首新亭，風景今如此。楚囚對泣何時已」，引用《世說新語》「過江諸人，每至美日，輒相邀新亭，藉卉飲宴。周侯中坐而嘆曰：『風景不殊，正自有山河之異。』皆相視流淚。唯王丞相愀然變色曰：『當共戮力王室，克復神州，何至作楚囚相對！』」（註五二）的記載，借過去的歷史經驗，責備南宋士大夫面對時局的危難而束手無策。「歎人間、今古真兒戲」，總結三朝亡國悲劇所得到的感悟，無限的感慨與惋惜。「東風歲歲還來，吹入鍾山，幾重□翠」，是經過反覆思索、推證所得到的答案，與第一片的「問青山」相呼應。作者終於體悟到：繁華易逝、興廢必然，世事滄桑也是人間不變的道理，但是「憔悴」的春天又會在東風吹入鍾山時甦醒，於是較能坦然的接受這一切，從「繁重的精神枷鎖中解脫出來了，獲得了精神的自由」（註五三）。

綜觀全詞，以淒清悲婉為其主調，堪為汪元量「悽婉」風格的代表作。董冰竹說：「通篇辭情悲憤淒絕，寫景與寓意渾為一體，的確是宋亡遺民詩詞的上乘之作。」（註五四）孔凡禮說：「格調蒼涼淒婉，意境深遠，是作者的代表作，也超出了宋遺民的同類作品。」（註五五）他們不但明確的指出該詞「悽婉」的風格，對它的評價也很高。

註釋

註　一：〈疾謬〉云：「以傾倚屈申者，為妖妍標秀；以風格端嚴者，為田舍朴騃。」外篇，卷二五，頁六。

註　二：〈德行〉云：「李元禮風格秀整，高自標持。」頁三。

註　三：〈議對〉云：「漢世善駁，則應劭為首。晉代能議，則傅感為宗。然仲瑗博古，而銓貫有敘。長虞識治，而屬辭枝繁。及陸機斷議，亦有鋒穎，而諛辭弗剪，頗累文骨，亦各有美，風格存焉。」卷五，頁四三八。

註　四：此乃蕭麗華〈論杜詩沈鬱頓挫之風格〉一文綜合黃季剛「體斥文章形狀，性謂人性氣有殊，緣性氣之殊而所為之文異狀」、李健光「體是文章之體製，亦即文章之形態，性是作家之性格，亦即作家之素養，作家之性格與文章之體製相結合，即構成文章之體度風格」及廖蔚卿「體性便是風格」之說所下的定義。頁一一二。

註　五：〈體性〉云：「然才有庸儁，氣有剛柔，學有淺深，習有雅鄭，並情性所鑠，陶染所凝，是以筆區雲譎，文苑波詭者矣。故辭理庸儁，莫能翻其才；風趣剛柔，寧或改其氣；事義淺深，未聞乖其學；體式雅鄭，鮮有反其習。」卷六，頁五〇五。

註　六：楊成鑒〈詩文風格的歷史沿革〉對此有詳細說明，見《中國詩詞風格研究》，第一章，第一節，頁一——一七。

註　七：蕭麗華〈論杜詩沈鬱頓挫之風格〉一文引英國藝術評家赫伯・瑞德（Herburt Read）的話，頁八。

註　八：《藝術的奧祕》，頁三〇九。

註　九：見〈寒瘦——孟郊、賈島的詩歌風格美〉，蒐錄於《唐詩風格美新探》，頁一九六。

註一〇：見〈不犯正位與宋詩特色〉，蒐錄於〈宋代文學研究叢刊〉，創刊號，頁八九。

註一一：見〈汪元量研究資料彙輯〉，附錄一，頁一八六。

註一二：同上，頁一八七。

註一三：同上，頁一九九。

註一四：〈論愛國詩人汪元量及其詩歌〉，頁五九。

註一五：〈略論愛國詩人汪元量的詩歌〉，頁七七。

註一六：〈綿州〉云：「綿州八月秋氣深，芙蓉溪上花陰陰。使君喚船復載酒，書生快意仍長吟。擊鼓吹笙勸客飲，脱巾露髮看日沈。歸來不知其所往，但見月高松樹林。」〈隆慶府〉云：「雁山突兀插青天，劍閣西來接劍泉。如此江山快人意，滿船載酒下潼川。」〈漢州〉云：「馬踏巉巖緩著鞭，漢州城外看青天。雲横疊嶂吞殘日，風卷崇岡起曉煙。地拔翠峰森似笋，溪明錦石小如錢。官郵睡足出門去，信口語言詩未圓。」〈重慶府〉云：「鐵作篙師鐵作舟，風撞浪湧可無憂。林間麋鹿遥相望，峽裡蛟龍横不休。目斷弔橋空悄悄，頭昏伏枕自悠悠。錦城秋色追隨盡，好處山川更一游。」分別見卷四，頁一四二、一四七、一五〇及一五一。

註一七：見〈汪元量研究資料彙輯〉，附錄一，頁二〇三。

註一八：見《湖山類稿》之提要，頁二二一。

註一九：〈論愛國詩人汪元量及其詩歌〉，頁五八。

註二〇：語見〈鶯啼序·重過金陵〉賞析文中，蒐錄於《宋詞鑒賞辭典》，頁一一〇二。

註二一：〈略論愛國詩人汪元量的詩歌〉，頁七七。

註二二：見〈汪元量事跡紀年〉，附錄二，頁二三七。

註二三：頁一一八。

註二四：見一頁一一八——一二〇的說明。

註二五：以下附《說文》對各字的解釋。憂，愁也（頁五一四）。悽，痛也（頁五一二）。惻，痛也（頁五一二）。悲，痛也（頁五一二）。哀，閔也（頁六一）。愴，傷也（頁五一二）。怨，恚也（頁五一一）。

註二六：語見楊成鑒《中國詩詞風格研究》一書對「悽婉品」風格的定義，第二章，第二節，頁一一二。

註二七：同上，第一章，第三節，頁三九。

註二八：杜甫對汪元量詩風的影響，詳見本論文〈汪元量「詩史」的特徵及其形成背景〉中「對老杜詩的推崇與學習」一段，第二章，第二節，頁七三——七五。

註二九：劉說分別見卷一，頁一七及二三。

註三〇：〈字字丹心瀝青血——水雲詩詞評〉，頁一一七。

註三一：汪元量的詩風的確受到杜甫的影響，但他的「悽婉」和老杜的「沈鬱」畢竟是不同的，詳細討論見本論文〈汪元量「詩史」與其他作家比較〉中汪元量與老杜詩風的比較一段，第六章，第一節。

註三二：〈雨霖鈴〉有「執手相看淚眼，竟無語凝噎」之句，見《樂章集》，頁五三。

註三三：劉辰翁批註。

註三四：〈古詩十九首〉其一，蒐錄於《文選》，卷二九，頁四一七。

註三五：〈長恨歌〉，見《白氏長慶集》，卷一，頁一四一。

註三六：序云：「魏明帝青龍元年八月，詔宮官牽車西取漢孝武捧露盤仙人，欲立置前殿。宮官既拆盤，仙人臨載，乃潸然淚下。」

註三七：〈送蔡希曾都尉還隴右因寄高三十五書記〉，《杜詩詳注》，卷三，頁四一四。

註三八：《稼軒詞》，卷八，頁三。

註三九：燕昭王欲徵求賢士，以報齊仇，問于郭隗。郭隗說：「今王誠欲致士，先從隗始。」於是昭王為之造宮室，以師禮待之，賢士聞風而至，終破齊國。見《戰國策・燕策一》，卷二九，頁二三五。

註四〇：《樂府詩集》引《樂苑》曰：「〈碧玉歌〉者，宋汝南王所作也。碧玉，汝南王妾名。以寵愛之甚，所以歌之。」卷四五，頁六六三。

註四一：〈兵車行〉，《杜詩詳注》，卷二，頁二六四。

註四二：有關元僧發墓之事，從以下諸史料的記載，可知汪元量寫作此詩時心情是如何悲慨的。周密《癸辛雜識・續集》「楊髡發陵」條云：「至元二十二年（一二八五）八月內有紹興路會稽縣泰寧寺僧宗允、宗愷盜斫陵木，與守陵人爭訴，遂稱亡宋陵墓有金玉異寶說。誘楊總統詐稱楊侍郎、汪安撫侵占寺地為名，出給文書，將帶河西僧人部領人匠丁夫，前來將寧宗、楊后、理宗、度宗四陵盜行發掘，割破棺槨，盡取寶貨，不計其數。又斷理宗頭，瀝取水銀含珠，用船裝載寶貨回至迎恩門……其宗允、宗愷并楊總統等發掘得志，又於當年十一月十一日前來將孟后、徽宗、鄭后、高宗、吳后、孝宗、謝后、光宗等陵盡發掘，劫取寶貨，毀棄骸骨其下。」卷上，頁七九。陶宗儀《輟耕錄》「發宋陵寢」條並補充唐珏及林景熙收宋室骸骨之義舉，並以「至元、丙子，天兵下江南，至乙酉（至元二十二年），將十載，版圖必已定，法制必已明，安得有此事？然戊寅（至元十五年）距丙子不三年，竊恐此時庶事草創，而妖髡得以肆其惡」為由，推翻周密「至元二十二年發墓」的說法，主張元僧盜陵應在戊寅（至元十五）年。卷四，頁四四九至四五六。《宋史翼》承陶說，云：「至元十五年（一二七八）楊璉真伽盡發宋諸陵，時景曦故為杭丐者，背竹籮，持竹夾，遇物即以夾投籮中，又鑄小銀牌繫腰間，賄西番僧，僧左右之，果得高、孝兩朝骨，為兩函貯之，葬紹興之蘭渚山，植冬青樹志之。」卷三二，頁一三九二。今人，如夏承燾、葉嘉瑩亦都贊同「至元十五年」發墓盜陵之說，見葉嘉瑩〈天香‧龍涎香〉之賞析，蒐錄於《唐宋詞舉鑒賞辭典》，頁一二八五。

註四三：〈古詩十九首〉其一，蒐錄於《文選》，卷二九，頁四一七。

註四四：《全宋詞》「翠」前有「蒼」字，校云：「案『蒼』字原缺，據《詞譜》卷三十九補。《歷代詩餘》卷一百作『黃』，蓋皆臆補。」頁三三三〇。孔凡禮衡量各說，最後以□代之，

「校」云：「幾重□翠」之『□』原缺，據《彊叢邨書》補。頁一八一。

註四五：〈隋王鼓吹曲〉，蒐錄於《文選》，卷二八，頁四一三。

註四六：〈揚州慢〉序云：「淳熙丙申至日，予過維揚。夜雪初霽，薺麥彌望。入其城則四顧蕭條，寒水自碧，暮色漸起，戍角悲吟。予懷愴然，感慨今昔，因自度此曲。千巖老人以為有黍離之悲也。」見《白石道人歌曲》，卷四，頁一。姜詞感懷揚州今昔之變，汪詞則借以感嘆金陵的興廢。

註四七：《史記．淮南衡山列傳》，卷一一八，頁一二五八。

註四八：〈金陵五題．石頭城〉。見《劉夢得文集》，卷四，頁二九。

註四九：詩云：「煙籠寒水月籠沙，夜泊秦淮近酒家。商女不知亡國恨，隔江猶唱後庭花。」

註五〇：《晉書．王濬傳》，卷四二，頁一二〇九。

註五一：分別見頁五一九及五二二七。

註五二：〈言語〉篇，頁五七。

註五三：語出董冰竹的賞析文章，蒐錄於《宋詞鑒賞辭典》，頁一一〇四。

註五四：同上，頁一一〇五。

註五五：語出孔凡禮的賞析文章，蒐錄於《唐宋詞鑒賞集成》，頁一二七四。

第六章　汪元量「詩史」與其他作家之作品比較

「詩史」一詞在晚唐經孟棨提出以後，有宋一代，曾經對此觀念繼續熱烈的探討，確定它是對杜甫其人及作品的專稱與推崇，它是以詳實的敘事手法記載個人身世與時代命運相聯結的特殊內容，並藉此呈現作者對歷史事件、人物的褒貶態度。但是，隨著此觀念的廣佈，它也有逐漸普遍化的情形，宋人認爲只要具備「詩史」的特色，就可以以「詩史」來稱呼某人的作品，並不侷限於杜甫的作品，汪元量「詩史」就是在這樣的潮流下被提出，甚至到了明、清之際，時人也以之稱吳梅村的作品。同樣是「詩史」的稱號，同樣具有反映特殊歷史背景、呈現作者對歷史事件、人物的褒貶態度二大特徵，個別的詩人由於所處的時代環境、個人的經歷遭遇不同及種種的原因，所表現出來的「詩史」特色仍有或多或少的差異，因此以下試著以杜甫、吳梅村的「詩史」與汪元量「詩史」作一比較，以期更突顯汪元量「詩史」的面貌。

本章首先將汪元量「詩史」與杜甫、吳梅村「詩史」作比較，是立足於三者共有的「詩史」特色上；接下來再將汪元量「詩史」與南宋遺民詩人的作品作比較，則是以他們共處同一個時代爲基礎。所謂的南宋遺民詩人，是指南宋淪亡後不願屈膝降服新政權之遺民，他們以詩歌表彰抗元的志節，以文天祥、鄭思肖、林景熙、謝翺、謝枋得等爲代表（註一）。德祐元年（一二七五）時，元兵已逐漸壓境，文天祥自願入衛勤王，二年（一二七六）時又與伯顏抗論皋亭山，隨後開始流亡與反攻的行動，直至厓山兵敗，被執入獄，不屈而死（註二）。鄭思肖字憶翁，號所南，其字、號均示不忘宋之意思，在宋亡之後，經常向南野哭，不與北人交接，聞北語則掩耳而走，畫蘭不畫土根，謂地爲異族所奪（註三）。林景熙字德陽，號霽山，於國亡之後，隱而不仕，至元十五年（一二七八）元僧楊璉真伽盡發宋諸陵時，先生僞爲杭丐，背竹籮，手持竹夾，尋覓高、孝兩陵骨，納竹籮中，歸葬紹興，因植冬青樹以志之（註四）。謝翺字皋羽，宋亡之後，傾盡家產，招募鄉兵跟從文天祥勤王，天祥被執後，謝翺亡匿四方，及聞天祥就義，悲不能自已，因作〈西臺慟哭記〉及〈楚歌〉，慟天祥之犧牲及南宋之亡國（註五）。謝枋得字君直，號疊山，宋亡，元屢徵入仕，不從，福建行省參政魏天祐強薦之，被迫北上，不食而死（註六）。汪元量和這些遺民詩人一樣，在南宋亡國之後，都經歷了「山河破碎風飄絮，身世浮沈雨打萍」（註七）的時代苦難，而且都以自己的方式對亡宋盡一分心力，處在這樣的相同背景中，他們所表現出來的作品有何同異？這也是進一步認識汪元量其人及其作品的重要切入點。

註釋

註一：這裡所舉出的遺民詩人代表，以潘玲玲〈南宋遺民詩研究〉所舉為主。

註二：有關文天祥的基本資料詳見本論文〈汪元量「詩史」的內涵〉中「歌頌文天祥的忠愛正義」一段，第三章，第二節，頁一五五——一六一。

註三：詳見《宋史翼》，卷三四，頁一四九五——一四九七。

註四：同上，卷三二，頁一三九二。

註五：同上，卷三五，頁一五〇一——一五〇五。

註六：《宋史．謝枋得傳》，卷四二五，頁一二六九〇。

註七：文天祥〈過零丁洋〉，《文山先生全集．指南後錄》，卷一四，頁二九五。

第一節　汪元量「詩史」與杜甫「詩史」比較

在第二章〈汪元量「詩史」的特徵及其形成背景〉中，我們歸納出杜甫「詩史」及汪元量「詩史」都具有「記實敘事」及「褒貶精神」的特徵；但是，在這相同特徵之下，二者仍有許多的差異。從「詩史」封號的指稱而言，汪元量「詩史」是專指其作品特色而言，而杜甫「詩史」則尚包括對杜甫本人人格的尊稱，這是宋人推崇中國詩歌史上第一個「詩史」作家所賦予的最高榮譽（註一）。

從「詩史」記實敘事的特徵來看，二人反映出的內涵仍有籠統與較具體之別。作爲一個大時代下的作家，杜甫能以任何題材來反映動蕩社會的真實面貌，他寫上層社會的浮華享樂，他寫安史之亂前、後黎民百姓的流離失所，他也寫自己漂泊湘、蜀一帶的困苦生活……而他最經常使用「大題材小寫，寬題材窄寫」（註二）的手法來處理這些社會樣態，朱安群〈漫談杜詩的現實主義〉說：

「安祿山攻破潼關后，玄宗倉皇出逃，以至許多王公貴族都不知消息，未及隨駕奔亡，長安一片混亂，人們驚惶失措，這樣的難堪局面，作者只用一篇〈哀王孫〉就概括地表現出來了。玄宗幸蜀，楊貴妃賜死，這樣的大事，杜甫只在〈哀江頭〉中用感嘆方式提到：『明眸皓齒今何在，血污游魂歸不得』，在〈北征〉中用歷史故實來影射：『不聞夏殷衰，中自誅褒妲』。題材越是重大，從正面著筆越困難，杜甫總是從側面、從獨特角度去反映。哥舒翰在楊國忠的瞎指揮下，改守為攻，造成潼關失守，一二十萬人馬悉數覆滅。杜甫對此，只是在回首往事時提到：『潼關百萬師，往者散何卒。遂令半秦民，殘害為異物。（〈北征〉）』又在告誡其他將領不要重蹈哥舒翰的覆轍時寫道：『哀哉桃林戰，百萬化為魚。請囑防關將，愼莫學哥舒。』（〈潼關吏〉）這樣，雖無記述，但有感嘆，有抨擊，事件還是反映出來了，而且效果更好。」（註三）

朱安群所說的「題材越是重大，從正面著筆越困難，杜甫總是從側面、從獨特角度去反映」，這正是一種化繁爲簡、以概括代具體、以小包大的手法。這種記實敘事的表現手法，和汪元量「詩史」仍有所區別。在反映特殊時代的內容上，汪元量似乎較習慣於「具體」的記錄下各種東西，而少採取籠統的描述。趙仁珪說：「（汪元量）善于通過刻畫歷史的真實細節來加強紀實的深度。」（註四）因此在譴責賈似道專權弄國的事件上，他並不是泛泛的說賈似道仗權霸道，而是在作品中逐一的數落其不是，包括其用人、施政、對外、軍事及個人生活等方面，這比起杜甫以「明眸皓齒今何在，血汚游魂歸不得」來感嘆楊妃的死當然是具體多了。又如爲了歌頌文天祥的忠愛正義，他在〈浮丘道人招魂歌〉中一而再、再而三的以各種不同的辭彙稱許文天祥「忠肝義膽不可狀，要與人間留好樣」的佳行，絕不是三言二語就輕而易舉的帶過去。再如在記錄元兵入城、宋室投降以至於三宮北上等史事上，汪元量都巨細靡遺的記載，彷彿就是一部詳細的南宋覆亡史（註五）。在反映特殊時代的內容上，無疑的，汪元量採取更具體的描述。

從藝術技巧而言，杜甫和汪元量都喜歡以篇幅自由、用韻較寬的連章形式來表現「詩史」內容。杜詩連章數，以篇數論，約佔總數百分之十二，以章數論，可達總數百分之三十一；汪詩連章數，以篇數論，約佔總數百分之九，稍弱於杜詩，以章數論，因爲有長達九十八首的〈湖州歌九十八首〉，所以可達總數百分之四十九，又強於杜詩甚多。在各詩體中，杜詩最多者爲五律，佔連章總篇數的百分之四十八，佔連章總章數的百分之四十二（註六）；汪詩最多者則爲七絕，佔連章總篇數的百分之四十八，與杜詩不相上下，然而卻佔連章總章數的百分之七十二左右，主要也是因爲〈湖州歌九十八首〉而使比例大大升高。杜詩的連章結構，一篇之中，少則二章，最多的〈秦州雜詩〉可達二十章；汪詩的連章結構，除了二、三、四、五等少章數者外，又有二十、二十三首者，甚至有九十八首的長篇巨作，純就篇幅而言，是杜詩比不上的。但是二人在以連章形式從事「詩史」創作時，最大的不同應在結構方面。杜詩的連章以結構嚴密取勝，爲昔賢所交譽，例如《仇注》就說：「杜詩每章，各有起承轉闔，其一體數章者，互爲起承轉闔。」（註七）至於汪詩的連章，則以詳細記實爲主，雖亦有講究結構的篇章，但，鬆散的結構還是佔了連章總篇數的三分之二。

從風格而言，汪元量「詩史」風格的產生的確受到杜甫很大的啓發與影響，但是「凡詩，一人有一人本色」（註八），二者其實還有不同。杜甫「詩史」以「沈鬱」爲主要風格，汪元量「詩史」則以「悽婉」爲主要風格。根據蕭麗華〈論杜詩沈鬱頓挫之風格〉一文的研究，認爲杜甫「沈鬱」

的風格具備了莊嚴的悲感、深廣的憂思及含蓄的義蘊三種特質（註九）。所謂「莊嚴的悲感」，是指作者對人世、理想等無可奈何而又執守不放的事、物，所發出的生命悲感；汪元量面對逐步走向覆亡的南宋，無能爲力，只好「以詩鳴史，展現儒者的關懷」（註一〇），其情形正與此相類。所謂的「深感的憂思」，一方面指作品要能反映現實人情之千態，一方面指作者能體驗生命苦難之萬狀；汪元量作品中所記實敘事及褒貶之內容確實能反映當時人情之千態，他在國亡之後羈旅漂泊的生活，也可以說是體驗了生命苦難之萬狀了。所謂的「含蓄的義蘊」，指作者以含蓄曲折的手法來表達其憂思悲感，杜甫雖然多直陳其事的作品，但這並不妨礙它具有含蓄的義蘊；汪元量的作品雖然多賦筆，但他也常將情感暗藏景物、事件及悲淒孤寂、哀傷悽愴之字眼中，言外仍有不盡之玄機，也有不少的作品是符合「含蓄義蘊」的特點。由此看來，二人「詩史」的風格是具有若干相同的特質。程亦軍已經指出這個特點，他說：

「汪詩的基本風格是沈鬱、哀婉、淒惻，很像杜詩，但較杜詩更悲涼、沈悶。」（註一一）

程亦軍雖然指出汪元量具有「沈鬱」的基本風格，但是，同時他亦看出汪詩的風格和老杜的「沈鬱」其實仍有所不同，而造成二者不同的關鍵差別應該在時代因素，章楚藩的說法是個很好的註腳。他說：

「杜甫所處的是由盛轉衰的時代，安史之亂使國家遭到大破壞，但人們對民族的前途命運畢竟未失去希望，反映在杜詩中，雖『感時花濺淚，恨別鳥驚心』，但國破山河終在（〈春望〉）；『花近高樓傷客心，萬方多難此登臨』，而『北極朝廷終不改』（〈登樓〉），聲情是沈鬱悲壯的。汪元量所經歷的是南宋的淪喪，『如此山河落人手』，大勢已不可挽回，其詩於憂國傷時的深沈聲調中，更多的是無可奈何的悲哀。」（註一二）

因爲處於這種無可挽回的時代悲劇下，汪元量的作品多表現亡國悲怨、羈旅思鄉及懷古的情感，並且喜於詩詞中用「淚」、「愁」、「悲」、「哀」、「客」、「孤」、「夢」及「憶」等字眼，致形成「悽婉」的主要風格。

註　釋

註　一：詳見本論文〈汪元量「詩史」的特徵及其形成背景〉說明，第二章，第一節。

註　二：語見朱安群〈漫談杜詩的現實主義〉，蒐錄於《杜甫傳記資料》冊一一，頁一〇。

註　三：同上。

註　四：《宋詩綜横》，頁二七二。

註　五：有關汪元量「詩史」所具體記載的內容，詳見〈汪元量「詩史」的內涵〉，第三章，第一節。

註　六：有關杜詩連章結構的比例及特色請參考陳師文華〈杜甫詩律探微〉的研究，第五章，頁二一——二二。惟陳師將各詩體中連章篇、章數與各詩體總篇、章數作比較，所以得出七絕連章佔七絕總章數的百分之七十九的結果，位居各體之冠。個人居於與第六章第三節的表格標準一致，所以根據陳師之表格，換算成同一模式，得出杜詩連章形式最多者為五律，佔連章總篇數的百分之四八，佔連章總章數的百分之四二的結果。註　七：陳師文華《杜甫詩律探微》引，頁二二。

註　八：語見《唐音癸籖》，卷二五，頁六七四。

註　九：詳見〈「沈鬱」新解〉，第二章，第三節，頁四九——六一。

註一〇：詳見本論文〈汪元量「詩史」的特徵及其形成背景〉「以詩鳴史，展現儒者的關懷」一段，第二章，第二節。

註一一：〈論愛國詩人汪元量及其詩歌〉，頁五八。

註一二：〈略論愛國詩人汪元量的詩歌〉，頁七六——七七。

第二節　汪元量「詩史」與吳梅村「詩史」比較

吳梅村是明末清初著名的詩人，他的作品在當時受到相當的好評。錢謙益〈梅村家藏稿序〉云：「梅村之詩，可學而不可能者。」（註一）《清史稿・文苑傳》亦謂其「蔚爲一時之冠。」（註二）他的作品最爲人所津津樂道的就是反映明末清初歷史的「詩史」特色。徐元潤云：

「吾鄉梅村先生之詩，亦世之所謂詩史也。」（註三）

潘應椿〈吳詩集覽序〉云：

「梅村生遭亂離，親見中原板蕩之艱，其身之所歷，目之所接，一寓之於詩。梅村之詩，一代之史繫之。」（註四）

《艮齋雜說》云：

「（梅村）身遭鼎革，觸目興亡，其所作〈永和宮詞〉、〈琵琶行〉、〈松山哀〉、〈鴛湖曲〉、〈雁門尚書〉、〈臨淮老妓〉，皆可備一代詩史。」（註五）

鄭方坤〈梅村詩鈔小傳〉亦云：

「（梅村）所作〈永和宮詞〉、〈琵琶行〉、〈松山哀〉、〈雁門尚書行〉、〈思陵長公主輓詩〉諸什，鋪張排比，如李龜年說開元天寶遺事，皆可備一代詩史。」（註六）

除了反映明末特殊歷史之外，吳梅村的「詩史」亦有史家褒貶的筆法。陸次雲曰：

「梅村效琵琶、長恨體，作〈圓圓曲〉以刺三桂。曰：『衝冠一怒為紅顏』，蓋實錄也。三桂齎重幣，求去此詩，吳勿許。當其盛時，祭酒能顯斥其非，卻其賂遺而不顧，於甲寅之亂，似早有以見其微者。嗚呼！梅村非詩史之董狐也哉！」（註七）

綜合上述各家的評論，可知吳梅村的「詩史」和汪元量的「詩史」一樣，都具有反映特殊時代及褒貶精神二大特徵。但，二人因時代背景、個人遭遇及詩歌潮流的不同，他們雖然具有反映特殊時代及從事褒貶的相同目的，所使用的方法卻仍有很大的不同。以下分別說明。

從個人遭遇而言，吳梅村生於萬曆年間，在崇禎朝時，春風得意，仕途順利，心懷「得吾君而事之，有死而無貳；不得吾君而事之，潔身守志，其道亦有死而無貳也。君臣之義，無所逃於天地之間」（註八）之志，因此在明亡以後，築梅村隱居，以實現己諾。可是事與願違，清順治十年，吏部侍郎孫承澤薦其「學問淵深，器宇凝宏，東南人才，無出其右者」（註九），且「老親懼禍，流涕催裝」（註一〇），加上性格柔弱，考慮「脫屣妻孥非易事」（註一一），不敢有壯士斷腕般的強硬抗拒，在不得不的情況下被迫出仕。他的變節仕清與平常言行不符，為天下士子大張撻伐，內心飽受著矛盾與痛苦的煎熬，常生愧悔之心，造成終身難以彌補的遺憾。其〈懷古兼弔侯朝宗〉云：「死生總負侯嬴諾，欲滴椒漿淚滿樽。」（註一二）〈與子暻疏〉云：「吾以草茅諸生，蒙先朝巍科拔擢，世運既更，分宜不仕，而牽戀骨肉，逡巡失身，此吾萬古慚愧，無面目以見烈皇帝及伯祥諸君子，而爲後世儒者所笑也。」（註一三）二者均強烈的傳達此種心情。

再從大時代的背景來看，明末衰亡之際，朋黨傾軋，士大夫每因言罹禍，文人常有動輒得咎的擔憂。直到清兵入關，爲了牢籠士大夫，兼行高壓與懷柔政策，一方面連歲開科，廣開仕進機會，一方面又藉科場大興文字獄，散播恐怖氣氛，文士每每懼「詩禍史禍」而「惴惴莫保」（註一四），其情形較之明末有過之而無不及。這種時代氣氛對文人的創作造成很大的影響，吳梅村生長期間，自然不能不受其感染。

綜合看來，吳梅村處改朝換代之際，變節仕清，事後後悔不已，雖欲「以詩記史」，表現對故國的情感，但因處在異族文字獄壓迫的恐怖之中，不得不謹言慎行，於是在從事詩歌創作時，自然多用婉轉曲隱之筆，而少直陳其事、直記其言。章太炎〈錢謙益別錄〉云：

「合肥龔鼎孳，太倉吳偉業，皆以降臣善詩歌，時見憤激。而偉業辭特深隱，其言近誠。」（註一五）

程穆衡〈吳梅村編年詩箋序〉云：

「事關兩姓之間，語以微文為主，而復雅擅麗才，鍾鑪今古，組織風雲。指事則情遙，微辭則境隱。自非心會微旨，無以罄諸語言。」（註一六）

二人不但都指出其曲隱的「詩史」特色，同時也看出這與他的變節仕清有密切的關係。

除了時代背景及個人遭遇的因素之外，吳梅村以曲隱之筆從事「詩史」創作，也是受到當時詩潮的影響。有宋一代，「賦體詩史」觀念大盛（註一七），雖然當時亦有人持反對的意見，但，它仍是詩壇主流的思潮。一直到明代中、後期，詩歌「比興」的傳統再度被發現，杜甫「直陳其事」的「賦」筆手法大爲文人所詬病，他們不但把「比興」的地位抬高到「賦」筆之上，同時深入的去反省甚至否定傳統的「詩史」觀念，轉而從比興寄託的角度去探尋詩與史的關聯。到了清初，詩壇重新發展出「比興」的「詩史」觀念，強調作者運用褒貶美刺的原則從事創作，將歷史的記錄暗藏於比興手法之中，而讀者則必須藉由「知人論世」、「以意逆志」的方法去還原作者原意，更進一步結合了「詩」與「史」的關係，再一次確立「詩史」的崇高地位。吳梅村生逢其時，自然受到此詩潮的影響，因此其「詩史」作品亦多「比興」，蕭馳《中國詩歌美學》就看出了這個特色。他說：

「吳偉業的敘事詩是一部以宮廷生活為中心的朱明王朝的衰亡史和挽歌，但是，詩人並不從正面描寫明王朝和農民軍以及滿清貴族的衝突，他總是通過具體人物的遭遇，從不同側面去反映這一歷史，反映官僚貴族們縱情聲色之逸而釀成亡國之禍的教訓

（〈圓圓曲〉、〈臨淮老妓行〉）。他以公主嬪妃，宮廷樂工，歌伎藝人這些情感纏綿、纖細的人物為對象，在他們個人的愁思中揉進自己不能明言的悲哀傷感。這是一種比興手法，一種抒情詩的手法。」（註一九）

吳梅村這種以他人代己言、以他事間接暗示本事來呈現內心的情感及想法，正是傳統「比興」手法的運用，因爲不是直接敘述，所以呈現出「曲隱」的特色。

觀吳梅村「詩史」作品「比興」手法的運用、「曲隱」特色的形成，其實與他在詩作中大量運用歷史典故有很大的關係。如〈圓圓曲〉用吳王夫差典故，從夫差的敗亡預示吳三桂的前景，因爲不便直言，而繞了個圈子，致生曲深含蓄之美。黃錦珠《吳梅村敘事詩研究》云：

「唯其身歷鼎革，處兩姓之間，敘事詩所紀，又多興亡史事，觸新朝大忌，援筆行文，誠亦不得直抒心臆。寫作技巧表現為使事用典，而致詩風曲深外，褒貶評議，復益暗伏深藏，令詩之旨涵，曲折幽隱。」（註二〇）

吳梅村「詩史」和汪元量「詩史」都是對其作品特色的指稱，但，相對於吳梅村以「曲隱」之筆從事「詩史」的創作，希望後世「讀其詩而知其『寄託』良苦」之用心（註二一），汪元量的「詩史」雖然不失含蓄的義蘊，其筆法則更偏向於「賦筆」。從個人遭遇而言，吳梅村生於明末清初，身歷亡國之變，明亡之後，以曾任高官的身分出仕清廷，受到天下之非議，雖然內心有極大的不安與矛盾，充滿著亡國的悲痛，礙於特殊身分仍不便直言。汪元量亦處於國家覆亡的大變局，南宋政權瓦解之後，隨三宮被俘北上，當時元人積於政治利益的考量，大肆的籠絡漢人，曾授予翰林官位（註二二），但他一直戀戀不忘故國舊君，羈燕期間，曾數度探視被囚的文天祥，以忠孝與之互勉，並且與三宮共患難，所作所爲與其自期的「儒者關懷」（註二三）無二致，故能心安理得，並無吳梅村的矛盾與愧疚，因此可以直記南宋故事，直敘亡國歷史與悲痛……所以即使是奉元世祖的命令前往代祀，他仍可以自在的詩作中寫出「三宮萬里知安否？何日檀欒把壽觴」（註二四）的句子，真誠不欺的展現對宋故君的衷心關懷。

從大時代的背景而言，有宋一代，尊王攘夷思想盛行，春秋學研究蔚爲時代風尚，重一字一言之褒與貶，因此即使是直言褒貶的賦筆作品，也能被坦然的接受（註二五）；況且，「他是一個琴師，比較接近生活在底層的宮人。他比較地沒有顧忌，能言人之所不敢言。」（註二六）直到南宋亡於元，元人對於宋人有關「漢民族之思想言論卻未採取嚴厲的壓制手段，故終元九十一年之間，未興一文字獄」（註二七），學術思想亦非常自由，並無清初諸帝施行的「文字獄」恐怖；所以汪元量在從事詩歌創作時，大可直陳其事、直敘其言而無任何擔憂恐懼，「侍臣已寫歸降表，臣妾僉名謝道清」（註二八）、「望斷援兵無信息，聲聲罵殺賈平章」（註二九）等句子就是最好的證明。

除了上述二個原因之外，宋代流行的「賦體詩史」觀念，也是構成汪元量「詩史」和吳梅村「詩史」不同的重要因素。宋人在孟棨說法的基礎上繼續發掘探討，將「詩史」界定爲「以詳實的敘事手法，記載個人身世與時代命運相聯結的特殊內容，並藉此呈現作者對歷史事件、人物的褒貶態度」，因爲強調「敘事記實」的藝術手法，所以使「詩史」作品在「賦、比、興」的傳統創作手法中，比較接近「賦」。這和明、清以後強調「以比興手法爲詩」所寫出的「詩史」作品自然不同。如〈南歸對客〉（註三〇）開頭便明言「北行十三載」，中又云「前年走河北」，接著又云「去年及淮南」，最後言「今年歸湖山」等等，完全是直敘其事的「賦」筆手法。

註釋

註一：蒐錄於《梅村家藏稿》，頁五。

註二：卷四九一，頁一一一四〇。

註三：徐元潤為顧師式〈梅村先生年譜〉序，蒐錄於《梅村家藏稿》。

註四：見乾隆四〇年刊本之《吳詩集覽》，靳榮藩輯。黃錦珠〈吳梅村敘事詩研究〉引，第七章，第二節，頁二〇九。

註五：蒐錄於《吳詩談藪》，卷上，頁一一。

註六：《清朝詩人小傳》，卷一，頁一八。

註七：《圓圓傳》，蒐錄於《吳詩談藪》，卷上，頁一一。

註　八：〈李貞女傳序〉，見《梅村家藏稿》，卷三二，頁一四六。

註　九：《清史列傳》，第五編，頁四三八。

註一〇：〈與子暻疏〉：「十年危疑稍定，謂可養親終身，不意荐剡牽連，逼迫萬狀，老親懼禍，流涕催裝。」《梅村家藏稿》，卷五七，頁二四七。

註一一：〈賀新郎・病中有感〉。同上，卷二二，頁一〇九。

註一二：同上，卷一六，頁八六。

註一三：同上，卷五七，頁五。

註一四：〈與子暻疏〉云：「改革後，吾閉門不通人物。然虛名在人，每東南一獄，長慮收者在門，又詩禍史禍，惴惴莫保。」同上。

註一五：《錢謙益別錄》，黃天驥〈論吳梅村的詩風與人品〉引，頁五五。

註一六：〈吳梅村先生編年詩箋序〉，附於程穆衡原箋的《吳梅村先生編年詩集》。黃錦珠〈吳梅村敘事詩研究〉引，第二章，第三節，頁四四。

註一七：有關「賦體詩史觀念」，可參考龔鵬程〈論詩史〉一文，蒐錄於《詩史本色與妙悟》，第二章，頁五二至五三。

註一八：關明代中、後期「詩史」觀念的轉變，請參考龔鵬程〈論詩史〉一文，蒐錄於《詩史本色與妙悟》，第二章，頁五一——七五。

註一九：第五章〈中國古典詩歌藝術史論之一：人間哀樂的宣敘・敘事詩藝術的發展〉，頁一二一。

註二〇：第七章〈結論〉，頁二〇七。

註二一：陳廷敬〈吳梅村先生墓表〉云：「吾詩雖不足以傳遠，而是中之寄托良苦，後世讀吾詩而知吾心，則吾不死矣。」蒐錄於《吳詩集覽》。

註二二：詳見本論文〈汪元量「詩史」的內涵〉「記錄伴隨三宮旅北的生活實況」一段，第三章，第一節。

註二三：詳見本論文〈汪元量「詩史」的特徵及其形成背景〉「以詩鳴史，展現儒者的關懷」一段，第二章，第二節。

註二四：〈南嶽道中〉其一，卷三，頁一〇二。

註二五：詳見本論文〈汪元量「詩史」的特徵及其形成背景〉「尊王攘夷思想盛行，春秋學研究蔚為時代風尚」一段，第二章，第二節。

註二六：孔凡禮〈關于汪元量的家世、生年和著述〉，頁一〇七。

註二七：見包根弟《元詩研究》，第一章，頁一五。

註二八：〈醉歌〉其五，卷一，頁一四。

註二九：同上，頁一三。

註三〇：卷四，頁一二三。

第三節 汪元量「詩史」與南宋遺民詩人作品的比較

潘玲玲〈南宋遺民詩研究〉是近幾年來首次對南宋遺民詩人作大規模研究者，她在〈南宋遺民詩之評價〉中給南宋遺民詩極高的評價。她說：

「宋朝末年，局勢雖動盪不安，然於宗國未亡之際，詩人所吟詠者，仍因襲江湖詩派之尾聲，不免流於猥俚孱弱，瑣屑偏僻之習。及至國亡，異族入主中原，強胡鐵騎，粉碎曾經繁華鼎盛之市朝，但見天地之間，腥羶遍布，詩人怵目驚心，於是本屬刻畫煙雲，寄情風月之筆，乃一變而為復仇雪恥之精神武器，在宋代詩史上，留下可歌可泣之篇章。」（註一）

根據她對南宋遺民詩人及其作品的整體研究，南宋遺民詩大致包括褒忠頌義、抒發忠義之志、感時記事、感懷故國及詠物寄懷等五大內容。所謂的「褒忠頌義」，是指對過去或當代忠義烈士的歌詠，如文天祥的〈祖逖詩〉：

「平生祖豫州，白首起大事。東門長嘯兒，為遜一頭地。何哉戴若思，中道奮螳臂。豪傑事垂成，今古為短氣。」（註二）

汪元量「詩史」中亦有此類作品，如〈李陵臺〉：

「伊昔李少卿，築臺望漢月。月落淚從橫，悽然腸斷裂。當時不愛死，心懷歸漢闕。豈謂壯士身，中道有摧折。我行到寰州，悠然見突兀。下馬登斯臺，臺荒草如雪，妖氛藹冥濛，六合何恍惚。傷彼古豪雄，清淚泫不歇。吟君五言詩，朔風共嗚咽。」（卷三・頁八二）

又如〈居延〉：

「憶昔蘇子卿，持節入異域。淹留十九年，風霜毒顏色。嚙氈曾牧羝，跣足涉沙磧。日夕望漢君，恨不生羽翼。一朝天氣清，持節入漢國。胤子生別離，回視如塊礫。丈夫抱赤心，安肯淚沾臆。」（卷三・頁八三）

又如〈昭君墓〉：

「一昔王昭君，遠嫁單于去。上馬出宮門，琵琶語如訴。昔為漢宮妃，今作胡虜婦。別來歲月深，竟入泉下路。還知身後名，青草覆孤墓。」（卷三・頁八四）

上述三首詩，一方面在歌頌「持節入異域」的歷史人物，另一方面亦藉此表明自己羈北的心情及艱辛。汪元量「詩史」中歌頌最多的是文天祥舍生取義、殺身成仁的忠義精神（註三），〈讀文山詩稿〉云：

「一朝禽瘴海，孤影落窮荒。恨極心難雪，愁濃鬢易霜。燕荊歌易水，蘇李泣河梁。讀到艱難際，梅花鐵石腸。」（卷三・頁八八）

〈文山道人事畢壬午臘月初九日〉云：

「厓山禽得到燕山，此老從容就義難。生愧夷齊尚周粟，死同巡遠只唐官。雪平絕塞魂何往，月滿通衢骨未寒。一劍固知公所欠，要留青史與人看。」（卷三・頁一〇九）

然而，和這些遺民詩人較不一樣的是：汪元量在「詩史」作品中，不僅褒忠頌義，也有不少譴責批判的作品。他不但譴責異族入侵，更大加撻伐賈似道弄權亡國、大臣失職棄國及謝太皇太后輕易降國（註四）。這種「褒貶精神」的無所不流露，正是汪元量「詩史」與他們作品不同之處。

所謂的「抒發忠義之志」，是指作者表達內心對故國的一片忠誠。南宋亡國之後，這些不願入仕的遺民，或遁入黃冠，或隱居山林……他們也以詩歌鳴志，紛紛在作品中表達恥事異族、期望故土重光之願……鄭思肖〈此心〉云：

「此心期不變，曾灑血為盟。舉世無人識，終年獨自行。海中擎日出，天外喚風山。淨盡去雲霧，重開白晝明。」（註五）

汪元量曾在〈妾薄命呈文山道人〉中云：「誓以守貞潔，與君生死同。」（註六）並在面謁文天祥時，以「忠孝」互勉（註七），明白的表達自己的忠義之心。但，大部分的時候，他很少像遺民詩人一樣的直接抒發忠義之志，而是藉由上述對歷史人物的歌頌稱揚中間接的傳達此信念。

所謂的「感時記事」，是指遺民詩人們記身歷大時代動盪中之所見所聞所感。這些作品具有強烈的寫實性，因此極具史之價值。林景熙〈故相賈居〉云：

「當年構華居，權焰傾衛霍。地力窮斧斤，天章煥丹艧。花石擬平原，川途致茲壑。唯聞丞相嗔，肯後天下樂。我來陵谷餘，山意已蕭索。蒼生墮顛崖，國破身孰託。空悲上蔡犬，不返華表鶴，丈夫保勳名，風采照麟閣。胡為一聲鉦，聚鐵鑄此錯。回首未草碑，荒煙掩餘怍。」（註八）

汪元量「詩史」的另一特徵就是「敘事記實」，這也是他作品的主要內涵。在亡國之前，他的作品記錄了上層社會華靡享樂的生活；亡國之時，他又記錄了廣大社會種種不安的事實、元兵入城及宋室投降議和的實況及三宮北上的歷史真相；亡國之後，他則記錄伴隨三宮旅北的生活實況、南歸的過程及南歸以後的生活實況（註九）。這些作品在他「詩史」中所佔的比例相當的高，可以說他是集中全力在為那個時代寫歷史，這是遺民詩人們所比不上的。

宋代理學興盛，講求「春秋大義」及「夷夏之辨」，所以在國亡家破之後，大多數的讀書人仍抱持著對故國故君的眷念及忠誠，反映在遺民詩人的作品中，每每多故國之思的內容。謝翱〈近體〉云：

「南雁去來盡，音書不可憑。應過蠻嶺瘴，聞拊楚臣膺。滄海沈秦璧，愁雲起舜陵。可堪夢魂在，回首舊觚稜。」（註一〇）

因爲處於特殊的大時代環境之中，且有著與別人不一樣的羈北經歷，所以汪元量作品中多反映亡國悲怨、羈旅思鄉及懷古情感內容，因此他也有許多和遺民詩人一樣透顯出黍離之感、表達對故國、家鄉思念的作品（註一一）。

遺民詩人作品中，也有很多的詠物寄懷之作，鄭思肖〈菊花歌〉云：

「太極之髓日之精，生出天地秋風身。萬木搖落百草死，正色與秋爭光明。背時獨立抱寂寞，心香貞烈透寥廓。至死不變英氣多，舉頭南山高嵯峨。」（註一二）

汪元量「詩史」中詠物之作則是寥寥可數，他唯一的一首詠物詩是〈錦城秋暮海棠〉：

「錦城海棠妙無比，秋光染出胭脂蕊。日照殷紅如血鮮，箭砂粒粒眞珠子。玉環著酒睡初覺，臉薄粉香淚如洗。絳紗穿露水晶圓，笑殺荷花守紅死。蜀鄉海棠根本別，有色有香成二美。春花開殘秋復花，簸弄東君權不已。錦袍公子汗血駒，賓客諠譁閒朱紫。有酒如池肉如山，銀燭千條照羅綺。蕭娘十八青絲髮，手把金鍾歌皓齒。神仙艷骨世所無，歌聲直入青雲裡。江南倦客慘不樂，嗚笛哀箏亂人耳。干戈滿地行路難，屏裡吳山數千里。遙憐花國化青蕪，浪蕊浮花敢欣喜。草堂無詩花無德，竊號花仙寧不恥。春花撩亂亦可憐，秋花爛熳何為爾。花前妙舞曲未終，紅雪紛紛落流水。薄命佳人只土塵，拋杯拔劍長歌起。」（卷四．頁一三六）

如果把詞作也納入，則尚有〈玉樓春．賦雙頭牡丹〉、〈鶯啼序．宮中新進黃鶯〉、〈暗香〉及〈疏影〉（註一三）；但，相對於遺民詩人藉詠物寄託情感的表達方式，汪元量的詠物之作還是太少了，畢竟他是把「記實敘事」及「褒貶精神」擺在最重要的位置。

綜合而言，除了詠物之作較少外，汪元量「詩史」包含了遺民詩作的各項內容，而且因其「記實敘事」及「褒貶精神」的作品佔總作品的大多數，故能集中的突顯出「詩史」的特色，贏得美譽。

若要從形式上去探討汪元量「詩史」與南宋遺民詩作的異同，「用字」方面是個很好的切入點。潘玲玲說：

「南宋遺民詩，在形式上，並無顯著特點可言。惟於用字方面，則有一共同之趨勢，即詩中每多愁、憶、夢、淚、故國、孤臣等顯現其心境之用字。」（註一四）

誠如潘玲玲所說，南宋遺民詩作每多愁、憶、夢、淚、故國、孤臣等用字，如：

「力不勝於膽，逢人空淚垂。」（鄭思肖〈德祐二年歲旦二首〉）（註一五）

「寒燈寥落殘書在，獨抱荒愁寄濁醪。」（林景熙〈燈市感舊〉）（註一六）

「過眼驚新夢，傷心憶舊題。江雲愁萬疊，遺恨鷓鴣啼。」（文天祥〈雨雪〉）（註一七）

「雨散雲收一天碧，薰風吹夢到瑤臺。」（謝枋得〈戲道士阮太虛〉）（註一八）

「匆匆十年夢，故國黯銷魂。」（文天祥〈見艾有感〉）（註一九）

「半生書劍孤心老，萬里山川兩眼醒。」（林景熙〈別方槐庭山人〉）（註二〇）

類似的情形亦可在汪元量「詩史」中發現，他喜歡用淚、愁、悲、哀、客、孤、夢及憶等字眼來傳達內心的感受（註二一）。淚、愁、孤、夢及憶，亦是遺民詩人喜歡用的字眼。至於悲、哀與客字的廣泛運用，是汪元量「詩史」不同於遺民詩人之處；前者更能深刻的體現出汪元量歷經亡國悲劇內心的深層反應，後者則與汪元量特殊的遭遇有密切的關係，是典型客居漂泊羈蕩感懷的流露。至於「故」字，汪元量作品中亦曾使用，如：「拋卻故家風雨外，夜來歸夢遶西湖」、「到家定有秋光在，報答黃花滿故園」、「嗚呼四歌兮歌欲狂，魂招不來歸故鄉」（註二二）等，但因爲爲數不多，因此並未形成特色。

除此之外，出身宮廷樂師的背景，使他擅長「以樂音傳心曲」；「敘事記實」的寫作理念，使他喜歡以「連章」形式來創作，這都是他與同處一時代的遺民詩人不同之處（註二三）。

註釋

註一：下篇，第二章，頁一九八。

註二：《文山先生全集・指南後錄》，卷一四，頁三一〇。

註三：〈浮丘道人招魂歌〉其一、二、三、九首，曾數次稱頌文天祥的忠義，引文已見〈汪元量「詩史」的內涵〉中「歌頌文天祥的忠愛正義」一段，不再贅述。第三章，第二節。

註四：詳見本論文〈汪元量「詩史」的內涵〉「從褒貶精神的特徵來看」一節，第五章，第二節。

註五：《心史・大義集》，卷上，頁五三八。

註六：卷三，頁七一。

註七：〈續琴操哀江南四章〉序云：「而文丞相被執在獄。汪上謁，且勉丞相：『必以忠孝白天下，予將歸死江南。』」見〈汪元量研究資料彙輯〉，附錄一，頁二〇八。

註八：《霽山文集》，卷一，頁七〇一。

註　九：詳見本論文〈汪元量「詩史」的內涵〉中「從敘事記實的特徵來看」一節，第四章，第一節。

註一〇：《晞髮集》，卷七，頁三〇九。

註一一：詳見〈汪元量「詩史」的情感與風格〉，第五章，第一節。

註一二：《心史・中興集》，卷上，頁五五二。

註一三：以上三首詞分別見卷五，頁一六七、一六七、一八一及一八二。

註一四：〈南宋遺民詩研究〉，下篇，第一章，第三節，頁一八三。

註一五：《心史・大義集》，卷上，頁五三七。

註一六：《霽山文集》，卷二，頁七〇七。

註一七：《文山先生全集・指南後錄》，卷一四，頁三一八。

註一八：《疊山集》，卷一，頁八五三。

註一九：《文山先生全集・指南後錄》，卷一四，頁二九九。

註二〇：《霽山文集》，卷一，頁七〇〇。

註二一：詳見本論文〈汪元量「詩史」的藝術特色〉中「特定用字的重複使用」一節，第四章，第一節。

註二二：以上三詩分別見〈湖州歌九十八首〉其三十，卷二，頁四二；〈幽州送景僧錄歸錢唐〉，卷三，頁七三；〈浮丘道人招魂歌〉其四，卷三，頁七八。

註二三：詳見本論文〈汪元量「詩史」的藝術特色〉，第四章，第二、三節。

第七章　汪元量「詩史」的評價

掌握了汪元量「詩史」的特徵及形成的背景、明白其豐富的內涵、了解其藝術特色、認識其情感與風格之後，又將之與其他作家作比較，有關汪元量「詩史」的面目已經非常清晰了，最後，必須再給它作個綜合的評價。

首先，關於作者的評價。王國維〈書宋舊宮人詩詞、湖山類稿、水雲集後〉的看法是個持平的總結，他說：

「後世乃以宋遺民稱之，與謝翺、方鳳等同列，殊為失實。然水雲本以琴師出入宮禁，乃倡優卜祝之流，與委質為臣者有別，其仕元亦別有用意，與方、謝諸賢跡異心同，有宋近臣，一人而已。」（註一）

誠如王國維所說，歷來均將汪元量稱爲「遺民」，明程敏政就將汪元量放入《宋遺民錄》中，近代研究者亦沿續著前人的看法（註二）；但是，王國維的「殊爲失實」、「跡異心同」的辯駁也不無道理，個人以爲必須再詳加說明，才能給汪元量一個合理的評價。

隱與仕，是傳統士人在人生選擇、價值實現與人格完成三大人生問題面前，所必然要面對的重大選擇。這種選擇的本身，雖然帶有某種程度的自由，但，也常伴隨一些非自由的因素在內，此情形在改朝換代，特別是異族入主時變得更爲複雜（註三）。宋亡之後，汪元量隨著三宮被俘北上，元人曾賜予他翰林之官，汪元量是可以選擇拒絕的。但是，仍有些非自由的因素影響了他的選擇。分析當時的政治環境，元朝對漢人的封官，雖然是表示新朝的寬政，卻不排除帶有一定的強迫性，汪元量身處北地，是很難拒絕入仕元朝的。從文化背景來觀察，有宋一代，忠君思想及夷夏之辨非常強固，它早已內化成爲士人生命的一部分，汪元量自然也受到它深刻的影響；既然當時宋三宮仍在，爲了方便探視三宮，與三宮同生共死，他的仕元其實是一種最好的掩護。基於上述二層考慮，汪元量的「仕元」成爲不得不的選擇，他既然已經仕元，從形式上而言，的確如王國維所說，不該以「遺民」稱之。

可是，若從汪元量的行徑來判斷，他始終不忘以「忠孝」自期，謝翶〈續琴操哀江南四章〉云：

「（汪元量）薊門數年，而文丞相被執在獄。汪上謁，且勉丞相：『必以忠孝白天下，予將歸死江南。』」（註四）

且作品中亦俯拾皆是充滿著對故國的思念、故君的眷戀，如〈南嶽道中〉云：「三宮萬里知安否？何日團圞把壽觴」（註五），和忠心歸服元朝的貳臣截然不同；他又與宋三宮出生入死的共患難，備嘗艱辛；且在宋三宮陸續歸天、爲僧尼之後，無牽無掛時，作出自由的選擇，毅然實現己諾，歸死江南。因此，從實質上而言，他又具有與遺民一樣的精神，所以同時代人給予他極高的評價。李嘉龍〈題汪水雲詩卷〉云：

「南窗寄傲陶元亮，東海歸來魯仲連。」（註六）

永秀〈題汪水雲詩卷〉云：

「禾黍離離滿故都，君詩讀罷淚傾珠。立朝食祿千官富，為國忘軀一事無。兵革已將臨北闕，笙歌猶自醉西湖。黃冠氅服今誰識，前宋遺賢有此儒。」（註七）

基本上，他們對於汪元量能實踐己諾、歸死江南，表示了相當的肯定。明、清二代的文士，大致繼承宋人的看法，並且進一步的稱其爲「有守不辱」之士，亦是對他敬重有加。葉萬〈汪水雲詩鈔跋〉云：

「汪水雲以一技之末，見知於宮中，猶睠睠於故君，彼食祿垂紳輩，當何如耶！數百年後，亦遭此大變，又當何如耶！」（註八）

潘耒〈書汪水雲集後〉云：

「故國故君之思，斯須不忘，可以愧食祿之臣矣。」（註九）

汪森〈湖山類稿後序〉云：

「而舊國故都，不忘寤寐，一篇之中，三致意焉，可謂有守不辱之士。臣之事君，貴知命而守義。不幸而家國淪喪，委之天運莫回。一旦以榮祿動其心，則殷都〈麥秀〉、周室〈黍離〉，不足繫行役之感，其為反身事讎，亦復何恨，安有富貴類浮雲、忠節貫金石如先生者哉！」（註一〇）

綜合而言，我贊同王國維的看法。汪元量既曾入仕元朝，就不必以「遺民」稱之；但他只是一個小小的琴師，身處那樣一個特殊的大時代裡，終能本著傳統讀書人的本分，與故君共患難，時時常懷故國之心，宋三宮凋零之後，又能實踐己諾，歸死江南，其行徑雖與堅持不仕元的「遺民」不同，對故國的忠心卻是一樣的，是應該受到肯定的。

其次，是關於作品的評價。從整體的印象而言，同時的人在〈題汪水雲詩卷〉中亦給予相當高的肯定。劉囦云：

「十年麋鹿恨，一卷杜鵑詩。又入離騷國，清彈霜葉飛。」（註一一）

劉豐祿云：

「錦囊萬里詩一篇，字字丹心瀝青血。」（註一二）

秦嗣彭云：

「庾郎漫有江南賦，得似先生醉後歌？」（註一三）

兜率長老云：

「鴈門絃斷無人續，輪子詩成奪錦袍。」（註一四）

楊學周云：

「琴彈碧玉時三弄，袖有驪珠近百篇。」（註一五）

其中最爲眾人所稱許的，自然是「詩史」的特色，宋人對汪元量「詩史」的看法已見第二章〈汪元量「詩史」的特徵〉，不再贅述。明、清人的看法，大致上不脫宋人之外。錢謙益〈書汪水雲集後〉云：

「〈湖州歌九十八首〉、〈越州歌二十首〉、〈醉歌〉十首，記國亡北徙之事，周詳惻愴，可謂『詩史』。」（註一六）

吳城〈知不足齋合刻汪水雲詩序〉云：

「蓋其詩固風人〈小雅〉之遺也。而況三宮北徙，勿殉社稷，後世必有議之者。水雲若預知國史之不能止喙，於行營之瑣事，元主之崇禮，莫不三致意焉。至其痛君后之流離，撫江山之愴怳，口誅筆伐，使喪師敗國諸事，歷歷可數，洵可謂詩史矣。」（註一七）

近代汪元量研究者，循著其「詩史」的特色，亦發掘出他的諸多好處，給予極高的評價。程亦軍云：

「『詩史』是對於現實主義詩人的高度評價，說明他對社會現實有著廣泛而深刻的認識和體驗，並借助於藝術的形式加以形象的表現，既有審美價值，又有史料價值，因為它既是藝術創造的結晶，又是歷史眞實的反映。在漫長的中國文學史上能夠獲得這個美名的詩人為數不多，汪元量在文學上的貢獻自然不能與以『詩史』著稱的杜甫、陸游等偉大作家相比，但他能夠以眞摯的情感和切身的體會，用詩人的筆忠實而細致地記錄了十三世紀後半葉中國社會所發生的重大歷史變革，將廣闊的社會背景濃縮在他的詩篇裡，確實做出了特殊的貢獻。『宋亡之詩史』的稱號，他是當之無愧的。」（註一八）

孔凡禮《增訂湖山類稿》則說：

「他的作品，對南宋滅亡的歷史教訓，做了無可奈何的小結；對權奸賈似道之流的誤國罪惡，做了深刻的揭露；對元統治者殘酷折磨宋三宮的行徑，做了有力的控訴；對流落薊門的宋宮人懷念故國的心聲，做了強烈的表達。他的作品被譽為『詩史』，不僅有高度的文學價值，而且有直接的歷史意義，補充了《宋史》、《元史》之所未及。這在我國文學史上也是不多見的。」（註一九）

綜合古、今人對汪元量作品的評價，我們可以清楚的知道：對汪元量「詩史」的評價，其著力點必放在作品的內容上，藝術形式反倒是其次的問題了。汪元量生長在國君庸懦無能、奸佞專橫弄權、國破家亡、異族入主的大時代中，學術界上盛行著「尊王攘夷」的思想，文壇上則流行著「以文為詩」的傾向，個人又因特殊的琴師身分而有著三宮羈北共患難的特殊經歷，且他向有「以詩鳴史」以展現儒者關懷的胸襟，推崇老杜詩並受其重大影響。因此，當他發而為詩的時候，就有意識的想為這個苦難的時代留下真實的見證，自然形成「敘事記實」及「褒貶精神」的「詩史」特徵。從「記實敘事」的特徵看來，其「詩史」的內涵，在亡國前以記錄上層社會華靡享樂的生活為主，亡國時則記錄廣大社會動盪不安的事實、元兵入城及宋室投降議和的實況、三宮北上的歷史真相，亡國後轉而記錄伴隨三宮旅北的生活實況、南歸的過程及南歸以後的生活實況。從「褒貶精神」的特徵來看，其內涵則包括譴責異族入侵、賈似道弄權亡國、大臣失職棄國、謝太皇太后輕易降國，並歌頌文天祥的忠愛正義。他結合大時代命運與個人特殊遭遇而寫成的作品，多表現出亡國悲怨、羈旅思鄉及懷古情懷，形成「悽婉」的風格，頗具情感的震撼力。這些反映社會、批判現實的豐富內容及深刻的情感內涵，使得汪元量「詩史」更具生命力，是使他在中國文學史上獲得重視的根本因素。

註釋

註一：蒐錄於《觀堂集林》，卷二十一，頁一〇六二。

註二：例如：李曰剛〈晚宋義民之血淚詩〉、孫克寬〈元初南宋遺民初述——不和蒙古人合作的南方儒士〉及潘玲玲〈南宋遺民詩研究〉等，均以「遺民」稱之。

註三：此觀念詳見徐波〈從「仕」與「隱」看歷史上知識分子的價值實現與阻隔〉，頁三七。

註四：見〈汪元量研究資料彙輯〉，附錄一，頁二〇八。

註五：卷三，頁一〇一。

註六：見〈汪元量研究資料彙輯〉，附錄一，頁二一九。

註七：同上，頁二二〇。

註八：同上，頁一八九。

註　九：同上，頁一九〇。
註一〇：同上，頁一九一。
註一一：同上，頁二一四。
註一二：同上，頁二一五。
註一三：同上，頁二一九。
註一四：同上，頁二一九。
註一五：同上，頁二三〇。
註一六：同上，頁一八九。
註一七：同上，頁一九四。
註一八：〈論愛國詩人汪元量及其詩歌〉，頁五三。
註一九：〈前言〉，頁一。

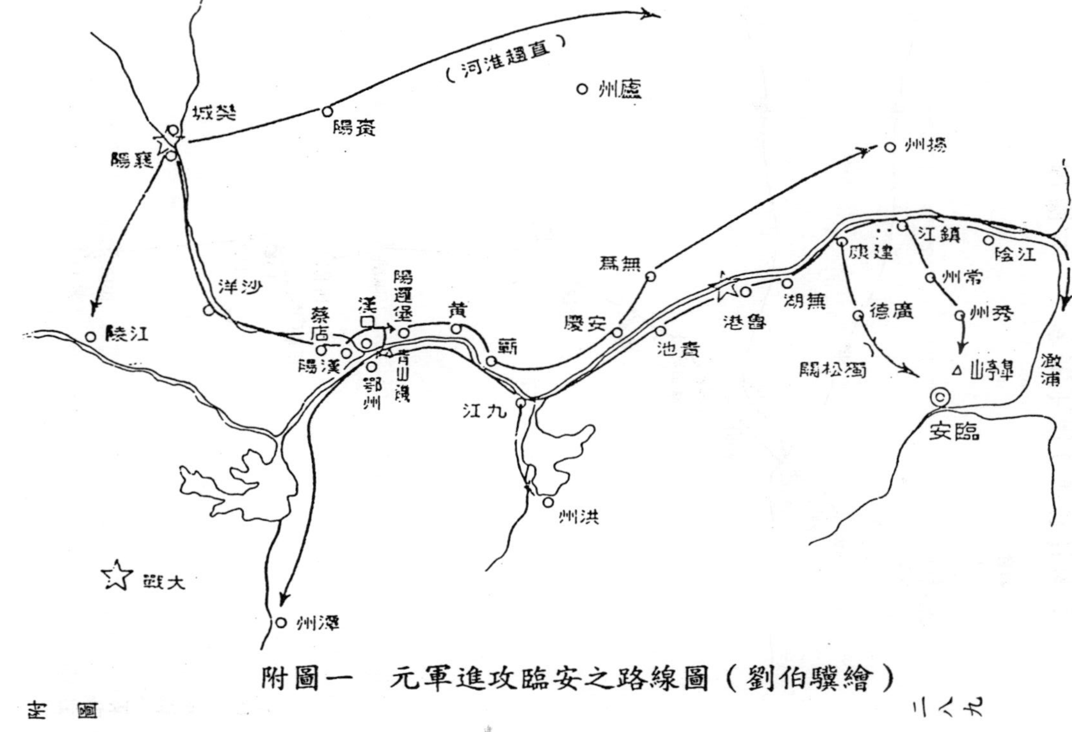

附圖一　元軍進攻臨安之路線圖（劉伯驥繪）

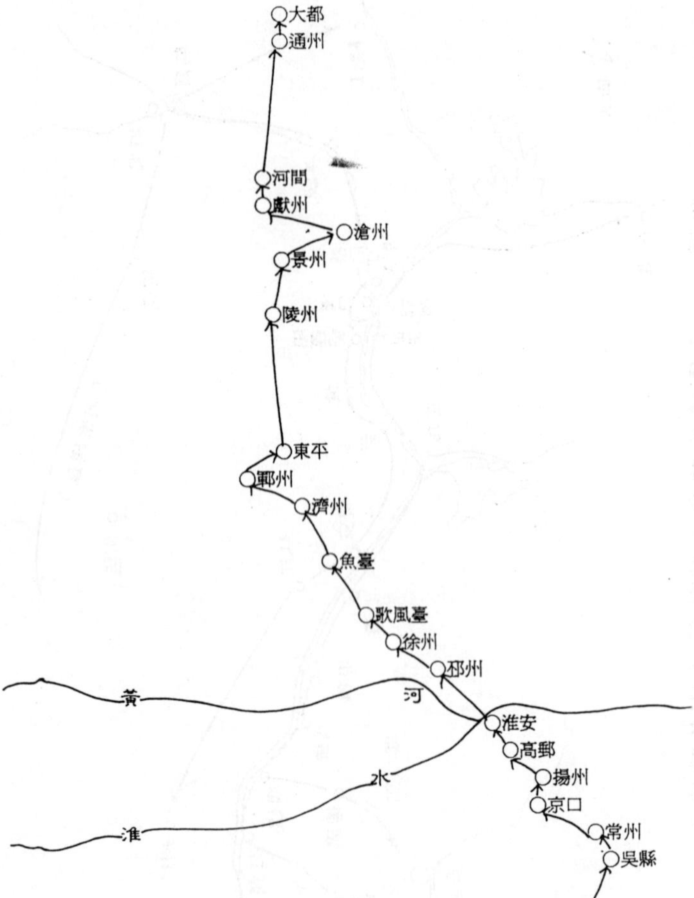

大都
通州
河間
獻州
滄州
景州
陵州
東平
鄆州
濟州
魚臺
歌風臺
徐州
邳州
黃 河
淮安
高郵
揚州
水
京口
淮
常州
吳縣
錢塘

附圖二　三宮北上圖（黃麗月繪）

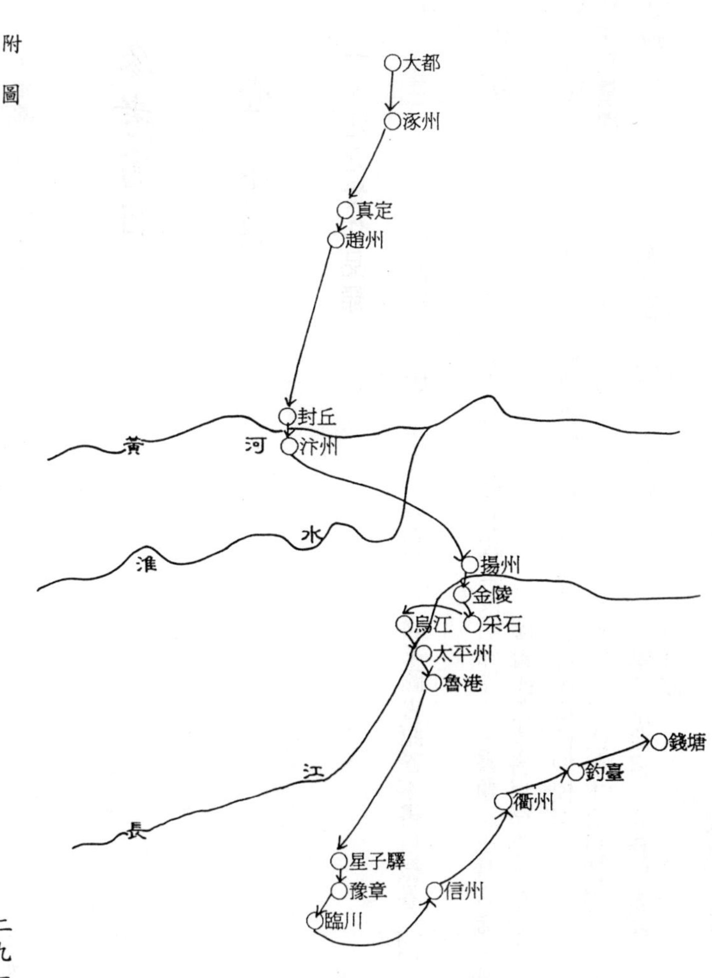

附圖三　汪元量南歸圖(黃麗月繪)

參考書目

壹、書籍

一、汪元量作品類

水雲詞　汪森輯、汪如藻家藏本　汪氏二家詞　國家圖書館善本書目微卷一四九五七號
汪水雲詩一卷　王乃昭鈔補黃丕烈手校並跋金俊明邵恩多手書題記王慧音藏舊抄本　圖書館善本書目微卷一〇七三八號
湖山類稿六卷（包括汪元量所輯的亡宋舊宮人詩一卷）　黃丕烈手校並跋楊保彝題識海源閣楊氏藏精鈔校本　國家圖書館善本書目微卷一〇七三七號
水雲詩鈔　吳之振選編　宋詩鈔　國學基本叢書　商務印書館　五七年
湖山類稿　鮑廷博編校　四庫全書四百種　商務印書館

水雲集　鮑廷博編校　四庫全書　商務印書館

湖山類稿五卷附錄一卷水雲集一卷附錄三卷　傅增湘校　武林往哲遺著　叢書集成續編　新文豐出版社　七七年

增訂湖山類稿　孔凡禮　北京中華書局　一九八四年

宋遺民錄　程敏政輯　知不足齋叢書　百部叢書集成　藝文印書館

宋詩紀事　厲鶚馬曰琯輯　歷史詩史長編　鼎文書局　六〇年

全宋詞　唐珪璋主編　中央輿地出版社　五九年

全宋詞補輯　孔凡禮輯　源流出版社　七一年

二、四部典籍類

㈠經

詩經　十三經注疏　藝文印書館　八二年

左傳　十三經注疏　藝文印書館　八二年

春秋尊王發微　孫復　四庫全書　商務印書館

春秋胡氏傳　胡安國　四部叢刊　商務印書館

論語 十三經注疏 藝文印書館 八二年
孟子 十三經注疏 藝文印書館 八二年

(二)史

戰國策校注 劉向校、高誘註 四部叢刊 商務印書館 八〇年
史記三家注 司馬遷撰裴駰集解司馬貞索隱張守節正義 七略出版社 八〇年
晉書 房玄齡 鼎文書局 七九年
宋書 沈約 鼎文書局 七九年
南齊書 蕭子顯 鼎文書局 六四年
南史 李延壽 鼎文書局 六五年
新唐書 歐陽修等 鼎文書局 七八年
宋史 脫脫等 鼎文書局 七二年
東京夢華錄外四種 孟元老等 大立出版社 六九年
宋季三朝政要 四庫全書 商務印書館
錢塘遺事 劉一清 四庫全書 商務印書館
平宋錄 劉敏中 四庫全書 商務印書館

書名	作者	叢書	出版者	年份
昭忠錄		四庫全書	商務印書館	六七年
宋史記事本末	馮琦原編、陳邦瞻增輯		鼎文書局	六七年
宋季忠義錄	萬斯同	四明叢書	新文豐出版公司	七七年
宋史翼	陸心源	宋史資料萃編	文海書局	五六年
續資治通鑑	畢沅編		上海古籍出版社	一九九一年
元史	宋濂等		鼎文書局	七九年
新元史	柯劭忞		藝文印書館	
明史	張廷玉等		鼎文書局	七一年
清史稿校注	趙爾巽撰、國史館編著		國史館	八〇年
清史列傳	蔡冠洛編纂		啓明書局	五四年
西湖遊覽志餘	田汝成		木鐸出版社	七一年
讀史方輿紀要	顧祖禹	國學基本叢書四百種	商務印書館	
宋論	王夫之		洪氏出版社	七〇年
讀通鑑論	王夫之	四部備要	中華書局	
二十二史劄記	趙翼		樂天出版社	六〇年

(三)子

抱朴子	葛洪	四部備要		中華書局
西溪叢語	姚寬	學津討源叢書	百部叢書集成	藝文印書館
學齋佔畢	史繩祖	百川學海叢書	百部叢書集成	藝文印書館
春明退朝錄	宋敏求	百川學海叢書	百部叢書集成	藝文印書館
東坡志林	蘇軾	百川學海叢書	百部叢書集成	藝文印書館
冷齋夜話	釋惠洪	學津討源叢書	百部叢書集成	藝文印書館
履齋示兒編	孫奕	知不足齋叢書	百部叢書集成	藝文印書館
鶴林玉露	羅大經	稗海		大化書局　七四年
說郛	陶宗儀	四庫全書		商務印書館
世說新語	劉義慶			藝文印書館
清波雜志	周煇	四部叢刊		商務印書館
癸辛雜識	周密	四庫全書		
輟耕錄	陶宗儀	四庫全書		

(四)集

古詩源箋注　沈德潛選王蒓父箋註劉鐵冷校刊　華正書局　七九年

文選　蕭統　藝文印書館　八〇年

樂府詩集　郭茂倩　里仁書局　七〇年

全蜀藝文志　周復俊編　四庫全書　商務印書館

全唐詩　清聖祖　北京中華書局　一九九二年

全宋詩　北京大學古文獻研究所編　北京大學出版社　一九九二年

評註古文辭類纂　姚鼐輯王文濡評註　華正書局　七四年

補注杜詩　杜甫撰、黃希原注、黃鶴補注　四庫全書

杜工部草堂詩箋　杜甫撰、魯訔編次、蔡夢弼會箋　古逸叢書　百部叢書集成　藝文印書館

杜詩詳注　杜甫撰、仇兆鰲注　廣文書局　五一年

韓昌黎全集　韓愈　四部備要　中華書局

劉夢得文集	劉禹錫	四部叢刊	商務印書館	
白氏長慶集	白居易	四部叢刊	商務印書館	
李長吉歌詩	李賀	四部叢刊	商務印書館	
樊川文集	杜牧	四部叢刊	商務印書館	
歐陽文忠公集	歐陽修	四部叢刊	商務印書館	
臨川先生文集	王安石	四部叢刊	商務印書館	
樂章集	柳永	四庫全書		
東坡七集	蘇軾	四部備要	中華書局	
蘇文忠公詩編註集成	蘇軾撰、王文誥編		學生書局	七六年
豫章黃先生文集	黃庭堅	四部叢刊	商務印書館	
淮海集	秦觀	四部備要	中華書局	
雲溪居士集	華鎮	四庫全書	商務印書館	
潏水集	李復	四庫全書	商務印書館	
梅溪王先生文集	王十朋	四部叢刊	商務印書館	
後山先生集	陳師道	叢書集成續編	新文豐出版公司	七七年

絜齋集　袁燮　叢書集成初編　商務印書館
稼軒詞　辛棄疾　四部叢刊　商務印書館
白石道人歌曲　姜夔　四部備要　中華書局
後村先生大全集　劉克莊　四部叢刊　商務印書館
北嵒集　釋居簡　四庫全書　商務印書館
文山先山全集　文天祥　四部叢刊　商務印書館
心史　鄭思肖　叢書集成續編　新文豐出版公司　七七年
疊山集　謝枋得　四庫全書　商務印書館
晞髮集　謝翶　四庫全書　商務印書館
潛齋文集　何夢桂　四庫全書　商務印書館
霽山文集　林景熙　四庫全書　商務印書館
宋舊宮人詩詞　汪元量輯　知不足齋叢書　百部叢書集成　藝文印書館
桐江續集　方回　四庫全書　商務印書館
青山集　趙文　四庫全書　商務印書館
養吾齋集　劉將孫　四庫全書　商務印書館
秋澗集　王惲　四庫全書　商務印書館

雪樓集　程鉅夫　四庫全書　商務印書館
所安遺集　陳泰　四庫全書　商務印書館
吳詩集覽　靳榮藩輯　四部備要　中華書局　五四年
吳詩談藪（附於吳詩集覽之後）　靳榮藩輯　四部備要　中華書局　五四年
梅村家藏稿　吳偉業　四部叢刊　商務印書館
觀堂集林　王國維　北京中華書局　一九五九年
文心雕龍注　劉勰著、范文瀾注　學海出版社　八〇年
本事詩　孟棨　續歷代詩話　藝文印書館　六三年
庚溪詩話　陳巖肖　百川學海叢書　百部叢書集成　藝文印書館
碧溪詩話　黃徹　續歷代詩話　藝文印書館　六三年
苕溪漁隱叢話　胡仔　四部備要　中華書局
餘師錄　李朴著、王正德輯　求山閣叢書　百部叢書集成　藝文印書館
滄浪詩話　嚴羽　歷代詩話　藝文印書館　四八年

唐音癸籤　胡震亨　四庫全書　商務印書館　六三年
歸田詩話　瞿佑　百種詩話類編　藝文印書館
甌北詩話　趙翼　　廣文書局　七一年
圍爐詩話　吳喬　清詩話續編　藝文印書館　七四年
石洲詩話　翁方綱　清詩話續編　藝文印書館　七四年
人間詞話　王國維　　金楓出版有限公司　七六年

三、今人論著類

中國文學發展史　劉大杰　華正書局　七六年
中國文學史　葉慶炳　學生書局　七九年
兩宋文學史　程千帆、吳新雷　麗文文化公司　八二年
聞一多論古典文學　聞一多撰、鄭臨川述評　重慶出版社　一九八四年
藝術的奧祕　姚一葦　開明書店　五九年
中國詩歌研究　黃景進等　中央文物供應社　七四年

詩史本色與妙悟　龔鵬程　學生書局　七五年

中國詩歌美學　蕭馳　北京大學出版社　一九八六年

唐詩風格美新探　王明居等　中國文聯出版公司　一九八七年

中國詩學　吳戰壘　五南圖書出版有限公司　八二年

靈犀詩論　王福民　文史哲出版社　八二年

詩論　朱光潛　書泉出版社　八三年

中國詩詞風格研究　楊成鑒　洪葉文化事業有限公司　八四年

敘事詩　沈謙、徐泉聲等　國立空中大學　八〇年

清初杜詩學研究　簡恩定　文史哲出版社　七五年

杜甫傳記唐宋資料考辨　陳師文華　文史哲出版社　七六年

杜詩學發微　許總　南京出版社　一九八九年

宋詩概論　嚴恩紋　華國出版社　四五年

南宋詩人論　胡明　學生書局　七九年

宋詩史　許總　四川重慶出版社　一九九二年

宋詩綜論叢編　張高評編　麗文文化公司　八二年
宋詩縱橫　趙仁珪　北京中華書局　一九九四年
宋詩今譯　徐放　北京人民日報出版社　一九八六年
宋詩大觀　吳調公、周振甫等　上海辭書出版社　一九八八年
宋詩選注　錢鍾書　北京人民文學出版社　一九八九年
中國歷代詩歌名　俞長江、侯健編　唐山農村讀物出版社　一九八九年
宋詩選　陳達凱　香港中華書局　一九九一年
宋南渡詞人　黃文吉　學生書局　七四年
南宋詞史　陶爾夫、劉敬圻　哈爾濱黑龍江人民出版社　一九九二年
唐宋詞鑒賞集成　唐珪璋主編　江蘇古籍出版社　一九八七年
唐宋詞鑒賞辭典　賀新輝主編　北京燕山出版社　一九八七年
南宋絕妙好詞　周航、喻朝剛　吉林文史出版社　一九九二年
詞林觀止　陳邦炎主編　上海古籍出版社　一九九四年
元詩研究　包根弟　幼獅文化事業公司　六七年

清朝詩人小傳　鄭方坤　廣文書局　六〇年
吳梅村生平及其詩史研究　吳朝勇　學海出版社　七六年
宋代政教史　劉伯驥　中華書局　六〇年
國史大綱　錢穆　商務印書館　六一年
南宋史研究集　黃寬重　新文豐出版公司　七四年
南宋都城臨安　林正秋　杭州西泠印社　一九八六年
中國歷代都城宮苑　閻崇年主編　北京紫禁城出版社　一九八七年
中國都城歷史圖錄　葉驍軍編　蘭州大學出版社　一九八七年
中國知識階層史論　余英時　聯經出版事業公司　七八年
赫遜河畔談中國歷史　黃仁宇　時報文化山版企業有限公司　七九年
文學與社會　中國古典文學研究會主編　學生書局　七九年
中國歷史上氣候之變遷　劉昭民　商務印書館　七九年
夢的解析　佛洛依德　志文書局　六四年

四、工具類

說文解字注　許慎撰、段玉裁注　天工書局　七六年
永樂大典　姚孝廣等編　大化書局　七四年
宋人傳記資料索引　昌彼得等編　鼎文書局　六九年
叢書子目類編　文史哲出版社主編　文史哲出版社　七五年
中國歷史地圖集　譚其驤主編　上海地圖出版社　一九八二年
全宋詞典故考釋辭典　金啓華主編　吉林文史出版社　一九九一年
詩淵索引　劉卓英編　北京書目文獻出版社　一九九三年

貳、期刊論文

一、汪元量

關于汪元量的家世、生和著述　孔凡禮　文學遺產　頁一〇五至一一〇　一九八二年二月
汪元量祖籍、生卒、行實考辨　楊樹增　中華文史論叢　頁二〇五至二二一　一九八三年三月
略談汪元量的生年——與孔凡禮先生商榷　杜耀東　楊州師院學報第二期　頁五一至五二　一九九〇年

愛國詩人汪元量的抗元鬥爭事跡	史樹青	歷史教學	頁六至八	一九六三年六月
宋遺民汪元量逸事	林蔥	浙江月刊九卷一期	頁七至九	六六年一月
汪元量事跡質疑	孔凡禮	文學遺產	頁一一六至一一八	一九八四年三月
錢唐汪水雲的詩詞	郁達夫	人間世第一五期	頁二至二五	二三年
晚宋義民之血淚詩	李曰剛	中華文化復興月刊七卷二期	頁一至一一	六三年二月
論愛國詩人汪元量及其詩歌	程亦軍	廣西師院學報第一期	頁四八至六一	一九八二年
論汪元量及其詩	楊積慶	文學遺產	頁七二至八〇	一九八二年四月
汪元量佚詩抄存	孔凡禮	文史一五輯	頁二二一至二二九	一九八二年九月
字字丹心瀝青血——水雲詩詞評	楊樹增	齊魯學刊第六期	頁一一五至一二〇	一九八四年
關於汪元量的生平和評價	程亦軍	中國古典文學論叢第四輯	頁一九二至二〇四	一九八六年
略論愛國詩人汪元量的詩歌	章楚藩	杭州師院學報第二期	頁七二至七八	一九八七年
論汪元量詞	繆鉞	四川大學學報第一期	頁六一至六七	一九八八年
汪元量研究情況綜述	程瑞釗	文學遺產	頁一三〇至一三四	一九九〇年

二、遺民

題名	作者	出處	頁碼	時間
南宋遺民詞初探	王偉勇	東吳碩士論文		六八年五月
元初南宋遺民初述—不和蒙古人合作的南方儒士	孫克寬	東海學報一五卷	頁一三至三三	六三年七月
宋遺民志節與文學之研究	周全	東吳博士論文		七二年
南宋三家遺民詞人之研究	黃孝光	文化博士論文		七二年
南宋遺民詠物詞研究	陳彩玲	政大碩士論文		七四年
南宋遺民詩研究	潘玲玲	政大碩士論文		七五年
元初的遺民詩社—月泉吟社	徐儒宗	文學遺產	頁三九至四六	一九八六年六月
宋遺民詩試論	周全	臺北師院學報第一期	頁四二七至四四三	一九八八年六月
南宋遺民林景熙詩歌初探	吳曉青	中華學苑四二期	頁一八九至二一二	八一年三月
從遺民詩看元初江南知識分子的民族氣節	陳得芝	中國古代近代文學研究	頁一〇五至一二〇	一九七九年四月
論王清惠滿江紅詞及其同時人的和作	繆鉞	四川大學學報第三期	頁五一至五四頁	一九八九年

鬱懣失落的群體——論元初遺民詩社兼與王德明先生商榷　歐陽光　文學遺產　頁八三至八九　一九九三年四月
遺民淚盡胡塵裡——說宋明兩代的遺民詩　賴漢屏　明道文藝二一四期　頁三〇至三九　八三年一月
宋元之際的遺民與貳臣　蕭啓慶　歷史月刊　頁五六至六四　八五年四月
南明遺民詩集敘錄　許淑敏　成大碩士論文　七七年
從仕與隱看歷史上知識分子的價值實現與阻斷　徐波　歷史月刊　頁三七至四二　八五年四月

三、詩史

杜甫詩史研究　李道顯　文化博士論文　六二年
中國古典文學的現實主義精神　周勝瑜　中國文學研究第三期　頁三至九　一九九二年
詩史淺論　馮至　文學評論　頁一至一二　一九六二年四月
詩史之史　賀昌群　文史第三輯　頁二五九至二八五　一九六三年十月
詩史管窺——從杜詩反映安史之亂談起　黃炳輝　廈門大學學報第三期　頁一二五至一三二　一九八二年
詩史的明暗兩面　高陽　聯合報　七三年十一月十一日

詩史春秋筆——從如聞泣幽咽的誤解談起　劉真倫　大陸雜誌九〇卷六期　頁四六至四八　八四年六月
杜詩爲詩史說析評　楊松年　古典文學第七集　頁三七一至三九九　七四年
論杜甫詩歌的現實主義　力揚　文學評論　頁二八至三九　一九九一年一月
論杜甫晚期詩史　陳鳳翔　杜甫傳記資料第八冊　頁一至七
漫談杜詩的現實主義　朱安群　杜甫傳記資料一一冊　頁七至二九
不隨仙去落人間——吳梅村的詩和他的心態（上）　寧遠　中華文藝　頁五八至六三　六五年六月
不隨仙去落人間——吳梅村的詩和他的心態（下）　寧遠　中華文藝　頁九六至一〇二　六五年七月
吳梅村及其現實主義詩歌創作　木樨　中國古代近代文學研究二四冊　頁五一至五五　一九八〇年
一代詩史吳偉業　高樹森　古典文學知識總四七期　頁七二至七八　一九九三年
論吳梅村的詩風與人　黃天驥　中國古代近代文學研究八冊　頁五五至六五　一九八五年
吳梅村敘事詩研究　黃錦珠　師大碩士論文　七五年

四、宋詩

宋詩簡論 陸侃如 文史哲一二期 頁二四至二六 一九五五年

馮沅君宋詩不用形象思維的原因之一 溫靖邦 四川大學學報第二期 頁四一至四二 一九七八年

宋代詩歌的藝術特點和教訓 王水照 中國古代近代文學研究第二冊 頁一〇五至一二〇 一九七九年四月

宋詩特徵試論 徐復觀 中華文化復興月刊一一卷一〇期 頁二七至四〇 七六年十月

論宋詩 霍松林 文史哲第二期 頁六六至七一 一九八九年

論宋詩模式的構創 郝朴寧 郭小軍 雲南師範大學學報第三期 頁五二至六〇 一九八九年

不犯正位與㬎詩本色 張高評 宋代文學叢刊 頁八九至九七 八四年三月

五、其他

杜甫詩律探微 陳師文華 師大碩士論文 六六年

杜甫的組詩　王抗敵　杜甫傳記資料第五冊　頁二一一至二一七

杜甫連章詩研究　廖美玉　東海碩士論文　六八年

論杜詩沈鬱頓挫之風格　蕭麗華　師大碩士論文　七五年

唐代詠史詩之發展與特質　廖振富　師大碩士論文　七八年

中國敘事詩的傳承研究——以唐代敘事詩爲主　田寶玉　師大博士論文　八二年

論宋儒春秋尊王思想之形成　倪天惠　今日中國一四六期　頁六三至八二　七二年七月

宋儒春秋之尊王說　宋鼎宗　成大學報一九期　頁一至三六　七三年三月

試論春秋一書對於我國史學的影響　王家儉　師大歷史學報　頁一六五至一九五　八二年五月

宋元時期的分裂統一與正統　王明蓀　師大歷史學報　頁一六五至一九五　八二年五月

歷史上的正統觀念　全根先　文獻第二期　頁二七七至二七九　一九九〇年

二宋學術風氣之分析　程運　政大學報二一期　頁一一七至一三三　五九年五月

南宋少帝趙　遺事考辨　王堯　西藏研究第一期　頁六五至七六　一九八一年

南宋詞中所反映之宋季朝政　王偉勇　東吳文史學報　頁七五至九四　八一年三月

國家圖書館出版品預行編目資料

汪元量詩史研究 / 黃麗月撰. -- 初版. -- 臺北市 : 文津, 2000[民89]
面 ; 公分. --(英彥叢刊 ; 34)

ISBN 957-668-616-4(平裝)

1. (宋)汪元量 - 作品研究

851.4525　　89015424

碩士文庫・英彥叢刊

汪元量詩史研究

著作者：黃　麗　月
發行人：邱　家　敬
出版者：文津出版社有限公司

地　址：台北市106 建國南路二段294巷1號
E-mail：twenchin@ms16.hinet.net
電　話：(02)23636464 傳眞：(02)23635439
郵政劃撥：00160840（文津出版社帳户）
登記證：行政院新聞局局版台業字第5820號

初版：2000年11月一刷　　印數：①－500本
ISBN 957-668-616-4　　定價：新台幣270元